COLLECTION SÉRIE NOIRE
Créée par Marcel Duhamel

PIERRIC GUITTAUT

La fille de la Pluie

nrf

GALLIMARD

Comme il fait noir dans la vallée !
J'ai cru qu'une forme voilée
Flottait là-bas sur la forêt.
Elle sortait de la prairie ;
Son pied rasait l'herbe fleurie ;
C'est une étrange rêverie ;
Elle s'efface et disparaît.

ALFRED DE MUSSET,
La Nuit de mai

Un jeudi d'automne, à la tombée de la nuit

Maudits soient les concepteurs de ces artefacts technologiques.

Hughes abat un poing alourdi de rage et d'amertume sur le tableau de bord en pestant contre le système de navigation. Il relève ensuite la tête pour défier d'un regard fatigué l'écran rectangulaire qui le nargue depuis plus d'une heure alors que la pluie ne cesse de redoubler. Il s'est demandé combien de mètres cubes d'eau froide ont pu se déverser sur sa voiture au cours de cette journée absurde. Le conducteur égaré a dû ralentir à plusieurs reprises tant l'orage dépasse par sa profusion la capacité des essuie-glaces, réduisant sa visibilité à une flaque jaunâtre aux contours flous de quelques mètres carrés juste devant la calandre. Comme si ce déluge glacé ne suffisait pas, il a fallu en plus que le GPS devienne fou et s'entête à vouloir le faire passer par des routes imaginaires, affichant des carrefours sans aucune signalisation, des embranchements ésotériques de routes étroites au bitume grumeleux avec des chemins de terre défoncés.

« … dans deux cents mètres, prenez à droite… »

Hughes expédie son poing fermé contre l'écran lumineux

honni. L'appareil est arraché de sa ventouse, heurte le pare-brise et dégringole sur le tapis de sol du côté passager. Cela fait au moins dix fois qu'il entend cette phrase depuis qu'il s'est garé sur le bas-côté.

— Saloperie de putain de bordel de merde !

Le clerc de notaire jette un œil désabusé à l'horloge de bord. Il avait prévu d'arriver à destination vers seize heures. Avec l'accident sur l'autoroute et les quatre ou cinq kilomètres de bouchon qui en ont résulté, avec l'orage qui plombe sa moyenne depuis plus de trois heures et cet appareil maudit en plein délire, il est déjà dix-neuf heures. Il ne sait même pas où il est. Ce n'est plus une heure décente pour se présenter chez des inconnus par un temps pareil. Si ça continue, il va passer la nuit dans sa voiture à écouter le martèlement de la pluie sur la carrosserie en suant dans des vêtements froids et défraîchis. La soirée de rêve.

Hughes se contorsionne pour extirper une cigarette d'une poche de son manteau de laine posé sur la banquette arrière. Son patron ne veut pas qu'il fume dans la voiture mais, avec ce temps, le vieux notaire peut aller se faire pendre. Pour se donner bonne conscience, l'homme baisse sa vitre de quelques centimètres. La fente est étroite mais laisse aussitôt entrer un vent humide, chargé de grosses gouttes froides qui viennent se fragmenter sur les garnitures intérieures en plastique gris. Tandis qu'il inspire des bouffées nerveuses et brûlantes, le conducteur réalise qu'aucune voiture n'est passée, ni dans un sens ni dans l'autre, depuis qu'il s'est arrêté. Il ne se souvient pas non plus du temps écoulé depuis la dernière fois où il a croisé un véhicule avant son arrêt.

Une fois le mégot expédié sur la route détrempée, Hughes fouille les vide-poches et la boîte à gants à la recherche de cartes routières. Il en trouve trois, vestiges d'une époque antérieure aux systèmes de navigation, mais celle de la France ne comporte que le réseau primaire des autoroutes et des nationales tandis que les deux autres concernent la région ouest d'où il vient et où se situe l'étude de Maître Desbarres. Il avait pensé prendre son atlas routier personnel, mais son radin d'employeur aurait encore ricané sur son côté soi-disant dépassé.

— Je t'emmerde, vieux con.

Si son employeur était moins pingre, il aurait acheté un système de navigation haut de gamme, avec des mises à jour fréquentes, mais non. Il a sans doute commandé cette camelote impensable via un *hard discount* sur Internet.

Le clerc passe une main tendue sur son visage, descendant du front jusqu'au menton, appuyant au passage du pouce et de l'index sur ses globes oculaires fatigués, comme s'il voulait froisser le masque de la défaite avant de s'en débarrasser. Il réalise qu'il n'y a rien de constructif dans son attitude. Il doit reprendre la route. Il finira par tomber sur un panneau indicateur. S'il le faut, il s'arrêtera dans une ferme demander son chemin. On est au vingt et unième siècle, il ne peut pas rouler longtemps en pleine campagne sans retomber sur un axe principal.

Hughes n'a pas fait plus de trois kilomètres, rythmés par le chuintement régulier des balais d'essuie-glaces et le grondement lointain du tonnerre, quand une forme surgit dans le faisceau de ses phares. Il pense à un grand animal sauvage en même temps que son pied enfonce la pédale de frein. Même si la chaussée est recouverte d'eau, la voiture s'immobilise en quelques mètres tant la vitesse du véhicule à la dérive est dérisoire. Ce n'est pas un cerf ni un sanglier, mais une femme. Sa longue chevelure ruisselante est plaquée sur son crâne. Les manches d'un gilet détrempé pendent de chaque côté d'une fine robe blanche à fleurs rougeâtres, transformée pour l'occasion en seconde peau moulante. Le tissu gorgé d'eau laisse voir par transparence le triangle blanc d'une culotte de coton, l'œil sombre d'un nombril et les formes lourdes d'une poitrine capiteuse et affranchie de tout dispositif de maintien. Stupéfait, le conducteur est attiré par les pointes durcies des tétons cerclés de larges aréoles brunes qui apparaissent de part et d'autre de l'ovale du décolleté.

La femme capte son regard à travers le va-et-vient des essuie-glaces et le clerc est surpris de n'y lire aucune crainte, nulle surprise. Ce qui ressemble à un sourire un brin moqueur se dessine sur le visage féminin et après avoir posé une main sur le capot de la voiture, sans qu'Hughes sache très bien si c'est pour la repousser ou y prendre appui, la jeune femme s'enfuit dans la nuit.

Hughes reste immobile derrière son volant durant plusieurs secondes, les yeux grands ouverts, le cœur battant, l'esprit confus et inapte à dénouer les fils de cette apparition. Il ouvre sa portière et se précipite sur la chaussée, ignorant la masse d'eau gelée qui s'abat alors sur lui.

— Hé, madame… mademoiselle…

Il voudrait la suivre mais se heurte à un fossé garni d'orties ployant sous l'orage et, au-delà, un mur végétal fait de branches et de feuilles battues par les éléments. Il s'arrête dans l'herbe spongieuse du bas-côté, sa veste déjà trempée. Plaçant ses mains autour de sa bouche, il l'appelle, il crie :

— Hé ! Vous allez bien ??

Pas de réponse. Il est à nouveau seul. Un craquement tellurique déchire la nuit. Il se retourne, aveuglé par un flash qui embrase le ciel tourmenté alors que l'écho du tonnerre roule au loin. Il est en plein cœur du plus terrible orage auquel il ait assisté depuis des années. Revenant à la réalité météorologique, le clerc de notaire fonce dans sa voiture en rentrant le cou dans les épaules. Une fois assis, il se rend compte que ses chaussures font un bruit humide et que son siège a pris l'eau. De minces filets glacés coulent le long de sa nuque. Ses yeux s'accrochent à leur propre reflet dans le rétroviseur principal. Si les traces de la fatigue et de la frustration de la journée y sont indéniables, l'homme ne peut ignorer la lueur d'excitation au fond de ses pupilles.

C'était qui, cette fille ?

De son côté, elle file à travers la nuit grondante et les feuillages humides, courant dans ses tennis trempées, suivant une coulée de chevreuil que l'automobiliste n'a pu déceler dans une obscurité rendue encore plus hermétique par la force de l'orage. En cet instant, ni la pluie ni les branches qui fouettent ses bras et ses jambes ne sauraient l'arrêter. L'intensité de l'effort la fait haleter, l'air glacé lui brûle les bronches mais la jeune femme sourit tout en courant à travers la forêt. Elle fonce vers une réclusion qui la réjouit parce qu'elle sait désormais qu'elle n'est plus que temporaire. Cette pluie, cet orage formidable sont l'onction de la Nature à sa délivrance, sa seconde naissance. L'union de la Terre et du Ciel pour célébrer sa nouvelle vie à l'aune d'une promesse brillant de mille feux dans son esprit enfiévré. Il l'aime. Il l'a presque crié pour couvrir le bruit du tonnerre. Il a promis de l'emmener loin d'ici. Elle sait qu'il est sincère, alors elle court, pour le plaisir de la douleur de l'effort qui la fait se sentir si vivante en cet instant.

Loin derrière elle, Hughes tourne la clef pour redémarrer la voiture, l'image de la jeune femme encore en tête. Après deux essais infructueux, il fixe d'un air stupide les indicateurs du tableau de bord et essaie une troisième fois, en vain. Bien que l'indicateur de batterie soit allumé, que ses phares fonctionnent et qu'aucun voyant de panne ne se soit allumé, il ne se passe rien quand il met le contact, pas même l'esquisse d'un toussotement dans le moteur. Il actionne plusieurs fois la clef avec une insistance rageuse avant de taper le volant avec ses deux paumes.

— C'est pas possible, merde !

Il coupe toute alimentation et plonge la voiture dans le noir. Ce n'est pas très prudent et avec la poisse qui s'accumule, un type serait capable de venir le percuter en dépit de l'absence de trafic. La loi des emmerdements maximum. Quand il remet le contact et constate à nouveau l'absence totale de réponse du moteur, Hughes sait bien au fond de lui que la voiture ne repartira pas. Cette fois, il est dans la mouise jusqu'au cou. Le visage de fouine de Maître Desbarres s'impose à son esprit. Le vieux n'a pas cessé de repousser les demandes d'Hughes de changer sa voiture de fonction et l'a même pris de haut, comme si vouloir se débarrasser d'un véhicule frisant les trois cent mille kilomètres au compteur relevait d'un goût du luxe des plus inadaptés à un clerc de notaire. Maintenant, il va lui falloir dénicher une dépanneuse, à cette heure, en pleine brousse, et trouver un hôtel, et quelqu'un pour l'y emmener. Et demain on est vendredi, comment est-ce qu'il va faire si la panne nécessite une grosse intervention ou une commande de pièce non disponible ? La galère.

La colère de s'être perdu et d'avoir accumulé du retard a

fait place à un morne désarroi. La perspective de passer la nuit dans sa voiture devient une réalité quasi palpable. Hughes tourne la tête vers son téléphone portable, en veille sur son support. Il touche l'écran et s'attend à constater une absence de réseau qui ne serait que la suite logique de ce gros paquet d'ennuis solidement ficelés. *Alléluia !* Une barre. Ce n'est pas le Pérou mais au moins le dieu des communications modernes règne ici aussi. Hughes va pouvoir essayer de joindre du monde, lancer un SOS en direction de la permanence du service d'assistance. Parler à sa femme, lui dire qu'il ne rentrera pas tard cette nuit comme prévu, mais sans doute pas avant demain soir. Il n'est plus seul.

Après douze minutes d'attente sur une boîte vocale et moins de trois minutes de conversation avec un téléopérateur d'une vingtaine d'années à l'accent mal identifié, Hughes raccroche, peu rassuré. On lui a fourni un numéro de dossier. On va le rappeler dans les trente minutes, avec les détails de la prestation d'assistance. Dehors, il pleut toujours autant et après une nouvelle cigarette fumée à la va-vite, le visage collé à la vitre avec le col relevé et le cou dans les épaules, il sélectionne le numéro de chez lui sur son écran tactile. Nathalie répond après plusieurs sonneries. Leur conversation ne dure guère. Sa femme ne s'émeut pas quand il lui annonce qu'il ne rentrera pas ce soir, et elle n'insiste pas non plus pour connaître les détails de son retour. Leur échange s'achève sur un « bisous » sans réelle tendresse et Hughes se sent encore plus déprimé. La voix lointaine de Nathalie, au timbre haché par les microcoupures du réseau, n'a fait que renforcer son sentiment d'isolement. Leur couple aussi s'est égaré ces derniers mois. Son épouse lui reproche quelque chose, mais il ne sait pas quoi, si ce n'est de n'être qu'un homme normal. Un homme responsable, à peu près fidèle, avec la tête sur les épaules. À l'entendre, elle en était presque venue à considérer ce genre d'hommes comme un mythe. Elle avait été la première à parler mariage.

Deux points lumineux grandissent dans son rétroviseur intérieur. Hughes relève la tête, autant soulagé par l'apparition que par l'opportunité de penser à autre chose que son couple. La voiture s'immobilise au ralenti à cinq ou six mètres derrière lui. Il sort une nouvelle fois dans la tempête, fait un signe de la main au nouveau venu et se dirige à hauteur du conducteur, courbant l'échine sous la pluie. L'autre baisse sa vitre à la main et Hughes se retrouve face à un jeune d'une vingtaine d'années, qui a lui aussi les cheveux mouillés au-dessus de petits yeux noirs. Un chien court sur pattes a redressé la tête sur le siège passager pour dévisager le clerc. Sa queue vient battre à plusieurs reprises le dossier du siège tandis qu'il émet quelques couinements.

— Excusez-moi. Je suis en panne. Ma voiture ne veut plus démarrer.

— C'est la batterie ?

— Non, je crois pas. J'ai encore des phares, et le voyant de batterie ne s'allume pas.

Le jeune observe l'arrière de la voiture. La plaque d'immatriculation au numéro de département exotique.

— J'imagine que vous n'avez personne qui peut vous dépanner ?

— J'ai appelé mon service d'assistance vingt-quatre sur vingt-quatre. Ils doivent me rappeler…

Hughes grimace car l'eau glacée commence à inonder son costume.

— Écoutez, vu le temps, on va pas s'amuser à regarder ça maintenant. Je vais vous remorquer. Je suis aux Milouins, juste en bas. OK ?

— Oui, d'accord, merci.

Le clerc recule de quelques pas et le C15 blanc manœuvre pour dépasser la voiture en panne mais, au lieu de s'immobiliser devant, la camionnette est avalée par la nuit et n'est bientôt plus qu'un souvenir, tout comme la jeune femme un instant plus tôt. Hughes fait quelques pas précipités dans le sillage fantôme du jeune et de son chien.

— Hé ! Hé ho !

Ses grands gestes du bras droit ne servent à rien, si ce n'est exposer à la pluie le flanc de sa veste.

— Putain, l'enfoiré…

Dépité, le clerc regagne l'intérieur de sa voiture. Cette fois, il n'y a pas que ses chaussures qui ont pris l'humidité. La veste détrempée pèse sur ses épaules et l'eau froide a ankylosé ses muscles avant de couler le long de sa colonne jusqu'à son caleçon. Le tissu gelé de son pantalon moule la forme de ses quadriceps et de ses rotules larges et carrées. Il n'a pas de costume de rechange, seulement un vieux T-shirt pour conduire au retour et un second jeu de sous-vêtements. S'il doit passer plusieurs heures ainsi, il va prendre froid. Hughes n'a pas de serviette non plus pour se sécher. Il consulte avec fébrilité l'heure sur son portable.

Qu'est-ce qu'ils foutent, ces fumiers de l'assistance ?

Un peu plus tard. Ferme des Milouins

Hughes porte une cuillerée de soupe fumante à sa bouche. Le goût de la pomme de terre y domine celui du poireau et du céleri. Il essaie de se remémorer la dernière fois qu'il a mangé de la soupe, sans succès. Tout juste parvient-il à invoquer quelques souvenirs lointains : soirs d'hiver humides dans la campagne nantaise, la lampe nue à filament dans la cuisine chez ses parents qui diffuse une lumière jaune. Les préoccupations concernant les devoirs à la maison, les interrogations de mathématiques ou de français à venir. Un temps qu'il sait avoir vécu mais qui n'est déjà plus qu'un mythe personnel et banal, celui de son adolescence.

Les habitants de la ferme mangent en silence, sans le dévisager outre mesure, ce dont il leur sait gré. Contrairement à ce qu'il avait cru, le jeune ne l'avait pas abandonné, il était parti chercher un tracteur pour remorquer sa voiture jusqu'au milieu de la cour de la ferme. Les feux puissants de l'engin avaient perforé la nuit furieuse et avaient ébloui le clerc déprimé derrière son pare-brise inondé. Pas de grands discours, ni de prétentions mondaines, juste quelques gestes assurés sous la pluie pour connecter le crochet du treuil à l'anneau de remorquage. Une fois arrivés, le temps que le clerc salue un vieil homme et une femme d'une quarantaine d'années sur le seuil de la cuisine, et le tracteur était déjà retourné dans son hangar. Son sauveteur, qui avait dit s'appeler Sébastien, avait ôté ses bottes en caoutchouc près de la porte d'entrée et les avait rejoints à table.

— Je regarderai ça demain matin, annonce le jeune homme. Si y faut, on ira voir La Flûte.

Le grand-père acquiesce en silence, et c'est la femme qui répond :

— Tu lui feras voir la chambre du fond, la bleue.

Elle a noué ses cheveux blond foncé en un chignon un peu lâche et porté assez bas sur la nuque. Ses yeux bleus contrastent avec les joues rougies par l'air froid du dehors. Elle porte une cotte de travail verte avec une double fermeture Éclair blanche sur le devant. Elle s'appelle Virginie et doit avoir entre quarante et quarante-cinq ans.

— Je vous remercie pour votre hospitalité. Je ne comprends pas, l'assistance devait me rappeler. Ils auraient dû me proposer une solution…

Sur sa droite, le vieil homme émet un grognement.

— On va quand même pas vous laisser tout seul, toute la nuit, dans votre voiture sous la pluie, commente l'agricultrice.

— Et sinon, vous faites quoi dans le coin ? demande Sébastien.

— Je suis là pour le travail. Je suis clerc de notaire. Je devrais même déjà être reparti mais il y a eu un accident sur l'autoroute, puis cet orage, et… maintenant cette panne…

La mention de la nature de son travail a coupé court à la curiosité ambiante. Seul s'élève le bruit des cuillères sur le fond des assiettes creuses. Il est des gens, assez majoritaires, que son travail excite et qui tentent aussitôt de lui soutirer des informations sur les héritages contestés ou les divorces scabreux, et il en est d'autres que cela intimide, qui conservent un respect un peu suranné pour le Droit et la vie privée, les « affaires de famille ».

Hughes avale d'un trait le vin rouge et râpeux servi par le

vieux dans un verre qui lui rappelle ceux de la cantine du collège. Trapus et épais, avec un numéro gravé au fond. Réchauffé par l'alcool, il se lance alors :

— J'ai vu quelque chose de bizarre, tout à l'heure. Avant de tomber en panne.

Ils lèvent tous les trois la tête sur lui. Sébastien affiche une mine sceptique, le vieux le regarde avec un brin de mépris jovial, genre attention à ce que va nous sortir le « Parisien », et la femme face à lui attend la suite. Ses yeux bleus un peu plus ouverts, un peu plus brillants mais sans que les traits de son visage alourdis par la fatigue ne trahissent d'impatience.

Le clerc leur raconte l'apparition de la fille sous la pluie, et sa disparition aussi brusque à travers bois. Sébastien baisse les yeux sur sa soupe tout en lançant une question en forme de provocation :

— Vous auriez pas un peu forcé sur l'apéro pour faire passer le temps dans l'auto ?

Face au jeune, le visage du doyen s'est fermé, même si ses petits yeux, les mêmes que ceux de Sébastien, brillent en dévisageant leur hôte d'un soir. L'agricultrice demande d'une voix plate :

— Elle était comment, cette fille ?

Hughes la décrit de façon sommaire, telle qu'elle a imprimé sa rétine : sans doute rousse, le teint pâle, assez jeune, le visage rond, le nez court, la poitrine plutôt avantageuse. Il ne sait pas comment leur expliquer son port de tête, son air sauvage et résolu, mais cette incapacité à traduire ces impressions fugaces est sans importance. L'agricultrice interroge le vieux :

— La fille Martin, non ?

Hughes se demande quel est le lien entre eux. Père et fille ? L'ancien bougonne au-dessus de sa soupe :

— Y'a bien qu'elle qu'est assez folle pour courir comme ça, de c'temps.

De son côté, le jeune homme mange comme si les trois autres n'existaient plus.

— La fille Martin, répète Hughes d'un air pensif. Elle est de la même famille que Pascal Martin ?

La femme et le vieux ne cachent pas leur surprise. Sébastien est perdu dans ses dernières cuillerées de potage épais, même si Hughes sait qu'il a entendu sa question.

— C'est sa belle-fille, répond l'agricultrice.

La froideur est nette dans la réponse de la femme, de même que de l'animosité se sent dans le regard du grand-père.

Mauvaise pioche, les Martin ne sont pas les bienvenus ici.

Virginie se lève pour débarrasser la soupe et revient avec un plat où des pommes de terre fumantes et persillées couronnent un poisson volumineux. Sébastien capte le regard interrogateur de leur visiteur face au plat.

— C'est de la truite.

— Pêchée dans le coin ?

Le jeune homme hoche la tête, Virginie lui dit de faire attention avec les arêtes. Hughes remarque les coups d'œil suspicieux du vieil homme. Un téléviseur éteint attire son attention dans un coin obscur du salon, par-dessus l'épaule du jeune. Le clerc trouve étrange qu'il ne soit pas allumé à cette heure, surtout si c'est pour manger en se regardant en chiens de faïence. Il se demande s'il ne ferait pas mieux de les laisser. Au moins, dans sa voiture il pourrait mettre l'autoradio.

Quand Virginie et Sébastien débarrassent la table, Hughes propose son aide mais le vieil homme lui adresse une mimique de connivence pour lui dire de ne pas s'embêter avec ça, avant de se lever pour aller fureter dans un buffet et il en revient avec une bouteille emplie aux deux tiers de liquide incolore. L'objet présente une étiquette manuscrite et tachée que le clerc ne peut déchiffrer. Le vieil homme dépose trois verres à liqueur sur la toile cirée en dépliant ses doigts noueux, petites branches d'olivier séculaire.

— Un p'tit digestif ?

Contaminé par le laconisme ambiant, Hughes se contente de hocher la tête. Sébastien tire une chaise pour se rasseoir avec eux. Derrière lui, l'agricultrice essuie la vaisselle, le regard songeur et taraudé par la fatigue. Le visiteur pense à son épouse, Nathalie. Elle se plaint tout le temps de courir partout, mais elle passe huit heures assise derrière un écran d'ordinateur dans un bureau climatisé et fait des pauses à rallonge dès que ses collègues ont un nouveau ragot à se raconter. Il se demande ce qu'a bien pu faire cette femme aujourd'hui. Il pourrait imaginer la journée de travail type d'un employé de bureau, d'un plombier, d'un fonctionnaire de police ou d'un cadre bancaire, mais Hughes se rend compte que sa connaissance du milieu agricole est assez limitée.

L'ancien remplit aux deux tiers les verres évasés. Le visiteur porte le digestif à ses narines afin de humer le bouquet fruité.

— C'est de la poire ?

— Elle a presque dix ans. C'est l'bon âge.

Sur ce, l'ancien avale sa dose d'un trait et fait claquer sa langue contre son palais en guise d'approbation. Les deux autres suivent en silence. Hughes craint un instant de tomber sur un vilain distillat au goût prononcé d'éthanol qui lui brûlerait l'œsophage, mais le vieux ne lui a pas menti, c'est bien une liqueur déjà ancienne, où le fruit a eu le temps de mûrir et de prendre le pas sur l'alcool. La venue d'un notaire convoque presque toujours de vieux alcools sur les tables des cuisines ou des salles à manger, par une sorte d'association d'idées avec le lent mûrissement, le temps immuable, l'occasion rare.

Une vibration étouffée agite la poche intérieure de la veste du visiteur. Le numéro affiché sur le portable ne lui dit rien. Le service d'assistance lui revient en mémoire et il se lève pour sortir.

— Excusez-moi, je crois que c'est l'assurance.

Le vieil homme sort un paquet de Gitanes et regarde le jeune.

— J'espère que cette crevure de Martin va pas toucher un héritage.

Le jeune homme se contente de hausser les épaules, ses petits yeux noirs évitant ceux du grand-père. Celui-ci allume une brune tandis que des éclats de voix leur parviennent depuis l'extérieur. Virginie pend le torchon à vaisselle à un crochet en plastique jauni collé à la faïence écaillée à côté de l'évier et vient poser un cendrier devant le grand-père. Elle laisse ensuite les deux hommes pour aller prendre sa douche.

— Des cochons sont encore passés dans le maïs des Philippeau la nuit dernière, annonce le jeune. Le Jean-Pascal va faire les pieds demain matin. On fera p'têt' une battue.

— Tu devais pas aider la Virginie, demain ?

— Tu sais bien que les cochons passent aussi chez nous

depuis la Forge. Ça sert à rien d'aider la m'man si on n'a plus de maïs à ensiler.

Alors que le jeune repousse sa chaise pour se lever, le vieux lui dit qu'il faudra bien qu'il choisisse un jour.

— Choisir quoi ?

— Entre la chasse et l'exploitation. J'en connais qu'ont mangé le domaine comme ça. Quand un cultivateur passe plus de temps à courir les bois qu'assis sur son tracteur, ça dure jamais bien longtemps.

Sébastien observe le grand-père en silence. Il ne souhaite pas être désagréable, pas ce soir. Le jeune homme va se réfugier dans la pénombre du salon qui l'avale, et où luit bientôt la lumière diffuse du téléviseur qui se reflète sur la table basse et les tomettes usées.

À l'extérieur, Hughes referme son portable d'un geste sec et sort son paquet de cigarettes. Une marquise étroite aux carreaux ébréchés et aux joints de mastic friable suffit tout juste à abriter les deux hautes marches de pierre qui montent à la cuisine depuis la cour détrempée. La pluie n'a pas faibli et il entend l'eau qui cascade dans une grosse gouttière cabossée sur sa droite. Ces enfoirés de l'assistance vingt-quatre sur vingt-quatre lui ont dit qu'ils ne pouvaient localiser un dépanneur agréé dans un rayon de cinquante kilomètres et qu'en l'occurrence, conformément à l'article douze du contrat, c'était à lui de trouver un professionnel. Bien sûr, la prise en charge des frais sera totale.

Bande d'escrocs.

Il avait nourri un espoir mince de pouvoir finir à l'hôtel ce soir, voire de prendre un train de nuit pour rentrer chez lui. C'est râpé, et il va devoir passer la nuit dans cette ferme, chez ces gens avares de paroles et de gestes qu'il ne connaît pas, et dont la suspicion à son encontre est presque palpable. Nathalie lui avait demandé cet été si ça ne lui dirait pas de passer un week-end à la ferme. Toutes ses collègues semblaient en raffoler.

Je t'en foutrais, moi, d'un week-end à la ferme.

D'une chiquenaude, le clerc de notaire expédie son mégot dans une large flaque et retourne à l'intérieur. Il récupère son porte-documents à l'entrée, à côté des bottes de pluie du jeune et de plusieurs paires de chaussures boueuses. Le vieux est seul à table, face à sa bouteille de gnôle et un cendrier. La télé est allumée dans le salon et, en tournant la tête, le visiteur aperçoit des joueurs costauds en chasuble jaune fluorescent sur un terrain d'entraînement. L'équipe de France de rugby. Le *Journal des sports* de la 3. Hughes marque un temps d'arrêt, une vilaine crispation amère lui vrillant le ventre.

— On va encore se prendre une dégelée contre les « auleblaques », lâche l'ancien. Y'a qu'en Coupe du monde qu'on arrive à les battre.

Le clerc regarde le vieil homme, qui a dû interpréter son temps d'arrêt comme une marque d'intérêt. Il se contente de hocher la tête et il change de sujet :

— Je suis désolé, mais mon assurance ne peut rien faire ce soir. Si vous êtes toujours d'accord pour m'héberger…

— Mais oui, mon gars. Chez les Girard, on laisse pas les gens dans le pétrin.

— Merci beaucoup.

Le vieil homme dirige son regard vers le téléviseur, avant de revenir sur son invité qui est toujours debout, l'air hésitant.

— Excusez-moi, mais je suis vraiment fatigué…

— Tu voudrais p'têt' voir ta chambre ? Sébastien ! Ho,

Sébastien, c'est quelle chambre qu'elle a dit ta m'man pour not' notaire ?

La voix du jeune homme leur parvient du salon : « La bleue. »

— Je ne suis pas notaire, juste clerc.

Hughes regrette presque aussitôt cette précision idiote, dégoulinante d'humilité. Le vieil homme se lève en souriant à son interlocuteur.

— On va pas faire de chichis. T'es toujours plus notaire que moué.

Il fait un signe d'une de ses mains noueuses et piquetées de taches brunes pour enjoindre l'autre à le suivre. Les deux hommes parcourent un long couloir au papier peint défraîchi et orné de plusieurs trophées de chasse. Ils passent devant une porte semi-ouverte d'où s'écoulent un flux de lumière jaune et un bruit de douche. Hughes ne peut s'empêcher d'y jeter un œil et découvre la silhouette floue de Virginie à travers le verre dépoli de la cabine. Elle a les mains sur sa tête légèrement penchée en arrière, les coudes relevés assez haut. Le voyeur furtif décèle les contours troubles d'une poitrine lourde et d'une paire de fesses généreuses sur des cuisses fortes. L'homme s'en veut presque aussitôt pour cette intrusion dans l'intimité d'une inconnue et il baisse le regard sur le sol recouvert de linoléum où avance le grand-père à pas résolus dans ses charentaises fourrées à carreaux.

— Voilà, c'est celle-là.

L'ancien ouvre une porte et actionne un interrupteur. Hughes découvre une chambre assez spacieuse, avec un grand lit couvert d'un édredon de couleur bordeaux.

— Merci beaucoup, monsieur Girard.

Le patriarche indique le bout du couloir.

— Si t'as envie de pisser c'te nuit, c'est la porte du fond à droite. Te trompe pas, hein ? À gauche, c'est celle de la Virginie. Va pas lui pisser sur ses patins.

— Euh, oui, d'accord. Merci.

Le vieux le laisse, un sourire égrillard éclairant sa face ridée et rouge. Le clerc entre dans la chambre et referme la porte sur lui, les joues empourprées. Il s'est fait prendre comme un gamin à mater l'agricultrice sous la douche ; le vieux ne lui aurait pas fait cette remarque, sinon.

Moins de vingt minutes plus tard, Hughes est au lit, appréciant dans le noir la fermeté du matelas, la fraîcheur des draps, le poids de l'édredon de plume sur lui. La fatigue l'envahit mais une érection persistante le gêne et maintient une tension dans son bas-ventre qui l'empêche de sombrer dans le sommeil. Quand il ferme les yeux, il voit la silhouette trouble de Virginie Girard dans la salle de bains. Elle n'a pas un visage qu'on pourrait qualifier de beau, si ce n'est ses grands yeux bleus. Elle n'est pas aussi mince que Nathalie, beaucoup moins féminine et apprêtée. Son sexe se dresse malgré tout avec insistance sous l'édredon.

Tout ça parce que tu l'as entrevue trois secondes sous la douche à travers un panneau de verre opaque.

Dix minutes plus tard, son érection est toujours là, lancinante, quasi douloureuse. Il fantasme un instant sur une rencontre provoquée par une fausse méprise où il s'introduirait dans la chambre de l'agricultrice, comme l'a suggéré l'ancien. Il aurait trop peur de se ridiculiser et Virginie Girard pourrait même se mettre à crier. Le vieux et le jeune débarqueraient avec un fusil chacun. Le prochain trophée sur le mur, ça serait lui.

Quelques minutes plus tard, quand son souffle se fait plus rauque et alors que toute tension est expulsée de son bas-ventre, Hughes réalise que ce n'est pas à Virginie Girard que ses pensées vont à l'instant de la propagation du plaisir électrique tout au long de son membre viril. Là, dans la satisfaction primitive de l'éjaculation, c'est à la nuit zébrée d'éclairs qu'il pense, au tonnerre et à la pluie, aux formes juvéniles moulées par le coton humide, aux tétons durcis pointant sous la robe et le chandail trempés, à cette culotte visible par transparence, à ce regard sauvage. C'est la fille de la pluie qui lui a mis le feu au bas-ventre, en même temps qu'elle a envoûté le moteur de sa voiture lorsque ses doigts graciles ont effleuré le capot.

Le lendemain matin

Une grisaille de plomb obscurcit l'horizon mais la pluie a cessé. Hughes boit son café, seul, assis à la table sur laquelle ils ont dîné hier. La maison était vide lorsqu'il s'est levé sur le coup de neuf heures moins le quart. Il s'est douché et a remis ses habits de la veille, bénissant le jeu de sous-vêtements de rechange roulés dans son porte-documents. En lavant sa tasse et sa cuillère dans un large et profond évier en émail, Hughes aperçoit la silhouette du grand-père qui claudique dans la cour. Une fois la vaisselle laissée à égoutter, il sort pour rejoindre le vieil homme.

L'ancien s'est évaporé mais le jeune agriculteur est penché sur son moteur, le capot grand ouvert. Hughes évite de grosses flaques boueuses pour arriver jusqu'à lui.

— Bonjour. Vous avez trouvé quelque chose ?

Le jeune homme braque ses yeux sombres et étroits sur le

nouveau venu, avant de fourrer ses mains noircies par le cambouis dans les poches d'une cotte de mécanicien de l'armée. Le tissu kaki brille à cause de la graisse et de l'huile que le vêtement a épongées au cours de nombreuses années de bricolage.

— C'est le démarreur.

— Ah… C'est grave ?

— Je crois qu'il est cuit. Faut le changer.

— Il y a un garagiste dans le coin ?

— Y'a La Flûte, au bourg. Le garage Citroën.

— Vous pouvez m'emmener ?

— On peut se dire « tu ». Maintenant que t'as dormi chez moi.

Même s'il n'y a aucune hostilité décelable dans le ton du jeune, le clerc distingue une forme de reproche dans cette affirmation. À moins que ce ne soit juste une forme de rusticité râpeuse dans les rapports à laquelle il n'est pas habitué. Maître Desbarres ou Nathalie sont beaucoup plus expressifs dans leurs récriminations.

— Cela ne te dérangerait pas de m'emmener, alors ?

Sébastien décroche la barre de soutien et referme le capot, sans ménagement, laissant des traces graisseuses sur la carrosserie claire.

— Il faudrait que j'aille aider la m'man. Mais bon, j'imagine que c'est mieux si je viens avec toi, histoire que La Flûte t'envoie pas promener.

— Merci.

Quand ils quittent la ferme deux minutes plus tard, Hughes aperçoit la silhouette du vieux dans le rétroviseur avant droit. Les deux mains dans les poches, une casquette sur la tête, l'homme les regarde partir, la tête rentrée dans les épaules au milieu de sa cour. Sébastien s'est débarrassé de sa cotte et a enfilé une chemise à petits carreaux.

— Donc, si je comprends bien, tu vis ici avec ta mère et ton grand-père ?

— Nan, c'est pas mon grand-père. Juste mon oncle.

Le jeune a délaissé le C15 au profit d'une trois portes couleur anthracite métallisé, avec intérieur cuir, qu'il mène grand train dans le chemin défoncé reliant la ferme à la route départementale. Une fois sur l'asphalte encore humide, le conducteur enchaîne les rapports, faisant gronder son moteur dans des virages pourtant sans grande visibilité à cause des haies touffues qui bordent des fossés profonds. Le passager observe d'un œil distrait le massif forestier qui les surplombe sur leur droite, et dont le sommet arrondi se perd dans la brume. Il ne leur faut pas longtemps pour arriver au bourg, le traverser et s'arrêter dans les gravillons du garage local. Hughes déchiffre le nom du garagiste, sérigraphié sous l'enseigne générique du constructeur français.

— Pourquoi est-ce que vous l'appelez *La Flûte* ?

Sébastien réfléchit et hausse les épaules.

— C'était le surnom de son père. Je sais pas d'où ça vient. Il faudrait demander aux anciens.

— Ton oncle, il saurait ? Il est du coin ?

Le jeune acquiesce avec sévérité.

— Ouais. Il est né aux Milouins. Et il a bien l'intention d'y mourir, aussi.

Derrière la déclaration se décèle une pointe d'amertume. Sébastien quitte sa voiture aussi vite qu'il l'a conduite jusqu'ici. Il n'y a personne dans le bureau vitré qui fait office d'accueil et de salle d'attente et ils passent dans l'atelier où un grand brun se tient debout sous un véhicule monté sur un pont.

L'homme porte une cotte rouge, avec l'emblème au double chevron brodé sur la poitrine. Ses lunettes à monture fine tranchent avec le carré de sa mâchoire et l'embonpoint qui tend et arrondit son vêtement de travail au niveau du nombril. Sébastien lui serre la main.

— Ça va, p'tit Girard ? Dis-moi pas que t'as déjà cassé l'auto toute neuve ?

— Non, je m'appelle pas Bordier, moi.

Ils rient et Hughes attend en silence, exclu de la connivence au sujet de ce Bordier à propos duquel il ne peut que spéculer. Quand le sujet de sa panne est évoqué, le clerc n'arrive pas à se sentir concerné, en proie à un sentiment d'étrangeté et de passivité qui lui donne un air froid et absent aux yeux des deux autres. Il suit le garagiste de façon mécanique jusqu'au PC graisseux de l'atelier. Le modèle de la voiture rend la disponibilité de la pièce moins courante. Il faut la commander. La livraison ne pourra se faire avant mardi. La voiture ne sera prête que mercredi matin. Une facture à trois chiffres avant la virgule. Hughes se sent abattu. Il va devoir partir en train, s'il en trouve un, et revenir chercher le véhicule dans le courant de la semaine prochaine. Maître Desbarres va être furieux à cause des frais de réparation et du temps perdu.

— C'est qu'il est pas du coin, intervient Sébastien avant de se tourner vers l'infortuné. T'es d'où, en fait ?

— Nantes. Je vais devoir rentrer aujourd'hui. Il va falloir que je prenne le train et que je revienne ensuite chercher la voiture. C'est mon véhicule de fonction, en plus… Vous ne pouvez vraiment pas vous en charger avant mercredi ?

Le garagiste ne montre ni animosité ni mauvaise grâce, mais les arguments de ses deux visiteurs ne l'émeuvent guère.

— Déjà, faudrait me l'amener. Ensuite, on verra si y faut vraiment commander un démarreur, mais bon, je me ferais pas trop de faux espoirs si j'étais vous. Si y faut commander, je pourrai pas avoir la pièce avant lundi soir. Je peux vous mettre en urgence mardi matin mais vous aurez pas la voiture avant le midi. Je peux pas faire mieux, on est pas livrés le samedi matin et on ne travaille pas le lundi matin.

— Bon, d'accord. De toute façon, je n'ai pas le choix.

Le garagiste affiche une moue factice de circonstance et le duo regagne la voiture du jeune sans s'attarder davantage.

— Il y a une gare dans le coin ? demande Hughes en ouvrant sa portière.

— Ouais. On regardera les horaires à la maison sur Internet.

Le clerc hoche la tête et s'assied dans le cuir mat et crissant aux grosses coutures blanches. L'intérieur de la voiture est imprégné des odeurs mêlées de la sellerie et du plastique des garnitures qui évoquent son enfance, passée dans un village anonyme d'une campagne française sans attrait ni relief, assez semblable à celui-ci. Il se souvient que son père changeait de voiture tous les deux ans, avec une régularité d'horloge suisse.

Sébastien effectue une manœuvre rapide pour stationner devant la vitrine d'une boulangerie.

— Tu viens ? Après on va boire un café.

Le jeune homme fait un signe de la tête en direction d'un bistrot sur le trottoir d'en face. Le clerc voudrait être n'importe où plutôt que coincé dans ce bled avec ces gens qu'il n'a pas envie de connaître. Il remarque la couleur changeante du ciel qui s'obscurcit à vue d'œil. Il va pleuvoir à nouveau et la pensée de la pluie le ramène à celle de la fille entr'aperçue dans l'orage, trempée et bondissant dans les fourrés aux feuilles gorgées d'eau froide. Il se demande si les Martin vivent ici, dans ce bourg.

Sébastien entame la conversation avec la boulangère, une brune replète de petite taille qui fixe l'étranger avec une curiosité peu scrupuleuse. Hughes soutient son regard pour la forcer à porter son attention ailleurs mais elle n'en a cure. Elle lui adresse même un sourire lascif, tout en portant une main lasse et grassouillette à un pendentif en or reposant sur sa peau nue à la base du cou, ce qui attire le regard du clerc sur sa poitrine. Le sourire de la brune étire ses lèvres épaisses et maquillées, une lueur vicieuse s'allume au fond de ses iris couleur châtaigne. Hughes détourne le regard, vaincu par l'audace vulgaire de la commerçante, et les deux hommes sortent en faisant tinter le carillon.

Sébastien dépose trois pains dans sa voiture, puis ils laissent passer un 4 × 4 boueux arborant une silhouette de sanglier sur la housse de sa roue de secours avant de traverser la rue. Le café n'est pas très grand et cinq visages se tournent vers eux. Celui, un peu jaune, du barman, un grand type aux yeux cernés et au crâne chauve. Ceux, déjà rouges, de deux piliers de bar accoudés devant leurs blanc-cassis face au patron, et ceux, fermés et hostiles, de deux hommes assis à une table au fond, sous un téléviseur diffusant des images de courses hippiques.

Sébastien salue d'un signe de tête les deux quinquagénaires alcooliques et leur principal refourgueur avant de les dépasser et d'aller se placer contre le zinc, non sans jeter un regard fermé aux deux autres clients attablés au fond. Hughes s'installe sur un tabouret haut sans arriver à trouver une position confortable.

— Elle m'a regardé avec un drôle d'air, la boulangère.

Le jeune agriculteur affiche un sourire narquois.

— Si tu veux, je peux te filer son numéro perso. Tout le monde l'a, ici.

— Nan, je déconne pas. Elle m'a regardé… bizarrement.

— Bizarrement ? T'appelles ça comme ça quand une fumelle te cherche, toi ? Elle t'a regardé comme elle regarde tous les mecs, et surtout les nouveaux. C'est une grosse chaudière, c'est tout.

— Une chaudière ?

— Ben, oui. Une grosse cochonne. Elle a le bassin carnivore, la Mélanie.

— Ah, OK.

Hughes est ramené plusieurs années en arrière. Les soirées dans les bars après l'entraînement, la paillardise des blagues et des chansons sur les femmes. C'était l'époque des matchs amateurs et des terrains gras, des arbitres retraités en survêtement, des femmes de joueurs avec les poussettes le long des rambardes en guise d'uniques spectateurs. L'époque d'avant le professionnalisme et des faux espoirs. Deux saisons en enfer qui l'avaient dégoûté du sport de haut niveau. Sébastien fronce les sourcils face au mutisme pensif du clerc et le barman leur demande ce qu'ils veulent.

— Deux cafés, s'te plaît.

— Alors, Girard ? T'es pas venu avec ton chien ?

La voix rocailleuse de gros fumeur leur est parvenue depuis le fond de la salle. Hughes dévisage l'homme qui a interpellé son compagnon : un barbu au visage rougeaud et au poil noir comme une taupe, avec des épaules massives, un ventre proéminent sous un pull camionneur gris détendu et effiloché aux manches et des bottes en caoutchouc aux pieds.

Le jeune homme se retourne et jette un œil sombre à l'autre, avant de revenir sur le clerc.

— Ben quoi, c'est vrai, insiste le barbu, son chien à Girard il va partout, même où qu'y faudrait pas. Alors pourquoi pas au bistrot ?

L'homme fait mine de s'adresser à son compagnon de table, un petit grisonnant dont le visage taillé à la serpe est mangé par une barbe de plusieurs jours. Hughes remarque la crispation de la mâchoire du jeune avant que celui-ci ne se retourne dans un geste brusque.

— Qu'est-ce qui t'arrive, Fargeaud ? Qu'est-ce qu'il t'a fait, mon chien ?

Un bref éclair dans les yeux sombres de l'homme assis au fond trahit sa satisfaction.

— Oh, moi rien. Mais mon beau-frère, y serait p'têt' pas du même avis. Faut dire que c'est pas agréable de voir les chiens des autres braconner sur ses terres.

Girard fait un pas en avant.

— C'est n'importe quoi. Mon chien n'a jamais chassé chez les Martin. Il est parti une fois après un chevreuil blessé et on a appelé Martin pour le prévenir. Un quart d'heure plus tard, on a entendu un coup de fusil et le chien est revenu. On a pas revu le chevreuil, et je ne suis pas sûr qu'il ait vu la couleur d'un bracelet, celui-là. Alors, Martin, il ferait mieux de se taire plutôt que d'accuser le chien des autres.

Les deux attablés du fond portent leur verre à leurs lèvres d'un geste synchrone presque comique. Le plus âgé ne quitte pas des yeux le jeune Girard et le barbu poursuit :

— Mouais. C'est bizarre, mais le Rémi Pointerot, y dit aussi qu'il a vu ton chien chez lui. Même que tu devais pas être bien loin avec ton fusil.

Sébastien se retourne, cherchant du regard un soutien auprès de son compagnon ou des autres clients. Hughes n'a rien d'autre à lui offrir qu'un masque d'incompréhension totale et le barman et ses consommateurs observent en silence, se réservant le droit de commenter après son départ. Désemparé et frustré, Sébastien se retourne vers Fargeaud :

— Tout ça, c'est des mensonges. Pointerot, c'est rien qu'un jaloux. Il a des chiens de rien, pas foutus de sortir un cochon des Failles depuis trois dimanches, alors que c'est envahi de pieds et de coups de nez. Tout le monde sait que mon Flambeau, c'est le meilleur chien à cochons de la commune. C'est ça la vraie raison à toutes ces conneries. Au lieu d'écouter Martin, tu ferais mieux de te souvenir de ce que mon père a fait pour toi, Fargeaud.

Un voile assombrit les yeux du barbu. Son regard se perd un instant dans son verre et il lève les deux mains en signe d'apaisement.

— Ho, Girard. Moi je dis ça pour toi. Si tu tiens à ton chien et qu'il est si bon que ça, fais-y attention, c'est tout. Des fois qu'il lui arrive malheur.

La phrase tombe, lourde de sous-entendus. Hughes ressent de façon quasi physique l'intensité du regard des piliers de bar et du barman dans son dos, dans l'attente de la réaction du jeune agriculteur.

— Ouais, eh ben ce jour-là, Fargeaud, vaudrait mieux pas que je sois pas bien loin avec mon fusil, comme tu dis.

Sébastien Girard se retourne, s'empare du café sur le comptoir et le vide d'un trait. Il fixe alors Hughes de ses petits yeux noirs emplis de colère.

— Bon, on y va ?

Le clerc n'a pas le temps de répondre. En trois enjambées, l'agriculteur est devant la caisse enregistreuse, la main sur la poche arrière de son jean. Le clerc se dépêche de finir son café.

— Non, attends, c'est pour moi.

Girard se contente de hocher la tête et lance un « à la prochaine » sans aménité au barman et aux deux autres clients.

Le retour à la ferme se fait de façon encore plus rapide que l'aller, Sébastien ne desserrant pas les dents de tout le trajet, forçant son passager à se concentrer sur le ruban de bitume qui défile bien trop vite. Une fois la voiture garée sous un hangar, le jeune homme traverse la cour pour se réfugier à l'intérieur de la maison, sans se soucier du clerc qui reste seul et désemparé.

— Eh ben. Qu'est-ce qu'y arrive, au Sébastien ?

Hughes se retourne vers le vieil homme. Leurs regards se croisent et se verrouillent l'un sur l'autre.

— Je ne sais pas. Un type au bistrot lui a cherché des noises à cause de son chien. J'avoue que je n'ai pas tout compris.

— Mmh. À quoi qu'y ressemblait, l'autre gars ?

— Un barbu, assez trapu. Fargeaud ou quelque chose comme ça.

— Ah… le Titi Fargeaud. Un arcandier comme pas deux.

— Il a plus ou moins menacé le chien de Sébastien.

Le vieil homme secoue la tête dans un geste qui semble traduire de l'incompréhension et du dégoût.

— C'te chasse. Y z'ont plus que ça dans le corps à présent.

— Vous ne chassez pas, vous ?

Hippolyte Girard affiche un sourire triste.

— Ma foi, pas depuis que j'me suis r'trouvé au Tchad

avec les paras de l'infanterie d'marine en 69. J'voulais voir l'outre-mer. Tu parles d'un couillon. En tout cas, faire la guerre, ça vous passe l'envie de trimballer un fusil tous les week-ends avec des gars habillés comme des fantassins.

— Je vois.

— M'étonnerait que tu voyes, non.

Le vieil homme suit la piste encore fraîche de son neveu jusqu'au bâtiment principal. Le clerc de notaire est assailli par une angoisse insidieuse : et si le jeune se braquait à cause de cette histoire de chien et ne voulait plus l'emmener à la gare ? Le temps de descendre au village et de trouver une âme charitable, il risquerait de rater l'un des rares trains qui pourraient le ramener chez lui. La bouffée d'angoisse est accompagnée de sensations familières : le craquement du parquet de leur appartement, la lumière des grandes fenêtres du salon, les vêtements de sa femme sur le dossier du canapé, l'odeur du café froid dans la cuisine. Qu'est-ce qu'il ne donnerait pas pour être chez lui à cet instant précis, assis dans son fauteuil de cuir usé, avec une bière fraîche et un Blu-ray à regarder. Chez lui et pas dans cette campagne froide et humide emplie de problématiques aussi primitives qu'hermétiques.

Hughes gagne le seuil de la ferme aux grosses pierres usées. Il doit forcer le jeune à tenir son engagement et à l'emmener à la gare.

13 h 15

La ferme des Martin ne se situe pas à plus de deux mille mètres à vol d'oiseau de la limite nord de celle des Girard.

Hughes a pourtant compté près de sept minutes de trajet sur l'horloge de bord pour couvrir la distance séparant les deux ensembles d'habitation. Après un panneau de lieu-dit indiquant « Les Rimberts », les derniers hectomètres se font sur un large chemin empierré qui mène à un corps de ferme modeste et trapu, tassé derrière une cour carrée de terre boueuse, ceint par des dépendances aux pierres grises, aux toitures basses et pentues. De grands conifères marquent la présence ombrageuse de la forêt tout autour des bâtiments.

Un chien efflanqué et haut sur pattes au pelage clair est sorti d'une niche blanchie par les éléments pour aboyer sur un ton monocorde et triste. L'animal vient à la rencontre du break de l'agricultrice pour se mettre en travers de sa route avec autorité, la forçant à s'arrêter. Il se glisse ensuite au niveau de la portière côté conducteur, sans cesser ses aboiements, escortant les intrus lorsque la voiture s'avance dans la cour en première.

Virginie s'arrête à bonne distance de la maison d'habitation. Une femme assez forte ouvre la porte et sort sur le seuil. Elle porte un jean, un tablier et l'un de ses poings épais est refermé sur un torchon de cuisine. Son visage rond et ses yeux clairs se fixent sur eux.

— Voilà, c'est ici.

Le clerc jette un œil indécis sur le chien à l'extérieur, puis sur Virginie, qui secoue la tête :

— Moi, je reste là.

Hughes sort en essayant d'afficher de l'assurance. Le chien est aussitôt sur lui, se plaçant entre sa maîtresse et l'intrus. L'homme tente d'ignorer les grondements et ose un sourire à la femme en lui disant bonjour. Elle se contente de crier sur le chien :

— Kaiser, couché ! Allez, couché…

L'animal tourne la tête avec mollesse vers sa maîtresse. Lorsque celle-ci descend les marches de façon menaçante, il file vers sa niche, non sans un dernier regard revanchard en direction du clerc. Hughes se présente mais la fermière n'en a que pour l'autre femme restée dans la voiture. Son visage se montre défiant et dur. Hughes poursuit :

— Je viens voir monsieur Pascal Martin. C'est bien ici ?

La femme pose les yeux sur lui. Des billes d'un vert profond et minéral, seuls joyaux d'un visage désormais mangé par la graisse et les rougeurs.

— Vous êtes huissier, c'est ça ? demande-t-elle avec froideur.

— Non, non, madame. Maître Desbarres est notaire, rassurez-vous. Je souhaite rencontrer monsieur Martin dans le cadre du règlement d'une succession.

La pauvre femme ne sait s'il faut se réjouir ou non. Plus d'une fois, Hughes s'est dit qu'il ferait mieux de se présenter en disant « Bonjour monsieur, bonjour madame, salut les enfants, aujourd'hui c'est votre jour de chance, vous allez hériter ! ». Elle finit par agiter son torchon en direction de la porte et Hughes en conclut qu'il s'agit d'une autorisation d'entrer.

Une fois dans la cuisine, elle lui propose de s'asseoir avant de se diriger dans un couloir où se devine un escalier. Hughes tire une chaise et observe les motifs cynégétiques de la toile cirée pendant que la femme appelle à plusieurs reprises du côté de l'étage. Lorsqu'elle revient, elle lui accorde à peine un regard et se déplace dans son dos pour aller se poster devant une cuisinière émaillée. Hughes remarque qu'elle a jeté au passage un œil sur la voiture à travers les rideaux jaunis.

Les marches craquent et résonnent d'un pas lourd avant qu'une silhouette massive ne se dresse dans l'encadrement de la porte. Hughes se lève pour saluer le nouveau venu dont la poignée de main s'avère être exagérément ferme. L'homme face à lui va sur ses cinquante-cinq ans et ses larges épaules et sa coupe en brosse confirment son passé militaire. Le clerc se présente une nouvelle fois et répète ses explications sur le motif de sa visite.

— Une succession ? s'étonne Pascal Martin d'une voix rauque. Vous êtes sûr que vous ne vous êtes pas trompé de Martin ?

— Je ne pense pas, monsieur. Vous êtes bien Pascal Rémi Martin, né le 23 juillet 1960 à Rezé, de Sophie Marguerite Martin et de père inconnu ?

— Ouais. C'est bien moi, mais ma mère est morte quand j'avais huit ans et mes grands-parents sont décédés tous les deux dans les années 1990…

— Il s'agit de la succession de Jacques Duchêne.

Martin se retrouve quelques secondes en Loire-Atlantique dans les années 1970, au sein de sa première famille d'accueil. Des gens dont il n'a gardé que quelques souvenirs sans joie ni peine.

— Venez, vous allez m'expliquer ça. Mimine, tu nous fais un café ?

L'ancien militaire fait demi-tour et s'engage dans le couloir, où il prend sur sa gauche. Sous l'escalier, une forme sombre et allongée attire l'attention du clerc. Un loup empaillé, figé dans une attitude menaçante, la tête tournée, la gueule ouverte, le poil long et épais sur les flancs, d'un brun rougeâtre tirant sur le noir. Ses oreilles sont courtes et droites et Hughes se dit qu'il ressemble assez peu aux loups qu'on peut voir dans les zoos, ou même dans les Alpes à la télévision.

Martin allume la lumière dans la salle à manger.

— Belle bête, hein ?

— C'est un loup ?

— Oui, un des derniers du massif. C'est le grand-père de ma femme qui l'a tué en 1919, après sa démobilisation. Les guerres, ça les fait toujours sortir, ces bestiaux-là.

— Il a une drôle de couleur, non ?

— C'est un loup cervier. Un mangeur d'hommes.

Hughes affiche un sourire idiot, avant de réaliser que son interlocuteur ne plaisante pas.

— Vous me charriez. Il paraît que les loups n'attaquent presque jamais l'homme, en fait.

Pascal Martin arbore une mine contrariée, ou déçue. Il tend un bras pour désigner la relique animale, découvrant un tatouage sous sa chemise. Un coin de sa bouche est déformé par un rictus moqueur.

— Dans l'estomac de celui-ci, on a retrouvé un morceau de fémur. Un fémur humain. Il est exposé dans une vitrine à la mairie avec une coupure de journal où on voit le loup et son tireur, ainsi que le procès-verbal de gendarmerie sur l'autopsie du loup.

Le maître de maison se dirige ensuite vers une grande table vernie. En y prenant place, Hughes observe la cheminée en pierre de taille, aux moellons inégaux et presque noirs, surmontée d'une tête de sanglier imposante et d'un mousquet à silex, dont la crosse est fendue et le canon piqué. Antique pièce de musée ou simple rebut de grenier, le clerc ne saurait le dire. Sur un autre mur, un grand portrait où l'on reconnaît Pascal Martin, bien plus jeune, un béret rouge posé en travers d'un crâne rasé, vêtu d'une veste de treillis aux manches retroussées. Derrière lui, des façades blanches de bâtiments méditerranéens et la silhouette lointaine et décharnée d'un haut building criblé de trous d'obus ou de roquettes.

En ouvrant son cartable de cuir aux coins écrasés et râpés, le visiteur est saisi par un sentiment d'incongruité : quelque chose, ici, le dérange, heurte ses habitudes. Il n'aurait pas dû céder aux pressions de Maître Desbarres au téléphone, à sa pingrerie vulgaire plus forte que la courtoisie élémentaire qui aurait voulu que son employeur pense avant tout à son bien-être. Hughes ne peut s'empêcher de trouver à cette entrevue un côté improvisé et bâclé qu'il n'apprécie pas et qui le met mal à l'aise. Il aurait dû repousser la visite à la semaine suivante, quand il reviendrait chercher la voiture. Un silence pesant s'installe tandis que le clerc dépose ses papiers sur la table.

— Donc, comme je vous le disais, il s'agit…

La phrase du clerc meurt dans sa gorge. Elle est là, debout, de l'autre côté de la table, le fixant de ses yeux verts, une main posée sur l'épaule de Pascal Martin. Il ne l'a pas entendue arriver, elle a surgi aussi soudainement que la veille, et sa vue le déstabilise avec la même force.

— … heu, de…

Il doit arriver à briser le trouble qui s'est emparé de lui, à poursuivre, avant que la situation ne devienne insupportable. Il avait oublié cette fille, ou plutôt son esprit avait tenté de la repousser dans une zone recluse et obscure de son cerveau, mais elle est bien là. Vivante. Charnelle. Emplissant de ses formes une robe légère à gros pois orange et marron, avec un côté très années 1970. Sa chevelure roux foncé tombe sur ses épaules en cascades épaisses et soyeuses tandis qu'une frange droite surplombe ses grands yeux d'un vert délavé d'aquarelle, comme si les pluies d'hier avaient noyé son regard lors de sa folle course à travers bois. Hughes ne peut s'empêcher de regarder sa poitrine, serrée dans un soutien-gorge aux bretelles visibles, avant de baisser les yeux sur ses papiers, d'une façon si brusque qu'il ne saurait faire illusion.

— … la succession de monsieur Duchêne, donc.

Il va s'en sortir. Quand il relève la tête, le clerc verrouille son regard dans celui de Martin, en dépit de l'animosité teintée de mépris qui s'y lit. Il y a autre chose, toutefois. Par-delà la sourde violence légitime et protectrice du beau-père, face à un étalage de concupiscence provoquée par sa belle-fille, peut se décrypter aussi une pointe de lassitude. L'abattement d'un homme qui sait au fond de ses tripes qu'il ne pourra lutter, qu'il ne réussira pas éternellement à éloigner les chiens en rut qui rôdent autour de sa maison.

— Dites donc.

La carrure arrondie de la femme Martin s'est enchâssée dans l'encadrement de la porte du couloir au-delà de la dépouille lupine. Elle attire les regards des trois personnes présentes dans la salle à manger et propose un répit inespéré pour le clerc.

— La Girard, pourquoi qu'elle reste dans son auto ? Elle croit p'têt' qu'on est pas assez bien pour elle, nous autres ?

C'est à leur visiteur qu'elle s'adresse, son torchon de cuisine toujours en main. Les regards du beau-père et de la belle-fille se tournent vers Hughes, dont le soulagement n'aura été qu'illusoire. Après un long silence, il réalise avec effroi qu'ils attendent effectivement une réponse.

— Heu, je crois qu'elle ne souhaite pas vous déranger. C'est une affaire strictement privée.

Les yeux de Martin rétrécissent encore, se réduisant à des fentes irradiant la méfiance.

— C'est Virginie Girard qui vous a conduit ici ?

— Heu, oui. En fait, je suis tombé en panne. Hier soir, pendant l'orage...

Le regard du visiteur croise celui de la fille Martin. Loin d'afficher une expression de connivence, le visage de la jeune femme se durcit d'un seul coup. Une lueur d'affolement danse au fond de ses yeux verts et ses lèvres, encore boudeuses l'instant d'avant, se pincent en blêmissant et son regard le foudroie d'un avertissement plus que sévère.

— ... et heu... c'est le fils Girard qui m'a dépanné. Ma voiture ne sera pas prête avant plusieurs jours.

Et qu'est-ce que ça peut vous foutre, d'abord ?

Hughes ferme les yeux un bref instant. Il savait qu'il n'aurait pas dû venir. Tout cela n'a pas de sens. Et cette fille en plus, qui le nargue, là, abritée derrière son beau-père. Il se demande pourquoi il a protégé son étrange secret. Même si elle est majeure, ou proche de l'être, Martin serait bien le genre à lui mettre une trempe s'il venait à apprendre qu'elle se balade en pleine nuit sous la pluie à travers les bois et les routes départementales, quitte à se faire renverser.

Quand il rouvre les yeux, c'est pour découvrir ceux du militaire rivés dans les siens. Après un examen interminable, l'homme se tourne vers sa belle-fille, comme s'il avait réussi à lire en lui :

— T'as pas autre chose à faire, toi ? Je dois parler affaires avec Monsieur.

Le visage de la jeune femme reprend son air boudeur naturel et elle se décolle presque à regret de la masse virile pour avancer en direction de l'escalier. Elle ne fait aucun bruit quand elle se déplace, ses pieds nus ne semblant pas pouvoir entrer en résonance avec la tomette défraîchie au sol.

— Et mets tes patins, nom de Dieu ! T'iras toute seule au médecin si tu chopes la crève.

Elle se contente de sourire dans l'obscurité. L'espace d'un court instant, la même expression ironique et amusée que celle aperçue par Hughes dans l'orage se laisse deviner sur son visage de poupée sensuelle. Le clerc a l'impression qu'avant de disparaître dans la longue volée de marches ascendantes la fille lui a jeté un bref coup d'œil. Entre les deux oreilles du loup empaillé, il a vu un œil féminin briller d'un reflet terrible et aguicheur.

Hughes se réfugie à nouveau dans les papiers étalés sur la table vernie. Il a chaud et il a soif.

— Maman, tu nous servirais bien un coup à boire ?

Cette fois, le regard que le Nantais adresse au maître de maison est chargé de reconnaissance, même si l'impression désagréable que l'autre lit en lui comme dans un livre ouvert ne fait que se confirmer.

— Alors, qu'est-ce qu'y boit, le notaire ?

— Euh, un whiskey, si vous avez. Et je ne suis pas notaire, en fait… juste clerc.

14 h 20. Domaine Girard

Assis sur un banc branlant, le dos contre le mur et une cigarette aux lèvres, Hughes consulte sa montre. Dans cinq heures, il prendra son train et rentrera chez lui. Sébastien a refusé de l'emmener chez Martin mais il a accepté de le conduire à la gare en début de soirée. Maître Desbarres l'a même félicité au téléphone quelques instants plus tôt d'avoir pu traiter le dossier Martin. Le clerc n'a pas réussi à joindre son épouse. C'est vrai que sa pause déjeuner est courte et qu'il lui faut souvent attendre la fin d'après-midi pour l'avoir sur son portable. Quand il promène un œil paresseux sur la cour de la ferme, il réalise qu'il pense à la fille aux boucles de feu, campée dans son attitude boudeuse face à lui dans la salle à manger une heure plus tôt. L'association d'idées, de Nathalie à cette jeune femme, le met mal à l'aise et il essaie de focaliser ses pensées sur autre chose.

La dérive de son couple est très frustrante, il ne saurait en retenir aucune cause particulière, si ce n'est la lente dégradation d'une routine désincarnée, d'une cohabitation de plus en plus fonctionnelle, de moins en moins émotionnelle. Il ne faudrait sans doute pas grand-chose pour améliorer leur situation. Une sortie ici ou là. Des soirées au théâtre à Nantes. Un bon restaurant de temps à autre. Une attitude plus volontariste. Il pourrait consulter les offres d'emploi, essayer de retourner dans le Sud-Ouest où ils ont habité pendant trois ans. Sa femme s'y était plu, mais il avait voulu fuir à tout prix le monde de l'ovalie. Retour alors au bercail, à quelques encablures de la Beaujoire, en terre de football. Nathalie n'avait rien dit car elle mesurait la profondeur de sa blessure, mais il sait que sa réaction a été impulsive et égoïste. Il y a aussi des gens qui ne s'intéressent pas au rugby dans le Sud-Ouest.

Le vieux Girard entre dans son champ de vision et interrompt ses réflexions. L'homme s'arrête, allume une cigarette et reprend sa marche tranquille en direction du banc occupé par le visiteur.

— Alors, mon gars, ça va ? J'espère que tu leur as pas fait un trop gros chèque, aux Martin ? Dis-moi que le Pascal va surtout hériter de dettes, ça me fera plaisir.

Hughes étudie le vieil homme. Il n'y a ni haine ni méchanceté dans son regard. Juste un solide mépris.

— Dites-moi : pourquoi vous vous détestez autant avec les Martin ? Tout à l'heure, votre belle-sœur n'a même pas voulu descendre de voiture.

— Ah, elle a fait ça, la Virginie ? Hé, hé.

Hippolyte Girard s'assied sur le banc avec le geste lent et laborieux de ceux qui prennent de l'âge. Le clerc attend la réponse à sa question avec une patience polie mais, après deux bonnes minutes de silence, l'ancien rugbyman comprend que l'autre n'a pas l'intention de lui confier quoi que ce soit. Le clerc écrase son mégot sous la semelle lisse de ses chaussures italiennes. Il va aller s'allonger un peu. S'il dort, l'après-midi passera plus vite.

Le bruit d'une voiture fait lever la tête aux deux hommes. C'est la fourgonnette du jeune agriculteur. Celui-ci en sort avec précipitation, vêtu d'une cotte verte similaire à celle que portait sa mère la veille, un téléphone portable à la main. Il se dirige vers la maison à grandes enjambées.

— Où c'est que tu vas comme ça ? demande le vieux.

— Les Philippeau ont levé une bande de cochons dans leur maïs à la Croix des Chaumes. Une bonne vingtaine. Ils sont partis dans le bois d'en haut.

— Je croyais que tu devais aider ta mère.

— Elle a presque fini pour aujourd'hui. Elle doit passer à la coopérative ce tantôt.

L'oncle désigne leur hôte d'un geste agacé du bras.

— Et le notaire ? Tu vas point le laisser tout seul. Moi, je dois aller au clube. Je vais p'têt' pas l'emmener avec moi…

Le jeune homme adresse un regard consterné au clerc. La déception est de courte durée, et il demande à Hughes :

— T'as déjà été à une battue, l'Nantais ?

Plusieurs joueurs de son équipe pro étaient chasseurs et avaient proposé de l'emmener, de lui faire découvrir la chasse, mais Nathalie n'y était pas favorable. Ses parents avaient une vague conscience écologiste et la perspective de voir Hughes passer toutes ses semaines au stade et tous ses week-ends en forêt avait fini de la persuader que ce n'était pas une bonne idée.

— Non.

— Eh ben, comme ça tu s'ras pas venu pour rien. Allez viens, je vais te donner un paletot, un pantalon et des bottes.

— Mais, et mon train ?

Sébastien consent à regarder en vitesse la grosse montre à son poignet.

— C'est bon. On en a pas pour plus de deux heures. T'inquiète pas, on a largement le temps.

— Je ne veux pas le rater. Je te fais confiance.

— Mais oui, allez viens.

L'agriculteur est déjà parti dans la maison. Le clerc cherche à croiser le regard du vieil homme, mais Hippolyte contemple la cour d'un air renfrogné. Hughes voudrait lui dire qu'il peut rester seul, que ça ne le dérange pas, mais il s'imagine que cela pourrait être mal vu de refuser l'invitation du jeune homme ou d'insister pour qu'ils laissent ainsi chez eux un inconnu. Après tout, dans quelques semaines il en rira. Cela lui fera une anecdote à raconter à ses amis lors des dîners au restaurant ou des soirées pierrade. Voire à ses enfants, un jour, si Nathalie consent à en avoir.

Le clerc remarque Flambeau dans la cour, à mi-chemin entre la voiture crottée et le seuil de la cuisine. Le teckel au poil chocolat l'observe en retour avec un air triste. Même son grelot pendant au collier orange fluorescent se tient coi, figé dans un silence inhabituel.

— Hé, Flambeau !

Le chien baisse la tête et retourne auprès de la voiture. Le clerc est presque vexé d'être ainsi snobé par l'animal, mais Sébastien l'appelle alors depuis l'intérieur, lui demandant de se dépêcher. Lorsqu'il ressort cinq minutes plus tard, Hughes est vêtu d'un pantalon de treillis usé sur le devant des cuisses et d'un pull militaire un peu trop grand, avec quelques accrocs. Il est content d'avoir quitté son costume froissé, et la souplesse du pantalon, presque comparable à celle d'un survêtement, le surprend. Ses bottes en caoutchouc sont deux tailles trop grandes mais le jeune lui a fait enfiler une paire de chaussons en laine épaisse, réservés d'habitude aux dimanches de janvier ou février, quand le sol est gelé.

Ils embarquent dans la fourgonnette, le chien aux pieds du clerc. Sébastien conduit en silence, l'esprit déjà tout à la traque qui s'annonce. Il a revêtu une polaire couleur camouflage sur un pantalon en toile synthétique technique et a mis de solides chaussures de marche beige et kaki. Hughes reconnaît les marques commerciales sur les vêtements. Les grandes surfaces de sport, qu'il a pas mal fréquentées au cours de son adolescence, n'oublient pas cette clientèle de chasseurs modestes qui ne s'habillent pas chez les armuriers. Même s'ils ne sont plus très tendance et sont en contradiction avec l'esprit du tourisme vert des citadins qui envahissent les rayons vélo et rando, c'est un marché qui compte dans le chiffre d'affaires annuel.

Les réflexions sur la nature mercantile du monde moderne n'occupent pas Hughes très longtemps car ils s'arrêtent après trois ou quatre kilomètres. D'autres voitures sont stationnées sur un carré herbeux en lisière de forêt, et quand ils descendent du C15, accompagnés du bruit du grelot de Flambeau dans leurs jambes, Hughes sent le regard des autres chasseurs sur lui. Les poignées de main sont bourrues, les « bonjour » brefs, presque bougonnés. Un type corpulent prend la parole. Il porte une veste huilée aux allures de cache-poussière de western spaghetti et arbore une moustache en guidon de vélo que le clerc observe avec une admiration teintée d'incrédulité. C'est absurdement ringard, ou alors délicieusement *vintage*. Le quinquagénaire donne quelques consignes sur la marche à suivre et les postes de tir, et le groupe commence à se séparer. Les têtes de plusieurs chiens s'agitent par intermittence à l'arrière d'un authentique 4 × 4 de brousse aux vitres graisseuses et terreuses, doublées de grillage. L'homme vient droit sur Hughes :

— Carabine ou fusil ?

— Heu…

Le jeune Girard intervient, une housse d'arme à la main.

— Non, il ne va pas se poster, il va traquer avec moi. Il a pas le permis.

Le Clemenceau local lève la tête en faisant un « ha » qui, associé au regard froid des pieds à la tête, traduit un mépris évident pour le nouveau venu. Il s'en va. Sébastien retourne à l'arrière de son véhicule et tend une chasuble orange fluorescent au clerc.

— Tiens, mets ça.

— On va faire quoi, nous ?

— On va traquer.

— Ça veut dire quoi ?

Girard regarde son invité et sourit face à son innocence, bien que le Nantais ait une dizaine d'années de plus que lui.

— Ça veut dire qu'on va aller dans le bois, avec les chiens. Pour faire sortir les cochons, pour que les gars postés autour du bois les tirent.

Hughes réfléchit en se contorsionnant pour enfiler le gilet par-dessus sa veste, issue elle aussi de surplus militaire. Il essaie de plaisanter :

— Ils vont pas nous tirer dessus, au moins… ?

Girard ne sourit plus. La plaisanterie du clerc est tombée à l'eau.

— Ben, évite de te mettre à quatre pattes en grognant comme un cochon.

L'agriculteur le laisse et Hughes reste figé, l'image provoquée par le jeune tournant dans sa tête. Il se souvient d'un vieux film américain horrible, où des tarés congénitaux forçaient un grassouillet à faire la truie dans les bois avant de le sodomiser. Le clerc regarde autour de lui, en proie à une brève panique. Il se demande si c'était une bonne idée de se laisser entraîner ici. Un bizutage, des mecs qui deviennent très cons avec l'alcool et l'effet de groupe, il sait ce que c'est.

15 h 42. Bois des Huettes

La progression est difficile dans cette partie du bois au sol inégal, envahi de ronciers, et où domine l'odeur de la terre humide, mêlée à celle des feuilles en décomposition. À plusieurs reprises, l'une des bottes du clerc a heurté une motte de terre ou une branche basse, le faisant trébucher. Il est même tombé à genoux en jurant, lançant un rapide coup d'œil sur sa droite et sa gauche pour vérifier que les autres traqueurs ne l'avaient pas vu en si fâcheuse posture. Leurs gilets fluorescents n'apparaissent que par intermittence, tels des spectres de chantier égarés dans les sous-bois, alors que les chiens semblent aboyer partout à la fois et que les cris des traqueurs les exhortent à débusquer les sangliers. Chaque traqueur a son discours particulier, certains se contentant de cris plus ou moins modulés, d'autres de phrases répétitives à l'intention de leurs bêtes. Le monologue de Girard ressemble à une conversation, comme s'il s'attendait à une réponse de son chien sur la localisation des bêtes noires, sur leur nombre ou sur la suite de la chasse. Réponse limitée jusqu'ici à des jappements brefs et au tintement aigu et irrégulier de son grelot au son clair.

Le clerc de notaire a le souffle court et les jambes lourdes. Il ressent pourtant une joie primaire à faire de l'exercice dans cette forêt à la terre noire, riche et meuble. Ses dernières balades dans les bois, c'était avec Nathalie, du temps de leur amour naissant, le long de larges allées forestières bien entretenues. Promenades monotones, un peu longuettes et parasitées par le désir, par l'attente du rapport sexuel qui concluait en règle générale ce type d'après-midi. Ils avaient même évoqué une ou deux fois la possibilité de le faire en plein bois, sans concrétiser leur fantasme.

Cette marche-ci lui rappelle son enfance, quand un chemin défoncé, une poignée de rochers, une clairière ensoleillée ou une cuvette tapissée de feuilles mortes pouvaient se révéler les plus formidables des terrains de jeux. Cette traque où la tension est désormais palpable possède une dimension cruelle et excitante. Hughes réalise qu'on ne lui a donné aucune consigne particulière s'il devait se retrouver confronté à un animal. Il n'a pas d'arme pour se défendre, pas même un couteau, bien qu'il s'imagine assez mal tenter de poignarder un sanglier. Au lieu de l'effrayer, cette pensée électrise ses enjambées tandis que sa tête va de droite à gauche, emporté qu'il est dans un élan de crainte fébrile teintée de joie primitive.

Loin sur sa gauche, un chien jappe frénétiquement. Il entend les cris des hommes, chargés d'une fièvre nouvelle. Bientôt, d'autres aboiements viennent étayer le premier. La polyphonie canine monte et enfle à travers les frondaisons, parcourt le bois en se rapprochant de lui. Un bruit de trompe résonne dans la forêt. Trois coups qui sonnent un signal inintelligible pour lui mais que d'autres cornes reprennent bientôt. Les chiens continuent de donner de la voix et s'approchent de l'endroit où il se tient, hésitant sur la marche à suivre. Tout se joue dans le domaine de l'audible, jusqu'à ce que trois formes noires trapues fassent leur apparition à quarante mètres devant lui. Dos noirs et hérissés, pinceaux touffus de queues dressées. Les jappements du teckel sont déchaînés et le grelot pris de spasmes. Les aboiements s'éloignent vite, avec le maître qui pousse des cris incompréhensibles. De nouvelles taches de couleur se déplacent devant le chasseur débutant. Hughes reconnaît les lignes plus familières de trois chiens, lancés sur la piste des masses noires. Les cris rauques et féroces s'éloignent en s'assourdissant, suivant la même direction que les trois animaux et le chien de Girard.

Une trompe résonne au loin et un silence profond s'installe à nouveau dans la traque. Une déflagration formidable déchire alors la forêt. Le coup de feu est lointain, mais Hughes n'aurait pas imaginé qu'une arme de chasse puisse faire autant de bruit. Deux autres coups rapprochés éclatent sur sa droite, sans qu'il arrive à évaluer leur distance, et leurs échos se répondent en courant à travers bois. Il tend l'oreille et perçoit à nouveau les trompes des chasseurs loin devant lui. Trois sonneries, puis une série de coups très rapprochés. Le signal est repris le long de la ligne des chasseurs. La vieille forêt a livré trois animaux aux chasseurs et la poudre a parlé. Il reprend sa marche, aiguillonné par une impatience nouvelle en dépit de la fatigue et de la terre qui alourdit ses bottes. Un geai pique depuis les branches supérieures d'un arbre voisin en poussant son cri d'alarme sinistre. Le clerc aperçoit le blanc et le bleu dans ses ailes tandis que l'oiseau s'enfuit.

C'est comme si les chiens ou les autres rabatteurs n'avaient jamais été là. L'idée saugrenue qu'il puisse se perdre affleure dans son esprit. Et s'il déviait peu à peu sa marche sans s'en rendre compte, finissant par tourner en rond dans le bois ? Combien de temps faudrait-il avant que les autres chasseurs ne viennent le chercher ? Cela les ferait rire, sans doute. Ils pourraient même avoir l'idée de le laisser crapahuter jusqu'à la nuit pendant qu'ils s'enfileraient des canons de blanc.

Il arrive en lisière de forêt, sur un chemin creux bordé d'une clôture en fil de fer barbelé propre et brillant. Elle sépare le bois d'une prairie grasse à l'herbe haute où trois silhouettes humaines se tiennent debout, discutant et fumant, l'arme à l'épaule, à une centaine de mètres de lui.

Il veut enjamber la clôture puis réalise qu'il sera plus simple de passer dessous. Il tente de franchir l'obstacle à quatre pattes et accroche son paletot aux barbelés, provoquant un bruit de déchirure lorsqu'il se relève. Les chasseurs ont tourné leurs regards vers lui. Après une quinzaine de mètres dans l'herbe, une masse claire se forme en périphérie de son champ de vision. Hughes découvre trois vaches, à trente mètres sur sa gauche et en retrait. Immobiles, les bêtes à cornes le fixent d'un œil morne. Son cœur bat plusieurs coups assez sourds dans sa poitrine et il s'arrête. Le clerc ne peut s'empêcher de regarder du côté des chasseurs, ainsi que sur ses arrières, en direction de l'ombre réconfortante du sous-bois d'où il est sorti, par-delà la protection de la clôture.

Le citadin observe avec appréhension la masse musculeuse du poitrail des bêtes, les cous formidables, les pattes épaisses, les grosses têtes laineuses. Quand la vache la plus proche de lui lève une patte antérieure pour la reposer sur le sol avec un bruit mat, dans ce qui lui semble être un geste d'impatience, voire les prémices d'une charge possible, le fouet glacial de la peur lui lacère les tripes. Il se tourne vers les autres, fixant désespérément les trois hommes, s'attendant à les voir faire de grands gestes dans sa direction tandis que le grondement des sabots fondrait dans son dos.

La pluie s'est remise à tomber. Froide, fine et silencieuse dans la pâture grasse. Il lève la tête vers le ciel à la couleur d'acier sale, oubliant le bétail derrière lui. Les gouttes légères viennent humidifier son front et ses joues. Il rejoint les trois hommes qui se sont tus à son approche. Au milieu du triangle formé par les paires de bottes repose une masse noire et velue. Un sanglier. L'animal est couché sur le flanc et ses petits yeux noirs ouverts ne sont plus qu'une lucarne vide sur un monde intérieur éteint. Son groin et sa gueule sont souillés de sang frais, dont le rouge vif éclate au milieu du poil dru de sa tête oscillant entre le brun sombre, le blond et le gris. Un trou modeste aux contours nets et sanglants derrière son épaule gauche marque l'entrée de la balle. Les autres chasseurs se taisent, le laissant contempler l'animal, et l'instant prend des airs de recueillement. L'homme lui faisant face affiche un visage impassible, bien qu'un léger feu marque ses joues mal rasées. Une lueur exaltée sautille au fond de ses yeux, perdus dans l'ombre de la casquette où la pluie fine vient perler sur le tissu vert olive de la visière. Ce regard rappelle à l'ancien sportif ceux croisés dans les vestiaires après les jours de matchs victorieux. Les pupilles étroites et brillantes des hommes éreintés mais heureux, à la fois présents et absents.

— C'est vous qui l'avez tué ? demande Hughes à l'homme d'une quarantaine d'années dont les traits sont lissés par un embonpoint rustique.

L'autre se contente d'acquiescer. Le chasseur à la droite du clerc précise d'une voix enrouée mais joyeuse :

— À cent vingt mètres. Il est tombé d'un coup.

Hughes hoche la tête à son tour, se donnant un air grave pour masquer sa méconnaissance des distances de tir. Son regard descend sur le sanglier couché à leurs pieds. Il se demande quel est le poids de l'animal mais il n'ose pas prononcer un mot.

— Vous avez vu Sébastien Girard ?

L'homme à sa gauche, un retraité sec comme un coup de trique, lève un bras et se tourne avec mollesse en direction du bois.

— Il essaie de rappeler son chien qu'est parti sur la bande de cochons.

Le Nantais tend l'oreille mais ne perçoit que quelques échos lointains de trompe. Si c'est lui, Girard doit être à plusieurs centaines de mètres. Le clerc consulte sa montre. Il ne sait pas combien de temps il faut pour couvrir le trajet de la ferme à la gare, mais le jeune homme lui a dit que c'était à près de quarante kilomètres. Il ne faudrait pas que l'agriculteur passe son après-midi à courir après son chien. Les autres ont remarqué son geste et son expression inquiète mais ils ne disent rien.

— C'est pas ton premier c'te année, si ? demande l'homme sur la gauche au tireur.

— Non. J'en avais tiré un la semaine d'après l'ouverture. Au vieux lavoir. Un plus petit, pas plus de quarante kilos.

— Attention, les gars, v'là le gros Louis.

Un homme corpulent vient à leur rencontre. Engoncé dans une chemise à carreaux trop petite sous un gilet beige garni de cartouches de fusil, le nouveau venu a un visage rougeaud qui trahit l'état calamiteux de son système cardio-vasculaire. Il porte une chapka kaki, et ce couvre-chef lui donne un air de sous-officier alcoolique de l'Armée rouge cherchant son bataillon perdu. Une fois arrivé face à eux, il pose son regard sur le sanglier pendant quelques secondes. Il s'adresse ensuite à l'homme à la voix rauque aux côtés d'Hughes :

— Il faudrait que vous l'emmeniez jusqu'au chemin. Je vais chercher l'auto.

— Bah quoi, il fait pas 4 × 4, ton Kangoo ? se moque le tireur en souriant.

— Pourquoi qu'tu demandes pas à Serre-pattes de venir avec son Lada ? renchérit l'autre.

Le nouveau venu les dévisage, ne sachant si c'est du lard ou du cochon.

— Serre-pattes, il est garé de l'autre côté du bois…

— Et alors, ça te ferait pas de mal, une petite marche. Elle te fait bien à manger la Denise, hein ? Faut que tu sues un peu.

— Sans compter tout ce que tu bois, mon salaud.

Comprenant qu'ils le charrient, le petit rondouillard bougonne en rougissant encore plus. Ses bottes s'arrachent avec un bruit de succion de la prairie gorgée d'eau lorsqu'il fait demi-tour.

— Hé, c'est bon, Louis. On va te l'amener, ton cochon, lance le tireur avant de se tourner vers ses compères qui ricanent.

Les trois hommes rajustent leurs vestes et les bretelles de leurs armes. Le plus âgé, et le moins loquace, attrape une patte de l'animal mort pour le faire rouler sur le dos et les autres s'approchent à leur tour. Hughes réalise qu'il reste une patte libre, et qu'ils attendent qu'il s'en empare. Ils tirent à l'unisson sur les membres et le sanglier décolle de l'herbe humide, puis ils entament une série de pas rapides. Une odeur de graisse rance et tiède, mélangée à des remugles de pisse chaude, monte du ventre de l'animal, dont le poil jaune est plus clairsemé.

Après vingt mètres dans ce terrain inégal, une brûlure irradie depuis le poignet jusqu'au coude du Nantais tandis que son dos se crispe au niveau de l'omoplate. Les visages des trois autres se sont tendus et le dos de l'animal s'est rapproché du sol. La douleur s'intensifie et Hughes sent sa prise se relâcher sur la patte humide de l'animal. Il comprend qu'il ne pourra s'éviter l'humiliation de laisser tomber sa part du fardeau d'ici quelques mètres et lève la tête en grimaçant, avec l'impression que la haie face à eux s'est éloignée au lieu de s'approcher.

— Attendez, les gars, on va l'poser là un peu.

Hughes lance un regard reconnaissant au plus âgé qui vient de lui sauver la mise. Personne ne proteste et la bête tombe lourdement dans l'herbe. Le clerc fait jouer les doigts de sa main sous la bruine fraîche et essaie de décontracter ses omoplates. L'homme enroué l'observe en coin. Il s'attendait à ce que ce soit le Nantais qui flanche le premier. Après un temps de repos trop court, la voix du tireur tombe comme un couperet :

— Allez, on y va.

C'est son jour, il le sait et il profite de ce bref instant de gloire autoritaire. Après quatre petits mètres, la douleur est déjà de retour. Hughes serre les dents et essaie de ne pas penser à la distance qu'il leur reste encore à parcourir.

16 h 56. Ferme Philippeau

Sébastien Girard n'a toujours pas donné signe de vie. Hughes aurait dû refuser cette partie de chasse, quitte à ramasser ses affaires et faire venir un taxi. Et tant pis pour les soucis d'économie de Maître Desbarres. À cette heure-ci, il pourrait lire *L'Équipe* dans le hall de la gare en attendant un train synonyme de retour chez lui. L'un des deux frères nommés Philippeau interrompt ses pensées et lui tend un verre à pied. Le Nantais s'en empare de façon machinale et l'homme râblé lui verse une dose copieuse de vin blanc d'une bouteille sans étiquette, avant de poursuivre son service. Ils sont désormais réunis en demi-cercle face à l'animal pendu par les pattes arrière à la fourche d'un tracteur à l'entrée d'un hangar en tôle.

Le tireur est en grande discussion avec une dame très âgée dont les mains osseuses s'essuient sur un tablier à carreaux. Elle écoute l'homme avec des hochements de tête approbateurs, ses yeux gris allant du sanglier à toutes les personnes rassemblées dans la cour de sa ferme. Le héros du jour en est déjà à son quatrième ou cinquième verre et ses joues rosies trahissent tout autant sa satisfaction que les préliminaires d'une cuite à venir. Deux garçons de huit ou neuf ans se sont approchés de la bête morte pour observer le groin ensanglanté et défier les petits yeux noirs. L'un d'eux enfonce un doigt aventureux dans le pelage brun et humide de la grosse tête triangulaire. Il souffle ensuite quelque chose à son compère en se bouchant le nez et les deux gamins rient de bon cœur. L'aîné des Philippeau, plus grand et plus large d'épaules que son cadet, surgit du hangar avec une poubelle en plastique noir qu'il place sous le sanglier. Le cadet abandonne le service de sa tournée générale pour aller grimper dans le tracteur. Le moteur ronfle et les échappements verticaux expulsent de grasses volutes noirâtres dans le crachin que tout le monde ignore. L'homme manœuvre la fourche de l'engin afin de relever l'animal de quelques dizaines de centimètres. Il saute du tracteur et revient à sa bouteille avec de grandes enjambées qui font claquer ses bottes en caoutchouc contre ses mollets.

Le Nantais lance un œil discret autour de lui tandis que le goût vert et teinté de sulfite du vin blanc envahit son nez et son palais. Les bâtiments d'habitation, assez bas et tout en longueur, sont situés en contrebas à une cinquantaine de mètres, au bout d'un chemin malmené par les engins agricoles et dont les ornières ont été empierrées en plusieurs endroits. Derrière eux, de l'autre côté du chemin, face au hangar en tôle peinte qui n'a pas plus de quatre ou cinq ans, se trouve un abri plus ancien en pierre et à la toiture croulante. Il est rempli de matériel agricole hors d'âge, de sacs de grains pleins de fatras, et deux voitures, à la couleur indéfinie sous la poussière, finissent d'y pourrir. Hughes reconnaît une Talbot Horizon — son père en avait possédé une au début des années 1990 —, privée de ses optiques de phares, de sa calandre, de ses roues avant et posée sur des parpaings aux côtés d'une BX. Les murs extérieurs de la vieille grange sont envahis de bouquets touffus de hautes orties.

Philippeau aiguise la lame d'un long couteau sur une pierre, les manches roulées au-dessus des coudes dévoilant des avant-bras aux poils grisonnants. Derrière le tireur et la doyenne, une adolescente fixe le clerc avec insistance. Elle ne doit pas avoir plus de quinze ans et, quand il répond à sa curiosité par un sourire amical, la jeune fille soutient un instant son regard avec effronterie, avant de se tourner vers une amie plus petite en riant et en gloussant, révélant la présence fugace du ferraillement d'un appareil dentaire sur ses dents blanches. Le clerc comprend la nature de l'intérêt de la jeune fille et tourne la tête, gêné.

D'où viennent toutes ces femmes, d'ailleurs ?

Le dépeçage a attiré un nombre surprenant de représentantes du beau sexe. La vieille dame, les deux adolescentes, une trentenaire brune aux lignes sèches avec une queue-de-cheval et vêtue d'un survêtement, une autre plus grassouillette et plus âgée en jean, une blond filasse au regard éteint et à la robe trop grande, fumant cigarette sur cigarette. Les adolescentes ne sont pas les seules à l'avoir observé et à s'être demandé qui est ce nouveau qui tranche avec les autres chasseurs, en dépit de ses habits de traque.

Le C15 de Sébastien Girard descend le chemin dans leur direction. Le jeune se gare le long de l'ancienne grange et beaucoup ne remarquent pas sa mine fermée. Il claque sa portière. L'aîné des Philippeau s'est placé face au cochon, les jambes écartées, la lame affûtée serrée dans un poing épais et carré. Hughes consulte sa montre et lève ensuite la tête vers Girard qui avance vers eux, son chien dans les bras, le teint pâle. Il ignore le clerc, dont la question reste bloquée au fond de la gorge.

Girard jette son chien mort aux pieds de Philippeau.

— Ben, heureusement qu'y en a qui savent tirer et tuer des cochons, parce que c'est pas le cas de tout l'monde.

Un silence gêné s'installe alors que Girard fixe tous les chasseurs un à un, cherchant la culpabilité dans les traits de l'auteur de ce forfait grossier. Les deux adolescentes ont cessé de glousser et l'une d'elles ne peut contenir un « oh le pauvre » en couvrant sa bouche de sa main fine. La joie partagée qui rayonnait devant le hangar en dépit de la pluie insidieuse a disparu d'un seul coup, balayée par la tension de l'événement inattendu. Philippeau pose son couteau dans l'une des poignées de la poubelle en plastique et s'agenouille près du chien.

— Où est-ce que tu l'as trouvé ?

Sa main ensanglantée parcourt le poil humide de la bête.

— Dans le pré pointu, en face de la Croix des Chaumes.

La main se referme sur le cadavre du chien et le retourne pour s'attarder sur une zone poisseuse, là où il manque une partie du pelage et où le sang a coagulé dans les poils. Philippeau se relève. Sa voix est calme, mais ferme :

— On n'avait personne de posté là-haut, Girard. Ton chien, il a pas pu faire grand chemin avec une balle de carabine en plein corps. À mon avis, tu l'as trouvé là où il a pris la balle, mais aucun de nos gars aurait pu le tirer là-haut.

— Y'en a qui restent pas toujours au poste...

— De toute façon, ton chien, il a pris une balle de 22. N'importe quelle carabine ici l'aurait coupé en deux. C'est pas de chez nous, j'te dis.

Sébastien encaisse le coup et lorsqu'il se tourne vers les hommes et les femmes autour de lui, le poids du doute entraîne déjà son regard au sol, chargé de tristesse amère. Le tireur s'avance à son tour vers la dépouille du chien. Avec son pelage mouillé collé sur ses flancs maigres, l'animal mort paraît encore plus chétif.

— Oui, c'est un petit calibre, c'est sûr... On dirait que quelqu'un a confondu ton chien avec un nuisible...

Le jeune agriculteur se tait face à cette nouvelle affirmation en forme de provocation et serre les poings dans ses poches. Malgré sa colère, il n'est pas assez mal élevé pour contredire à la fois l'hôte de la chasse et le tireur du jour, encore tout auréolé de sa gloire. Philippeau commence le dépouillage, incisant d'abord une des grosses pattes arrière du sanglier. Sébastien ramasse son chien pour l'emporter dans sa voiture. La voix rocailleuse de Serre-pattes l'arrête :

— La Croix des Chaumes, c'est pas en bordure de chez Martin, ça ?

Girard serre le cadavre trempé contre lui.

Martin. Fargeaud. Le bistrot.

Serre-pattes poursuit :

— Son gamin, il en a une, de 22. Même que des gens se sont plaints à la mairie. Il passe son temps à tirer sur tout ce qui bouge avec.

À nouveau le silence. Les visages qui s'étaient décontractés se crispent et attendent la réaction du jeune homme. Philippeau se retourne, le poing ensanglanté, les sourcils froncés sur Sébastien qui cogite.

Ah, le salaud. S'en prendre à mon chien. Par pure jalousie.

Sa mâchoire se bloque sous l'effet de la rage renaissante tandis qu'il marche vers l'arrière du C15, où il jette le chien avant de s'emparer de sa cartouchière et de sa housse de fusil. Philippeau repose encore une fois le couteau et s'avance vers la Citroën dont le moteur tousse à plusieurs reprises. Au moment où la voiture ronfle un grand coup, le maître des lieux ouvre la portière passager et se penche dans l'habitacle.

— Où c'est que tu vas comme ça, Girard ?

Le jeune fixe le pare-brise, les mains sur le volant. Quand il tourne ses petits yeux noirs vers Philippeau, celui-ci capte la flamme fuyante et vicieuse qui s'y est installée.

— Serre-pattes a raison. Ce fumier de Martin a menacé mon chien. Ce matin au bistrot, Fargeaud m'a dit qu'il allait lui arriver malheur.

Le quadragénaire émet un court grognement dubitatif.

— Fargeaud, il en est pas à une connerie près. Surtout quand il a le canon.

— C'était un peu tôt pour qu'il soit déjà bourré…

— C'est pas une raison pour partir comme ça, sur un

coup de sang, avec ton fusil et tes cartouches. Serre-pattes… Fargeaud… C'est des gars qu'aiment bien causer, mais pour l'instant personne n'a vu qui a tiré sur ton chien. Et ça, c'est un fait, pas des racontars.

Girard redresse la tête. Si ce n'était pas Philippeau, il aurait déjà écrasé la pédale d'accélérateur.

— C'est lui, j'te dis ! Je le sais. Il est jaloux parce que ses chiens ne valent rien et que je me suis pas gêné pour le dire. La dernière fois, treize cochons leur ont filé entre les pattes sans même qu'un chien se mette après ni qu'un coup de feu soit tiré. C'est le vieux Ribourd qui les a vus sortir du bois en rentrant du marché, à la queue leu leu devant son auto… Il va me le payer, ce fumier ! Tiens, demande au notaire si c'est pas vrai !

L'organisateur de la chasse du jour se retourne en direction d'Hughes. Girard se penche sur le siège passager pour apostropher son invité :

— Hé, le notaire, dis-lui ce que Fargeaud a dit ce matin au bistrot. Dis-lui qu'il a menacé mon chien !

Hughes réprime *in extremis* une énième dénégation de son statut de notaire, sans trop savoir si c'est par timidité, par lassitude ou à cause d'une pointe d'orgueil suscitée par cette attente soudaine et généralisée de l'assemblée.

— Eh bien, euh… on ne peut pas dire qu'il y ait eu formulation de menaces explicites. Le dénommé Fargeaud n'a pas dit « je vais tuer ton chien » ou « Martin va tuer ton chien »…

Le désarroi de Girard est presque palpable. Il n'a pas le temps de protester de sa bonne foi car Hughes poursuit :

— Mais c'est vrai que Fargeaud a dit à Sébastien quelque chose comme : « Fais bien attention à ton chien, car il pourrait lui arriver malheur. »

— Ah, tu vois ! enrage Sébastien en direction de l'homme qui tient sa portière. Je te l'ai dit, c'est ce fumier de Martin !

Philippeau observe Hughes d'un œil sévère et critique. Serre-pattes avance sa bedaine d'un pas pesant.

— Je crois que Girard a raison. C'est quand même pas une coïncidence d'entendre ça le matin au bistrot et de retrouver son chien mort l'après-midi même.

— T'es sûr que Fargeaud a bien dit ça ce matin ?

Le responsable de la chasse du jour fixe le clerc de notaire. Hughes sent le poids de tous les regards sur lui. Dans le silence qui s'installe, il comprend que quelque chose se joue en cet instant qui dépasse le cadre d'un simple accident de chasse ou de la perte d'un animal domestique. Et ce quelque chose est lié à ce qu'il va dire maintenant.

— J'ai dit que ce Fargeaud n'a pas vraiment menacé le chien de Sébastien. Il a dit : *« Si tu tiens à ton chien parce qu'il est si bon que ça, fais attention à lui. Des fois qu'il lui arrive malheur. »* De ça, j'en suis sûr et je peux témoigner de ces paroles à la gendarmerie si Sébastien veut aller porter plainte.

À nouveau le silence. Les visages fermés se sont imprégnés des mots « témoigner » et « gendarmerie ». Philippeau hoche la tête en silence, à contrecœur, et se retourne vers Girard.

— Bon, écoute, Girard : on va aller voir Martin. Je vais venir avec toi et on va lui demander comment que ça s'fait qu'on a retrouvé ton chien mort en bordure de chez lui avec une balle de 22 dans le corps. D'accord ?

Hughes observe le jeune agriculteur derrière son volant. Philippeau lui offre une porte de sortie honorable et le jeune homme le comprend bien.

— Moi aussi, je viens avec vous, annonce Serre-pattes.

— Tu vois ? reprend Philippeau. On va venir avec toi. Si c'est son gamin qu'a tué ton chien, il va falloir qu'il t'indemnise. On lui dira aussi qu'un notaire est prêt à témoigner des menaces sur ton chien. C'est pas rien.

Girard baisse les yeux sur le moyeu de son volant. Il sait que son silence vaut approbation mais il ne peut se résoudre à formuler son renoncement.

— Allez viens, Girard. Coupe ton moteur et descends. On va boire un coup et on va dépouiller ce cochon. Après on ira avec toi chez Martin.

Philippeau lâche la portière et fait un pas en arrière. Le moteur du C15 cesse de ronfler, et l'homme retourne vers la bête suspendue pour reprendre le couteau. La vieille en tablier s'approche alors de lui et il se contente de hocher la tête tandis que ses mains s'activent sur la carcasse. Quand Sébastien Girard rejoint le groupe, il est vite entouré par Serre-pattes, un autre chasseur et la brune en survêtement. Hughes consulte sa montre et, quand il redresse la tête, il trouve la blonde aux yeux tristes campée devant lui, tirant sur une Gauloise blonde avec un air affecté.

— Vous êtes pas d'ici, non ?

Le clerc sourit d'un air gêné, à la recherche du regard noir d'un chasseur dont elle serait la femme.

— Non. Je viens de la région nantaise.

Elle lève les sourcils, comme s'il y avait là matière à étonnement ou admiration.

— Et vous venez chasser ici ?

Hughes hésite à se lancer dans une conversation avec cette inconnue alors que ses dernières chances de quitter cet endroit et de rentrer chez lui sont en train de s'évaporer à grande vitesse. Girard l'a oublié et l'assemblée s'est fractionnée en petits groupes bavards. Seul le tireur se retrouve isolé, finissant un énième verre de vin blanc au coin du hangar.

— Vous avez une voiture ?

— Oui, pourquoi ?

— Je cherche quelqu'un pour m'emmener à la gare.

— Ce soir ? À cette heure-ci ?

— Oui, le dernier train part à sept heures et demie.

Elle hoche la tête et tire une nouvelle bouffée en le dévisageant. Son regard s'est chargé de méfiance.

— Vous n'allez pas avec les autres chez les Martin ?

Hughes baisse les yeux. Elle a raison. Même si ces histoires de rivalités le dépassent un peu, Sébastien l'a dépanné en plein orage, les Girard l'ont hébergé et on l'a invité à cette chasse. Ils comptent sur son témoignage. Il s'en veut pour ce sursaut d'égoïsme, surtout face à cette inconnue vulgaire, mais il voudrait juste désormais pouvoir fermer les yeux et se retrouver chez lui.

— Si, bien sûr. Je plaisantais.

La blonde continue de le fixer avec une impudeur morne.

— Par contre, si vous ne savez pas où dormir, je peux vous héberger.

Le clerc détourne le regard, mal à l'aise.

— C'est gentil, mais je ne vais pas vous déranger. J'imagine que les Girard voudront bien m'héberger une nuit de plus.

Elle souffle la fumée de sa cigarette par le nez et laisse tomber son mégot au sol avant de l'écraser du talon.

— Je vais me chercher un verre. Vous en voulez un ?

— Non, ça ira. Merci.

La blonde lui tourne le dos et Hughes n'attend pas de

savoir si elle va revenir à la charge. Il rejoint le groupe de Sébastien Girard. Il doit tenter de jouer sa dernière carte pour réussir à prendre ce fichu train.

18 h 37. Les Rimberts

— Qu'est-ce que vous voulez ?

Pascal Martin observe les cinq hommes face à lui depuis le seuil de sa demeure. Debout et silencieux dans la cour boueuse, leurs visages fermés battus par la pluie sont éclairés par la lumière jaune et faiblarde d'une applique fêlée accrochée au-dessus de la porte d'entrée. Les huit ou neuf verres de blanc consommés permettent à Serge, le tireur, d'ignorer le mauvais temps. Serre-pattes, plutôt frileux en dépit de sa physionomie courtaude et épaisse, rentre la tête dans les épaules. Sébastien Girard et l'aîné des Philippeau fixent Martin. Les deux agriculteurs affichent une indifférence envers les éléments qui traduit leur envie d'en découdre. Hughes a rabattu la capuche de sa parka et a enfoncé ses mains dans les profondes poches ventrales.

Un pan du paletot de Girard s'écarte. Une boule de poils humides choit dans une flaque d'eau à ses pieds. Il n'a pas quitté Martin des yeux et sa voix est décidée :

— On a tué mon chien ce tantôt à la Croix des Chaumes pendant qu'on chassait une bande de cochons. Une balle de 22, venue de chez toi, Martin.

Le maître des lieux plisse les yeux sur le cadavre du chien avant de les dévisager l'un après l'autre. Une ombre se meut derrière lui et tous reconnaissent la chevelure frisottante de sa femme. Girard serre les poings car il croit déceler une pointe de satisfaction ou d'ironie sur le visage de Martin à la vue de la dépouille de son Flambeau.

— Et alors ? fait l'ancien militaire. J'ai pas de 22, moi. Et je tire pas assez mal pour tuer un chien quand je chasse.

Sébastien n'a pas le temps de répondre car Serre-pattes le devance :

— Ton gamin, il en a une de 22 ! Même qu'il y a eu deux plaintes contre lui à la mairie le mois dernier.

Le maître des lieux le regarde de haut.

— Tu ferais mieux de t'occuper de ta femme plutôt que d'écouter les ragots de la secrétaire de mairie ou du conseil municipal, Ferrand.

Philippeau fait un pas dans la boue et rompt l'alignement des cinq hommes. Il pointe le chien mort au pelage détrempé :

— Écoute, Martin, on est pas là pour faire un concours. Ce chien a été tué en bordure de chez toi par un calibre qu'on sait se trouver chez toi, et pas très longtemps après que des menaces aient été prononcées contre ce chien par ton beau-frère au bistrot, ce matin même. (Il ouvre un bras en direction du clerc.) On a ici un notaire qui a entendu les menaces et qui peut en témoigner. Alors soit on règle ça entre nous comme il faut, soit on va déposer plainte à la gendarmerie.

— Quelles menaces ? Qu'est-ce que c'est que ces conneries ?

Martin essaie d'accrocher le regard du clerc sous sa capuche. Hughes réitère son récit sur l'incident survenu au bar. Une sourde impression d'étrangeté s'empare de lui. Tout cela lui semble déjà ancien, bien plus loin que ce matin.

— C'est pas vrai, j'ai jamais dit ça !

La voix rauque est venue du couloir. Martin se tasse pour laisser un peu de place à Fargeaud et à son ventre proéminent. À la vue du barbu, les yeux de Sébastien Girard se réduisent à des fentes où luisent autant la certitude que l'envie de meurtre.

— Tiens donc. Fargeaud. Comme par hasard.

— Quoi, « comme par hasard » ? J'ai le droit de recevoir qui je veux chez moi. Et lui au moins, il est le bienvenu.

Hughes observe les faces rougies de Pascal Martin et de Fargeaud, leurs yeux brillants. Eux non plus ne sentent pas la pluie qui s'abat sans discontinuer en diagonale. D'ici à ce que l'un d'eux retourne chercher une arme dans la maison et que les autres fassent de même dans les voitures. Il faut mettre un terme à l'impasse silencieuse et haineuse. Le clerc apostrophe le maître des lieux en essayant de mettre un peu de coffre dans sa voix :

— Monsieur Martin, est-ce que vous voulez bien appeler votre fils ? Nous allons l'interroger et ensuite nous partirons. Nous ne vous dérangerons pas plus longtemps.

Martin affiche une moue boudeuse. Après un regard méprisant vers Philippeau et Girard, comme pour montrer qu'il n'y consent que parce que la demande vient du notaire, l'ancien militaire se tourne pour beugler le nom de son fils. Une voix d'adolescent répond un « ouais » interrogatif.

— Viens là, Martial, dépêche-toi.

Une cavalcade résonne dans l'escalier à l'intérieur de la maison. Fargeaud s'écarte et une silhouette se faufile sur les marches en pierre et sur le sol détrempé de la cour.

— Où c'est que tu vas, toi ? gronde l'ancien militaire.

Sa belle-fille se retourne. Elle tient une gamelle vide sous son bras.

— Chercher des patates à la cave.

Hughes remarque qu'elle porte le même gilet détendu que la veille et il se sent troublé, sans trop savoir pourquoi. Les quatre autres visiteurs ne la quittent pas des yeux tandis qu'elle effectue quelques pas sautillants entre les flaques avant d'aller soulever l'une des portes vermoulues de la descente de cave, où elle disparaît dans l'obscurité.

Martin a descendu les marches du seuil pour laisser la place à l'abri à son fils, un garçon sec de treize ou quatorze ans avec des cheveux bruns en bataille, un visage en lame de couteau, un début de duvet sur la lèvre supérieure et un regard mauvais.

— Où c'est que t'étais ce tantôt, Martial ? lui demande son père, bien décidé à mener la danse chez lui.

Hughes constate que l'adolescent a l'air plus impressionné que surpris.

— Parti faire de la bécane.

— T'étais tout seul ?

— Nan. Avec Romain.

— Le fils Treboux ?

— Ouais.

Pascal Martin lance un œil revanchard en direction de Girard et d'Hughes. L'air de dire : « Lui aussi, il a un témoin. »

— Est-ce que t'as pris ta carabine aujourd'hui ?

Le gamin secoue la tête en signe de dénégation.

— C'est pas toi qu'aurais tiré sur le chien de Girard, sans le faire exprès, à la Croix des Chaumes ?

— Ah, non, p'pa, c'est pas moi.

Martin hoche la tête, satisfait. Face à lui, le mur d'hostilité des cinq hommes serrés dans sa cour ne se lézarde pas. L'explication n'est guère convaincante et tous le savent.

Hughes se demande comment il a pu se laisser entraîner dans une histoire pareille. Il est sûr que Sébastien Girard va laisser éclater sa colère d'un instant à l'autre et il est fort probable que l'homme nommé Philippeau le suive assez vite. En dehors d'une rixe, voire d'une fusillade, il ne voit aucune issue. Il se retrouve propulsé quinze ans en arrière, en pelouse adverse et hostile, où même les femmes vous insultaient parfois depuis les rambardes, gavées de rivalités de village séculaires. Il fallait ouvrir la boîte à claques à chaque ruck ou à chaque mêlée, et parfois il fallait même se dépêcher de faire le trajet entre la pelouse et les vestiaires, puis entre les vestiaires et les voitures ou le bus.

La lumière jaune montant des entrailles de la demeure s'évanouit et la jeune femme réapparaît bientôt. Quand elle se retourne pour fermer la porte de la cave en se penchant et en s'appliquant afin de ne renverser aucun tubercule dans la terre détrempée, les cinq hommes aux visages tendus et ruisselants, aux bottes plantées dans la boue, regardent tous la même chose : le double ovale ferme et lisse de ses fesses qui tendent la robe de coton. Serge affiche un sourire désinhibé d'une lubricité voyante et Serre-pattes rougit un peu plus. Le premier soir, Hughes avait mis son trouble sur le compte de l'orage, de la désorientation et de la surprise de la voir ainsi traverser la route. Il comprend maintenant qu'il y a chez elle quelque chose de peu ordinaire, une aura contradictoire, et un magnétisme que les autres subissent tout autant que lui.

Pascal Martin les a vus reluquer la gamine sans vergogne. *Les salauds.*

Sa colère initiale d'être ainsi dérangé chez lui et accusé sans preuves se charge d'un sentiment plus primitif et plus violent. Il ne sait s'il doit hurler sur eux ou sur elle. Sa belle-fille s'arrête après deux pas rapides et elle tourne la tête en direction de Sébastien. Les regards des deux jeunes gens se verrouillent l'un dans l'autre et l'ombre de l'esquisse d'un sourire de connivence flotte sur les lèvres charnues de la jeune femme. Le visage de Girard demeure impassible, fermé par la colère froide, mais ses yeux trahissent une émotion que Martin et Fargeaud ne peuvent saisir ou comprendre. Après un regard appuyé aux quatre autres chasseurs, dont Hughes ne sait si c'est un défi ou une provocation, la fille repart, gravit les deux marches du seuil en baissant la tête devant Martin et s'enfonce dans la maison.

Sébastien lève un bras, des gouttes d'eau froide viennent s'abattre sur le dos de sa main tandis que son index pointe Pascal Martin.

— Tu me le paieras, Martin. Tu ne l'emporteras pas au paradis.

— Va-t'en, Girard ! Dégage de chez moi ! aboie l'autre, les joues rougies par la colère.

Le maître des lieux fait deux pas en avant. Ses chaussures de travail recouvertes d'une fine couche de sciure sont éclaboussées par les flaques naissantes mais il ne quitte pas le jeune agriculteur des yeux. Celui-ci se détache du groupe compact et vient à sa rencontre.

— S'en prendre à un chien, c'est dégueulasse. Tu paieras pour ça. Je le jure sur la tombe de mon père.

— Mais pour qui est-ce que tu te prends, petit merdeux ? Dégage, je te dis ! Toi, ton père, ton oncle, tous les Girard, vous êtes tous les mêmes. Des menteurs et des voleurs !

Les yeux du jeune homme s'éteignent tandis que ses

muscles se bandent pour se jeter sur Martin, mais l'un des bras épais de Philippeau se referme sous sa gorge. Girard essaie de se débattre mais l'autre est plus grand et plus massif.

— Lâche-moi, putain. J'vais le dépendeler, ce fumier.

— Allez, arrête, c'est bon, lui souffle l'autre en le tirant en arrière.

Fargeaud est descendu dans la cour, montrant qu'il est prêt à intervenir à son tour, même si Hughes n'est pas dupe face à son retard, sans doute calculé. L'ancien militaire et le barbu regardent les intrus s'éloigner. La silhouette misérable du chien mort gît au milieu de la cour battue par la pluie. Hughes fait trois pas pour récupérer le chien, plus pour empêcher que Sébastien ne revienne en arrière que par réelle commisération pour la bête. Le contact des poils humides collés sur la chair froide lui répugne et il essaie de se remémorer la bouille affectueuse du petit chien futé.

Les portières claquent, les bottes boueuses souillent les tapis de sol déjà maculés de terre séchée. Serre-pattes et le tireur sont repartis ensemble dans le Lada tout-terrain du premier et ils prennent de l'avance sur le long chemin qui les ramène vers la départementale. Les essuie-glaces au moteur fatigué de la voiture de Girard peinent à balayer l'eau qui s'abat sur le pare-brise et le véhicule de tête n'est bientôt plus qu'un double halo rougeâtre dans la nuit pluvieuse. Dans le C15, ni Sébastien, ni Philippeau, ni Hughes ne se risquent à parler. Seules résonnent leurs respirations alourdies par la fatigue, la tension nerveuse et l'alcool, provoquant une vapeur humide et tiède qui se condense dans l'habitacle glacial.

Assis à l'arrière dans la caisse, Hughes est plongé dans ses pensées. Ce n'est pas l'altercation qui passe en boucle dans son esprit. Il repense à elle, à ses longs cheveux aux reflets de châtaigne sous la pluie, à ses lèvres boudeuses et à son regard provocateur et ingénu à la fois. Cette gamine lui brûle les rétines et lui remue les tripes.

19 h 18. Place de l'église

Bernard Ferrand observe la rue déserte depuis l'habitacle obscur de son tout-terrain. La lumière vient de s'éteindre à l'intérieur de la boulangerie et Mélanie Dubuguet va sortir par-derrière pour venir baisser le rideau de fer avant de rentrer chez elle à pied. Le magasin ne lui appartient pas, mais les Huchard le lui ont laissé en gérance quand ils sont partis dans le Sud-Ouest auprès de leur fils aîné, ingénieur dans l'aéronautique. Mélanie se débrouille comme elle peut : les boulangers ne souhaitent pas s'éterniser dans le coin et les jeunes en apprentissage n'arrivent pas toujours à se lever en pleine nuit. Le dernier en date est un grand escogriffe avec des cheveux bizarres, comme ceux des Noirs qui fument des pétards. C'est le Pôle emploi qui l'a envoyé après une formation pour adultes, et il ne serait pas étonnant que ce mannequin ait traîné dans des histoires de drogue avant sa « réorientation professionnelle ». Il a loué la ferme des Berton, à l'abandon depuis trois ans, et on dit qu'il y a souvent dans la cour des voitures avec des plaques qui ne sont pas d'ici. D'après Serre-pattes, il peut bien fumer la moquette assis par terre en tapant sur un tambour africain, tant que son pain n'est pas trop mauvais, qu'il ne crée pas d'ennuis au bourg et que ses amis ne se mettent pas en tête de monter une association d'écologistes pour interdire la chasse sur la commune. Les jeunes s'enfuient tous des campagnes dès qu'ils le peuvent à présent, alors on ne peut pas trop faire la fine bouche sur ceux qui veulent bien s'y installer.

Serre-pattes n'a pas envie de rentrer chez lui. Il aurait dû reprendre par la départementale 120 après avoir déposé Serge, mais la saloperie balancée par Martin devant tout le monde ne cesse de tourner à l'intérieur de son crâne, comme une bille de flipper qui échapperait aux lois de la gravité et ne trouverait aucune issue.

Qu'est-ce qu'ils croient tous ? Que je suis aveugle ?

Bernard a mal au ventre parce que ça fait mal d'imaginer sa femme sur le dos, avec un autre entre ses cuisses. C'est le genre de pensée qui repeint tout en gris merdeux. Un gris sale et puant, un gris de décharge, de vieille mare croupie. Un gris de cendres froides et humides à l'odeur âcre après un incendie. La saveur rance de l'humanité des menteurs, des tricheurs, des cyniques et des pourris. Le goût de la défaite pour les types comme lui. Si sa femme fait bien cinq ans de moins que son âge et qu'elle a encore le cul bien fait et les hanches pas trop grasses, lui, c'est autre chose. Le jeune homme de vingt ans qui plaisait aux femmes a pris du ventre, beaucoup de ventre, et a perdu ses cheveux, presque tous. Les litres ingurgités au cours de toutes ces années ont aussi laissé leurs traces indélébiles sur son visage, il le voit bien dans la glace quand il ose se regarder en face certains matins plus courageux que d'autres. Ses copains de régiment ne le reconnaîtraient sans doute pas. Dire qu'on l'appelait alors « l'Anguille ».

À cinquante et un ans, j'ai vécu le meilleur de ma vie. Et le pire, c'est que c'était pas grand-chose.

La silhouette de la boulangère se matérialise à travers le

pare-brise, pressant le pas sous la pluie. Quand elle se penche sur la devanture pour poser son parapluie ouvert avant d'insérer la manivelle dans le logement du mécanisme du rideau de fer, le regard de Ferrand s'attarde sur ses fesses, tout comme il s'était attardé sur celles de la belle-fille de Martin.

Une sacrée fumelle celle-là, toujours à vous jeter des regards en coin par en dessous. Comme sa mère il y a trente ans.

Le bruit des talons de la brune résonne sur l'espace bitumé de la place. Le cœur de Bernard se contracte, comme s'il cherchait refuge quelque part dans un autre organe de sa poitrine.

Faut pas que tu te dégonfles, mon vieux.

Il surveille ses deux rétroviseurs et se penche en soufflant pour ouvrir la portière passager. Le bruit de pas a cessé. Une main potelée vient se poser sur le montant, avant que l'ovale d'un visage ceint de l'auréole sombre du parapluie ne se penche dans l'habitacle. Elle n'a pas peur.

Qui aurait peur de toi ? Serre-pattes, c'est l'bon gars. Celui qui prête sa femme.

— Salut, Bernard, ça va ?

— Bonsoir, Mélanie. Viens, je vais te raccompagner si tu veux.

Une brève surprise traverse le regard de la boulangère. Elle tourne la tête vers l'avant, dans la direction de sa maison, comme si elle cherchait un prétexte. Il attend les paroles cuisantes d'une nouvelle défaite mais Mélanie replie son pépin, le secoue et prend place.

— Bouh, quel temps. Merci, c'est gentil. C'est pas que j'habite très loin mais je suis déjà gelée.

Il démarre et ne sait quoi lui dire. Il a presque honte à présent. Bernard songe à la déposer devant chez elle et à rentrer chez lui. Mélanie observe sa tenue et jette un œil à l'arrière, en direction de la housse de carabine à côté de la caisse à chien en contreplaqué.

— Tu as été à la chasse ?

— Il y avait une bande de cochons chez Philippeau, au bois des Huettes.

— Vous en avez tué ?

— Serge Ribourd en a tiré un. Quatre-vingt-deux kilos. Et quelqu'un a tué le chien de Girard.

— Le petit chien du Sébastien ?

Ferrand acquiesce tout en actionnant un clignotant et en rétrogradant.

— Oh, le pauvre. Qui c'est qu'a fait ça ?

— On sait pas trop. Pas un gars de la chasse. On pense que c'est p'têt Martin, ou son fils. Ou Fargeaud. Ils étaient au bois tous les deux aujourd'hui.

— Tu crois qu'ils l'auraient fait exprès ?

— D'après un témoin, un notaire, Fargeaud aurait menacé le chien du Sébastien ce matin chez Tonio.

— Il est passé ce matin à la boulangerie, avec quelqu'un pas d'ici. J'ai vu qu'ils ont traversé la route ensuite. C'est l'autre, le notaire ?

Bernard se contente de hocher la tête et le tout-terrain monte à moitié sur le trottoir devant le pavillon sur sous-sol de Mélanie.

— Qu'est-ce qu'il vient faire chez les Girard ?

— Je crois que Girard l'a dépanné. Sa voiture est chez La Flûte.

Mélanie descend, ouvre son parapluie et fait le tour du véhicule. Elle entrouvre son portail en bois et s'immobilise. Elle l'attend.

Serre-pattes baisse les yeux sur ses clefs dans le contact. Il n'a pas le temps de s'en emparer pour s'enfuir. Sa portière s'ouvre et la brune aux boucles frisottantes plante son regard marron dans le sien.

— Tu viens pas ?

Le temps d'une expiration, il la déteste et la méprise car elle ne voit ni sa solitude, ni sa détresse. Il n'y a pas de chaleur dans sa requête, elle est juste intéressée, calculatrice.

Déconne pas, vieux. C'est pas elle qui est venue t'attendre à la sortie de ton boulot. Elle t'a rien demandé.

Bernard sent que cette décharge de haine se trompe de cible, que ce n'est qu'un dérivatif à sa propre mésestime. Sa main épaisse au dos velu et grisonnant se referme sur ses clefs dans le démarreur.

— J'arrive.

Il presse le pas le long de l'allée gravillonnée. Une fois dans l'entrée, il ne jette qu'un œil distrait sur l'intérieur de la boulangère. Il remarque le trophée de petite dimension sur le buffet. Le visiteur retire ses bottes sous le manteau humide qu'elle vient de suspendre, où il ajoute son lourd paletot. Elle est dans la cuisine et il la rejoint pour venir se plaquer contre elle et placer ses mains rugueuses en coupe sous ses seins lourds. Mélanie ne lui résiste pas. Il perçoit l'odeur de sa nuque, où dominent le parfum féminin et la fragrance salée de la sueur d'une journée de travail.

— Tu ne veux pas boire un coup avant ?

Il n'y a aucun reproche dans sa question. Serre-pattes malaxe sa poitrine en soufflant en guise de réponse. Ils quittent la cuisine pour le salon et Bernard bouscule la brune sur son canapé où elle s'agenouille. Il relève la robe sur les hanches grasses avant de passer ses mains calleuses sur les fesses rondes et pleines en grognant. Le cliquetis de la boucle de son ceinturon résonne dans la pièce et le visiteur fait glisser son pantalon de treillis sur ses chevilles en même temps qu'il enfonce sa main entre ses cuisses pour tripoter la chair molle du sexe féminin à travers le tissu de la petite culotte.

Quand il se reculotte quelques minutes plus tard et qu'elle revient de la cuisine avec un verre de vin rouge et une bière, Mélanie est déjà passée à autre chose. Ils s'assoient côte à côte et boivent leurs premières gorgées en silence, avant qu'elle ne ramène la discussion sur Girard et Martin :

— Tu crois que Sébastien va porter plainte pour son chien ?

— Non, je crois pas. Il s'est engueulé avec Martin. J'ai même cru qu'ils allaient se battre, mais à présent ça devrait se tasser.

— Ça m'étonnerait que Sébastien ne fasse rien. Il est pas du genre à se laisser faire.

Il y a une pointe d'admiration dans la voix de la brune qui n'échappe pas à Ferrand.

— De toute façon, les Girard et les Martin, c'est chiens et chats. Déjà du temps de son père, ils ne pouvaient pas se voir. On sait pas trop pourquoi, d'ailleurs. Une histoire de cadastre au pré de la Coualle, je crois.

— Oui, enfin, c'est surtout à cause de la Micheline.

Serre-pattes marque un temps d'arrêt. Il peut lire une certaine satisfaction sur le visage de Mélanie.

— La femme au Martin ? Le Rémi Girard, il l'aurait arrangée ?

— Il y a une preuve flagrante.

— Le petit Martial ? C'est un bâtard ?

Elle secoue la tête.

— Non, y ressemble trop à son père, celui-là. C'est l'autre, la Morgane.

Le visage de la belle-fille de Pascal Martin s'impose à l'esprit de Serre-pattes.

Oui, c'est possible, avec c'te chevelure rouquine comme ça. Le Rémi Girard, beaucoup de monde l'appelait « Poil Jaune ».

— Mais qu'est-ce que ça peut y faire, à Martin ? Elle était pas encore avec lui, la Micheline, à l'époque. Il sait bien qu'elle est pas de lui.

— Les frères Girard ont tout fait pour acheter les Rimberts. Ils ne voulaient pas d'une pièce rapportée comme voisin, et l'Hippolyte voulait agrandir le domaine. Il attendait que la ferme soit en ruines pour acheter les terres. Rémi Girard était marié avec la Virginie mais il avait des vues sur Micheline qu'était encore au bourg chez ses parents. Elle était jolie à l'époque et y'en a beaucoup qui lui tournaient autour. Avec un frère qui veut ton domaine et l'autre qui louchait sur ta femme avant que t'arrives, tu penses que Martin, il pouvait pas les voir, les Girard... On dit même qu'ils lui ont fait plein de crasses pour le faire partir dans les premières années.

— Punaise, la belle-fille de Martin, c'est une Girard. Pourquoi on ne me dit jamais rien, à moi ?

Le sourire de la brune s'évanouit pour ce qui ressemble à de l'apitoiement, voire de la pitié.

— T'es trop gentil, Bernard. Ça sert à rien de raconter des méchancetés à des gentils. Ils les répètent pas.

Il ne sait pas trop comment prendre ce constat et finit sa bière d'une traite. Il regarde ensuite ses chaussettes de laine, émaillées de quelques brins d'herbe séchée.

— Bon. Je vais y aller.

Elle acquiesce en silence. Il se lève et retourne dans le

couloir d'entrée pour chausser ses bottes et enfiler son manteau humide. Mélanie ne l'a pas suivi. Il ouvre son portefeuille et extirpe trois billets de dix et un billet de vingt qu'il dépose dans la coupe sur la commode encombrée. Ribourd lui a dit que c'était là qu'il fallait les mettre. Il y a aussi quelques pièces de monnaie dans le trophée. Celui-ci sert sans doute à la jeune femme de porte-monnaie d'appoint.

— Bonne soirée, Mélanie.

Ferrand sort sous la pluie et presse le pas jusqu'au portail. Il faudra qu'il lui propose de venir le poncer et lui passer un nouveau coup de vernis, sinon le bois va vite s'abîmer à présent qu'il est à nu en plusieurs endroits. En tout bien, tout honneur. Mélanie n'a pas inventé la poudre, mais c'est pas une méchante fille.

Elle au moins, elle te fait pas le coup du mariage et de la fidélité, des gosses et de la baraque à acheter à crédit sur vingt ans en échange d'un coup furtif et triste à la semaine des quatre jeudis, tandis que la moitié du bourg se fout de ta gueule.

19 h 46. Les Milouins

— C'est quoi ces histoires, Hugo ? Tu ne veux pas rentrer ?

— Mais non. Je t'assure que je n'ai pas pu prendre ce train, Nathalie. La gare est vraiment loin, et je n'avais personne pour m'emmener.

— Et les gens qui t'hébergent ?

— Le jeune devait m'emmener, mais quelqu'un a tué son chien. Ça a fait toute une histoire pas possible. J'ai cru qu'ils allaient se flinguer.

— Mais qu'est-ce que tu me racontes ? Pourquoi tu n'as pas appelé un taxi ?

— Oui, j'y ai pensé. Desbarres n'aurait pas apprécié mais c'est bon, j'en ai marre de sa radinerie. C'est à cause de lui si je suis coincé dans ce trou. Mais j'ai pas eu le temps.

— Tu n'as pas eu le temps ? Tu te fiches de moi.

— Mais non, je te jure. En revenant de la chasse, on est allés directement chez le type qui a tiré sur le chien du jeune qui m'héberge et ça a failli dégénérer, et après c'était trop tard. Le dernier train était parti.

— En revenant de la chasse ? Tu as été à la chasse ?

— Oui. Le jeune a insisté pour m'emmener et…

— Tu te moques de moi, c'est ça ? T'as jamais tenu un fusil de ta vie. Tu n'as même pas le permis. Tu crois que je sais pas qu'il faut un permis pour chasser ? Mes oncles étaient chasseurs, je te signale.

— Mais non… mais j'avais pas de fusil…

— Ah bon ? Tu chasses sans fusil, toi ? Et tu fais quoi, tu leur jettes des pierres, aux animaux ?

— Mais non… mais Nathalie… j'étais traqueur.

Un blanc sur la ligne. Il peut sentir la colère de sa femme d'ici.

— Alors ça, tu vois, tu me le paieras. Sale menteur.

La tonalité d'une ligne vide se substitue à la voix de son épouse. Le clerc regarde l'écran de son téléphone de façon machinale. Il hésite à recomposer le numéro de leur appartement et il est presque sûr qu'elle ne répondra pas non plus sur son portable. Des gouttes glacées coulent le long de sa nuque et il rentre le cou dans les épaules. La porte d'entrée s'ouvre sur Virginie Girard. Elle a enfilé un jean et un pull-over écru à grosses côtes, ses cheveux blonds noués en une longue tresse épaisse.

— On va souper.

Le clerc hoche la tête. La femme l'observe un instant sans qu'il arrive à décrypter son visage fermé, puis retourne à l'intérieur. La pluie perle sur l'écran tactile de son téléphone, formant des larmes luminescentes. Hughes referme l'étui d'un geste avant de l'enfouir dans son manteau. Il rappellera plus tard, quand Nathalie sera calmée.

La chaleur du feu de bois l'envahit quand il pousse la porte. Sébastien et Hippolyte sont déjà assis chacun à un bout de table et il y a deux assiettes vides, face à face au milieu de la toile cirée. Hughes se déchausse et rejoint Virginie près de la cuisinière.

— Vous avez besoin d'un coup de main ?

Elle désigne du menton un faitout émaillé de couleur marron orangé.

— Attention, c'est chaud.

Le clerc avise deux torchons de cuisine qu'il place sur les anses avant de le poser au milieu de la table sur un dessous-de-plat en fer forgé. Hippolyte l'observe d'un œil goguenard et Sébastien baisse la tête, ce qui semble être une habitude de table chez lui.

Le repas se déroule dans un silence entrecoupé de brefs échanges entre Virginie et son beau-frère sur son après-midi à la coopérative. Hippolyte observe à plusieurs reprises les deux autres hommes et Hughes pense qu'il va les interroger sur la chasse du jour, sur la fin tragique du petit chien, mais le vieil homme contient ses questions. Il connaît son neveu et craint peut-être une dispute, un accès de rage. Arrivé au fromage, le clerc termine son troisième verre de vin rouge et la sensation de l'alcool dans ses veines couplée à la chaleur vive du feu de bois provoque chez lui un léger et plaisant engourdissement.

Il réalise qu'une cheminée a peu d'équivalents en matière de confort et de plaisir lors des mauvais jours ou des soirées humides. Peut-être pourraient-ils envisager l'achat d'un poêle à bois avec Nathalie ? Un couple de leurs amis en a fait l'acquisition. Ils en font des *design*, à présent. Il ne sait pas s'il faudrait obtenir l'accord de la copropriété pour ce genre d'installation.

Une fois son orange avalée en guise de dessert, Sébastien quitte la table et s'enfonce dans le couloir qui mène aux chambres. Virginie et Hippolyte regardent le clerc qui s'attend désormais à un interrogatoire en bonne et due forme. À sa grande surprise, les deux finissent par se lever sans un mot. Le Nantais aide la maîtresse de maison et lorsqu'ils ont terminé, elle pose une main sur son avant-bras et prononce un « merci, Hughes » plein de chaleur et de simplicité. Quand elle prend la direction du couloir, il laisse glisser son regard sur ses fesses moulées par la toile de jean. Sa silhouette n'a pas la finesse de celle de Nathalie mais il la trouve pourtant agréable.

Le vieil homme n'est pas dupe et le clerc rougit lorsqu'il revient s'asseoir. Un verre de prune l'attend sur la surface décolorée de la toile cirée et il laisse le fil de sa pensée s'exprimer :

— Virginie, c'est votre belle-sœur ?

— Oui, c'était la femme de mon frère.

Hippolyte vide la moitié de son verre et fait jouer sa langue usée et râpeuse contre son palais.

— Il est mort ?

— Oui. Il y a douze ans.

— Ah. Un accident ?

— Oui. Il arrachait des souches dans un pré et sa pelle s'est retournée. Il était déjà mort quand on l'a trouvé.

— C'est terrible. Il n'a pas eu de chance.

Hughes vide son verre cul sec. Le liquide incendie sa gorge et ses bronches. Il contient avec difficulté une quinte de toux en grimaçant.

— C'est toujours moche de mourir jeune. Mais au moins il est mort chez lui, sur ses terres, à l'air lib'. Pas dans un hôpital tout gris, après des mois à crever à p'tit feu. Ou dans un pays à l'étranger, dans un endroit dont on counnaît même pas le nom, tué par des gars qu'on a jamais vus, et sans savoir même pourquoi. J'en ai vu des comme ça, qui s'sont vus mourir là-bas, en Afrique. C'est pas beau à voir.

Le vieil homme n'a pas manqué le verre vide et il sert une nouvelle tournée.

— Elle a comme un goût de reviens-y, hein, le Parisien ?

Hughes ignore l'allusion à la capitale. Le vieux le fait exprès.

— C'est bizarre.

— Quoi donc ?

— L'armée et l'Afrique. Ça fait déjà deux fois que vous m'en parlez. C'est loin pourtant, à présent, non ?

Hippolyte détourne les yeux et porte son verre à sa bouche.

— C'est loin pour toi, pa'c'que t'étais pas né. Pour moi, c'est comme si c'tait hier.

Le clerc boit à son tour.

— Ça vous dérangerait qu'elle se remarie ?

— La Virginie ? Pourquoi ? Tu veux d'mander sa main ?

— Je veux dire : c'était la femme de votre frère, et elle habite toujours avec vous.

— Et où qu'tu veux qu'elle habite ? C'est sa maison, ici. Le domaine, il est à elle maintenant.

— Vous ou Sébastien, vous pourriez avoir du mal à accepter un autre homme ici, à la tête de l'exploitation.

Le vieux observe le fond de son verre d'un œil distant.

— Bah, tant qu'c'est pas un soûlot ou un feignant. Ou Pascal Martin.

— Pourquoi vous le détestez tant que ça ?

Hippolyte rive ses petits yeux sur le clerc.

— Va donc demander au chien du Sébastien, pourquoi qu'on l'aime pas, c'fumier.

— Vous le détestiez déjà avant. Et on a aucune preuve que ce soit lui, de toute façon.

— C'est ben l'problème, avec ce genre de crevures. C'est ben trop sournois pour s'faire prendre. Ça débarque de nulle part avec sa pension de l'armée que c'est nous qu'on lui paie, ça veut acheter nos terres, ça tourne autour de nos femmes et ça fait ses coups en douce. Fiche-moi la paix avec ça.

Hughes n'insiste pas, même si les explications lui semblent assez évasives. *Martin aurait-il convoité les terres des Girard ou tourné autour de Virginie alors qu'elle vivait avec le frère décédé ?* Un long silence s'installe entre les deux hommes. L'évocation du voisin des Rimberts n'était sans doute pas le sujet de conversation qu'espérait l'ancien ce soir. Il passe un pouce épais, à l'ongle gris et durci, sous la visière de sa casquette pour se gratter le front. Hughes se fiche de Pascal Martin mais la vision troublante de sa belle-fille s'accommode plutôt bien de la chaleur sourde qui l'envahit sous l'effet de la gnôle.

— Et la fille ?

Hippolyte fronce les sourcils, l'air mauvais et suspicieux.

— C'est point sa fille.

— Oui, je sais.

— C'te fumelle, c'est le diab'.

C'est au tour du Nantais de froncer les sourcils. Il ne comprend pas pourquoi le vieil homme en rajoute.

— Quoi, c'est une garce ? C'est qu'une gamine.

— Comme sa mère. En pire. Dix fois pire.

Le vieil homme arrache le bouchon de la bouteille d'eau-de-vie pour se resservir. Le goulot vient tinter à plusieurs reprises contre le verre. Hughes n'avait pas remarqué ce tremblement auparavant. Hippolyte lève le menton en fixant son visiteur et celui-ci acquiesce.

— Elle est où, sa mère ?

— Ben, où veux-tu qu'è soit ? Chez Martin.

Le clerc lève le coude. L'odeur, déjà vieille, du fruit distillé envahit sa gorge et son nez. Il ne ressent plus la brûlure du fort titrage.

Tu ferais mieux de faire gaffe. Tu vas jamais pouvoir décoller de la chaise.

— Vous voulez dire que la femme un peu forte et frisée chez Martin, c'est la mère de cette fille ? Elles ne se ressemblent pas.

— Pourtant, tu verrais une photo de la Micheline à vingt ans, tu t'areuillerais. Deux sœurs jumelles.

— Elle n'a pas très bien vieilli.

Le vieux émet un grognement de protestation.

— Faut avoir l'argent pour être aussi belle à cinquante ans qu'à vingt. Et avoir rien à faire de ses journées. C'était pas son cas, à la Micheline.

— Et c'était une garce ?

Hippolyte se tasse et baisse le nez dans son verre, une main jouant avec le cul de la bouteille de gnôle de façon distraite et nostalgique.

— Non, pas tant. Disons qu'elle savait y faire avec les bounhommes…

Il était amoureux. Mais elle a fini avec Martin. Un étranger qui a acheté des terres toutes proches, en plus, comme pour le narguer.

Une bouffée de sympathie, ou plus simplement d'empathie, traverse l'ancien rugbyman à la lumière de ces déductions. La vie joue parfois de sales tours, il a connu ça aussi quand son rêve de sport de haut niveau s'est mué en cauchemar. Chaque jour ne faisait qu'aggraver le précédent, avec cette sensation écrasante d'impuissance et d'injustice, comme si les dieux s'étaient ligués contre vous. Quand les dés du Destin sont pipés, il n'y a plus qu'à se soumettre.

— Et sa fille, elle est pareille, alors ?

Hughes ne sait pas trop lui-même ce qu'il entend par « pareille » mais il ne veut pas froisser le vieil homme.

— Elle, non. Elle, c'est différent. Aussi folle qu'une chatte ébouillantée. Et ce regard. C'est une catin du diable. Le genre de fumelle qui te monte à la tête, qui te mange tout ton argent, qui te fait divorcer et abandonner tes gamins, qui te fait tuer ton voisin à coups de hache.

Rien que ça.

— C'est qui, son père ?

Le vieil homme referme la bouteille et enfonce le bouchon de liège de la paume de sa main calleuse. Il se lève et récupère les deux verres vides dans un geste qui signifie que la discussion est terminée.

— On l'sait pas. La Micheline, ell'tait chaude comme une ourse. C'est au moins ça de bien : le Martin, il est cocu comme pas deux.

La contradiction des propos du vieil agriculteur n'échappe pas au visiteur. Hughes constate à sa démarche que l'ancien aurait pu tout aussi bien boire trois jus de fruits, tandis que lui redoute l'instant de se lever. Une fois sa goutte rangée, Hippolyte consulte la grosse montre en acier poli à son poignet droit.

— Ça va être l'heure du sport sur la 3.

Le clerc n'a aucune envie de regarder la télévision et, à la façon dont le vieil homme l'a laissé pour se diriger vers le salon, il n'est pas certain que l'autre tienne à sa compagnie. Le Nantais se lève et doit alors faire un pas de côté pour ne pas perdre l'équilibre. Heureusement, le vieux n'a rien remarqué. Il serait sans doute trop content de l'avoir saoulé. Hughes prend la direction de la porte d'entrée, récupère son manteau et sort sur le perron où la pluie et la nuit l'accueillent de concert. Il sourit bêtement. La tête lui tourne quand il ferme les yeux et les gouttes d'eau froide viennent battre son front et ses pommettes. Il relève la tête en souriant encore plus.

T'es bourré, vieux.

Après la fatigue de la journée, les verres de blanc bus cet après-midi, le vin rouge du dîner, les trois digestifs ont fini de l'enivrer. Une cigarette vient se ficher entre ses lèvres et il actionne son briquet à quatre ou cinq reprises avant de réussir à en enflammer l'extrémité. Il tire une longue bouffée en regardant la cour de la ferme. Il n'est là que depuis la veille au soir et pourtant il a l'impression d'avoir quitté sa région depuis plusieurs jours. Il repense à l'incrédulité de

Nathalie et son sourire ne faiblit pas. C'est pourtant vrai qu'il est allé à la chasse. Quand il va raconter ça à Jo et à Micka, ils ne voudront pas le croire non plus. Une histoire de dingue.

Hughes essaie de contenir son rire, mais il avale de travers la fumée de cigarette, ce qui lui déclenche une quinte de toux douloureuse. Des larmes lui montent au coin des yeux tandis qu'il s'est penché en avant pour reprendre son souffle, mais ce sont des larmes de joie crétine. La prune du vieux l'a rendu désespérément joyeux.

Au moins je vais bien dormir, et demain sera un autre jour.

Plus tard dans la nuit

La lumière s'est allumée dans sa chambre. Hughes grogne en pensant à Nathalie. Parfois, il est convaincu qu'elle le fait exprès lorsqu'elle se couche plus tard que lui, mue par un penchant sadique très féminin, en quête perpétuelle de tension et de discorde.

— Oh, le Nantais. Réveille-toi.

Le visiteur a refermé la porte derrière lui. Hughes se dresse dans le lit, clignant des yeux dans la lumière du lustre passé de mode. Face à lui, un crucifix orné de gui poussiéreux surplombe la porte. L'armoire vernie sculptée de motifs floraux sur sa droite aurait pu être celle de la chambre de ses grands-parents. Il prend conscience qu'il ne se trouve pas chez lui, dans son lit, et il lui faut ensuite plusieurs secondes pour rassembler et donner du sens aux événements hétéroclites des dernières vingt-quatre heures. Il dégage une main de l'épais édredon de plume qui pèse sur lui pour consulter sa montre. Onze heures et demie. Sa mine s'allonge. Il était persuadé d'être déjà le lendemain.

Cette fichue journée n'en finira jamais.

— Qu'est-ce qui se passe ?

Le visage de l'agriculteur a perdu son air roublard et affiche une mine usée et inquiète. Virginie est peut-être souffrante.

— Il faut que tu viennes, le Sébastien est parti. J'crois qu'il est chez Martin.

— Quoi ?

Hippolyte hésite, avant de lâcher dans un souffle que le jeune homme a emporté son fusil.

— Hein ? Vous êtes sûr ?

L'ancien opine du chef. Le clerc dégage les draps et s'assied au bord du lit, se forçant à réfléchir de façon logique et rationnelle.

— Il a dû aller voir des amis. On est vendredi soir. Il est peut-être parti en boîte.

— Pas avec son fusil. Et quand y va en boîte, y reste toujours une heure dans la salle de bains. Pire qu'une fumelle. Chuis sûr qu'il est chez Martin. Y va faire une connerie.

— Quand est-il parti ?

— Ah, j'sais-t-y, moi ! Je m'suis levé pour aller pisser, avec tous les canons qu'on a bus, et j'ai vu qu'il était point là. Ni dans le salon, ni dans sa chambre. J'ai regardé par la fenêt' et j'ai vu que l'C15 était pas dans la cour. Quand y sort à présent le soir, y prend sa belle auto, pas celle-là. J'ai eu une mauvaise impression, alors j'ai été regarder derrière la porte de sa chambre et c'est là que j'ai vu qu'y avait plus son fusil non plus.

Hughes lève une main en signe d'acceptation.

— OK, OK. Je m'habille et on va le chercher.

Un éclair de soulagement traverse le regard de l'ancien et il fait demi-tour en tirant la porte avec précaution pour ne pas réveiller la mère du jeune homme.

Bordel.

Hughes pose les pieds nus sur le carrelage froid. Il serait volontiers resté tout le week-end dans le grand lit campagnard. Le bruit lointain de la pluie lui parvient du dehors et il n'a aucune envie de ressortir. L'idée que le vieux ait pu continuer à boire seul après qu'il est allé se coucher lui effleure l'esprit. Le jeune Girard est sûrement parti voir des amis, ou il est avec une copine.

À moins que ce ne soit une mauvaise blague ? Une sorte de chasse au dahu concoctée par ce vieux énigmatique et retors.

Il rejoint Hippolyte dans l'obscurité de la cuisine. L'ancien a enfilé une veste d'ouvrier par-dessus sa chemise et ses bretelles. Il lui tend un trousseau de clefs en chuchotant :

— On va prendre son auto.

Une fois dehors, les deux hommes constatent que la pluie redouble. Le temps de traverser la cour pour atteindre le hangar, leurs épaules sont déjà trempées. Il n'y a nul grondement d'orage ce soir, seul le bruit régulier et continu de l'eau qui tombe à un rythme soutenu, ruisselant sur les toitures ou coulant dans les gouttières. Une fois assis derrière le volant cousu de cuir, Hughes attend qu'Hippolyte prenne place en soufflant, une grosse lampe électrique à batterie sur les genoux.

Même en vitesse élevée, les balais d'essuie-glaces ont bien du mal à chasser l'eau qui s'accumule sur le pare-brise tandis qu'ils s'élancent dans la cour. Cette sensation de déjà-vu entraîne ses pensées vers la fille Martin.

Peut-être vont-ils encore l'apercevoir ce soir, courant sous la pluie ?

Après plusieurs minutes à allure modérée sur des routes au goudron inégal et bordées de haies touffues, le vieil homme lève un doigt épais.

— Le chemin, là.

Hughes rétrograde et adresse un regard méfiant et interrogateur à Hippolyte. Il est certain de ne pas avoir emprunté ce chemin forestier pour se rendre chez les Martin avec Virginie Girard.

— C'est un raccourci. Pour sûr, y s'ra passé par là.

À moitié convaincu, le Nantais braque dans le chemin qui n'est rien d'autre qu'un tunnel sombre dans un amas dense de hautes fougères, de ronces et de châtaigniers dont les bogues éclatées tapissent le sentier. Le clerc repasse en première car la petite sportive n'a pas été conçue pour un usage en tout-terrain et il ne veut pas abîmer un élément de direction ou fêler le carter moteur sur une grosse pierre. Hughes remarque le blanchissement des phalanges cagneuses du vieux sur la poignée de la lampe. Ils ont vu tous les deux les traces fraîches de pneumatiques sur le chemin.

Le faisceau des phares capte la masse grise d'une construction à une centaine de mètres. Un bâtiment cubique aux fenêtres étroites, à l'enduit tombant par plaques et coiffé d'une toiture complète mais avachie, aux murs pris d'assaut par des orties vigoureuses. Hughes se dit que la bâtisse est trop petite pour être une habitation. Peut-être un relais de chasse ou un ancien abri de bûcherons. On aperçoit en retrait de la masure un véhicule blanc. Une fourgonnette.

— Coupe tes lumières et ton moteur, demande le vieux.

Le clerc obtempère et ils se retrouvent dans l'obscurité.

Le martèlement régulier de la pluie sur la carrosserie du véhicule accentue la gravité de l'instant.

— On est où ?

— Juste en bordure de chez Martin. C'était une maison de bûcherons dans l'temps. Mon père et d'autres maquisards s'y cachaient des boches pendant la guerre. À présent, plus grand monde sait qu'elle est là, c'te bâtisse.

L'évocation du passé du bâtiment assombrit la mine du clerc. Hippolyte a peut-être raison. Ce chemin détourné, cet abri oublié, la nuit qui les entoure ne peuvent que traduire la volonté d'une action clandestine. Une vengeance. Un coup de folie.

Et si le jeune Girard avait déjà commis l'irréparable ? Que va-t-on trouver à la ferme des Martin ?

Ils descendent de la voiture en faisant attention aux portières et en rentrant la tête dans les épaules. Le clerc manque de s'étaler dans la boue à plusieurs reprises car la flaque de lumière de la lampe permet surtout au vieux d'éclairer ses pas, mais assez peu ceux du Nantais. Celui-ci doit deviner l'emplacement des ornières, des racines ou des pierres rendues glissantes tandis que l'odeur de la terre et des feuilles humides l'envahit.

Un bruit s'échappe de la bâtisse et Hippolyte braque sa lampe devant lui. Une silhouette est prise dans le faisceau un bref instant et la rétine d'Hughes a eu le temps d'enregistrer l'image d'une chevelure de feu et d'un gilet de laine.

C'est elle.

La jeune femme ne s'est pas arrêtée, elle n'a même pas tourné la tête dans leur direction et s'est enfoncée dans la forêt comme un fantôme, évitant le chemin creux où ils progressent.

— Bon D'jeu.

Hippolyte continue de braquer sa lampe vers la cabane sur laquelle la pluie s'abat avec monotonie, produisant une multitude de petits *plic* sur les tuiles usées. Un nouveau bruit, un grincement, s'en échappe. Il y a quelqu'un d'autre.

— Ho, Sébastien ! C'est-y toi ?

Hughes et Hippolyte attendent sous la pluie sans rien dire, aucun d'eux n'osant s'approcher plus. Une silhouette se matérialise à l'angle du refuge et porte sa main en visière sur ses yeux plissés.

— C'est toi, Hippolyte ? Qu'est-ce que tu fais là ?

Il y a de la surprise et de la colère dans la voix du jeune agriculteur. Hughes devrait se sentir rassuré par la tournure des événements mais la sensation glacée d'une immense déception lui douche les intestins lorsqu'il intègre la véritable raison de la venue du jeune Girard ici ce soir. C'est absurde, et il s'en veut pour ça, mais il ne pourrait affirmer que ce n'est pas la morsure amère de la jalousie. Le vieil homme avoue d'une voix éteinte :

— Oui, c'est moué. Chuis avec eul'Nantais.

Le jeune homme cherche le deuxième intrus du regard par-delà la lumière braquée sur lui. Il fait ensuite plusieurs pas dans leur direction.

— Qu'est-ce que vous foutez là, putain ? Vous me surveillez maintenant ?

La lampe s'abaisse et vient concentrer son foyer lumineux aux pieds du jeune homme, jouant avec la surface trouble d'une flaque d'eau. Hughes n'arrive pas à réprimer ses émotions contradictoires et il ne trouve rien à dire.

— On a eu peur que tu fasses une ânerie.

— Une ânerie ? Qu'est-ce que t'as cru ? Que j'allais venir

foutre un coup de fusil au Martin ? T'es secoué ou quoi ? Faut arrêter la prune. Chuis pas baziot. Je vais pas aller en prison pour un chien.

Le vieil homme et le Nantais échangent un bref regard, comme si chacun reprochait à l'autre de ne pas avoir réfréné son imagination délirante. Hughes s'apprête à tourner les talons pour retourner à l'abri et au chaud mais Hippolyte poursuit d'un ton lugubre :

— Tu peux point faire ça, Sébastien.

— Faire quoi ?

Le ton du jeune est encore monté d'un cran, comme s'il connaissait la suite et la rejetait d'un bloc. L'ancien fait un mouvement du menton en direction des bois et de la ferme des Martin.

— Avec c'te gamine. C'est pas possible. Pas elle. T'as pas l'droit.

Le visage du jeune homme se durcit et ses yeux se réduisent à deux fentes noires et luisantes.

— Pas le droit ? Je fais ce que je veux. Avec qui je veux. T'as rien à me dire. T'es pas mon père.

Hippolyte secoue la tête, projetant quelques gouttes de sa casquette alentour. Le haut de sa veste de travail est trempé désormais. Le clerc se demande pourquoi il a choisi ce vêtement qui n'est pas imperméable.

— Tu comprends pas. C'est pas ça. Tu peux point, c'est tout. N'importe quelle gamine du village, si tu veux, mais pas elle…

— J'fais ce que je veux, tu m'entends ? Maintenant, tu retournes à la ferme et tu me fous la paix. J'en ai rien à foutre de vos vieilles histoires. Avec Morgane, on va se barrer si ça continue, et vous laisser régler vos comptes entre vous.

Morgane. Ainsi, elle s'appelle Morgane.

Hippolyte ne veut pas abandonner aussi vite :

— Faudra qu'on parle.

— Y'a rien à dire. Je fréquente qui je veux. Et si t'es pas content, c'est pareil. Je te rappelle que t'es qu'un invité chez la m'man et moi. Tes histoires, tu les règles avec Martin mais tu me laisses en dehors de tout ça. J'ai déjà perdu mon chien à cause de toi.

Sébastien tourne le dos aux deux hommes avant de faire volte-face, cherchant le clerc du regard.

— Et toi, le Parisien, qu'est-ce que tu veux ? Qu'est-ce que tu fais encore là chez nous ? T'as fait tes affaires avec Martin à présent. Pourquoi tu rentres pas chez toi ?

Hughes ouvre de grands yeux surpris et offusqués dans la pénombre, avant de se tourner vers le vieil homme, en quête d'un soutien. Celui-ci contemple le bout de ses bottes.

— Tu devais m'emmener à la gare ce soir.

— Ah, ouais ? Et puis quoi encore ? Je t'ai dépanné, on t'a hébergé, on t'a nourri, je t'ai même invité à la chasse et il faut en plus que je fasse le taxi ? Je croyais que t'avais une assurance ! Et ton patron, il peut pas t'en payer un, de taxi ? Tu voudrais pas que la m'man elle t'ouvre son lit en prime, tant que t'y es ?

Il ne peut pas s'en prendre physiquement à son oncle, alors il te provoque.

Hughes a compris qu'il faut un exutoire à la colère du jeune homme. Après les événements de la journée et la frustration ressentie chez Martin, le jeune Girard se sent humilié d'avoir ainsi été suivi et surpris avec une fille, comme un gamin. Il veut un déballage de testostérone pour prouver qu'il est un homme.

Vas-y, botte-lui le cul !

Hughes et Sébastien se toisent à travers la nuit pluvieuse pendant de longues secondes. Ils comprennent vite tous les deux que l'instant crucial est passé. Sans réponse rapide de la part du clerc, c'est le jeune agriculteur qui l'emporte. Il lance un regard méprisant aux deux intrus et retourne vers la bâtisse d'une démarche trop assurée pour être naturelle. Hughes et Hippolyte font demi-tour. Une fois dans la voiture, leurs regards ne se croisent pas et le bruit de leurs respirations domine un instant le crépitement mou de la pluie sur le capot, avant que le moteur ne s'ébroue et que le faisceau des phares ne capte le C15 du jeune, en train de manœuvrer devant le refuge. Le mot « Parisien » tourne en boucle dans le crâne du Nantais. Cela fait au moins trois ans qu'il n'est pas monté à Paris, ville qu'il n'apprécie pas d'ailleurs. Il aurait au moins pu répondre à cette provocation-là.

Le lendemain. 11 h 38. Quai de la gare

Des dizaines de personnes se pressent autour d'Hughes et Virginie : collégiens, étudiants, retraités, hommes d'affaires. Ils portent des couleurs chamarrées, tractent des valises en plastique, écoutent de la musique avec des casques voyants. Il y a du bruit, des panneaux d'affichage électronique, du bitume et du béton. Il n'a pas plu de la matinée. L'agitation remonte le moral à celui qui est sur le départ. Nathalie s'est montrée assez distante au téléphone ce matin, mais qu'importe, dans quelques heures le clerc pourra s'enivrer des odeurs familières de leur logement. Il range dans la poche de son costume, lavé et repassé par l'agricultrice, le billet qu'il vient de composter.

— Bon. Merci pour tout, Virginie.

Elle lui sourit.

— Mais de rien. Et bon voyage, surtout. Alors, vous revenez la semaine prochaine ?

— Oui, je dois récupérer la voiture. Mardi, normalement.

— Si vous voulez prendre un café aux Milouins avant de reprendre la route, vous pouvez toujours passer.

Il veut lui serrer la main mais Virginie a déjà ouvert les bras pour une accolade.

— On peut se faire la bise, hein, à présent.

— Oui, c'est vrai.

Elle s'est parfumée. Une fragrance qu'il connaît, sans pouvoir la nommer, et qui fait naître en lui des réminiscences lointaines. Après un ultime signe de la main, elle disparaît dans la foule. Hughes replace le sac sur son dos d'un coup d'épaule et tourne les talons, sa sacoche de travail dans l'autre main. Il a choisi une place en première, quitte à en être de sa poche. Une fois assis, il observe les visages anonymes par la fenêtre, sous les panneaux bleus indiquant la localité. Il comprend à cet instant que l'épisode impromptu de la panne de voiture est terminé. Le voilà revenu à une vie plus courante et plus prévisible.

Il ouvre sa sacoche et sort le numéro de *L'Équipe* acheté au kiosque de la gare. Une blonde en tailleur est assise de l'autre côté de l'allée centrale, temporairement masquée par un quinquagénaire corpulent et rougeaud avec un veston plié sur le bras. L'homme peine à faire rouler sa valise entre les rangées de sièges. La dernière page du quotidien sportif est consacrée aux mondiaux d'équitation, avec un reportage d'ambiance chez un éleveur. On aperçoit un tronçon de forêt derrière son portrait. Tandis que le jingle de la SNCF retentit dans la voiture, suivi de la voix suave de l'annonceuse officielle, Hughes a du mal à se dire qu'il y était, en pleine forêt, toute la journée dernière, jusqu'en pleine nuit, sous la pluie battante. Jonathan et Mickaël n'ont pas fini de le chambrer quand il va leur raconter ses mésaventures rurales. Le clerc déplie son journal et réalise que la blonde l'observe. Leurs regards se croisent mais l'instant ne dure pas. La femme détourne les yeux, sans gêne ni précipitation, et sans expression notable sur le visage. Elle se penche sur un sac de voyage à ses pieds et en sort une revue, avant de remettre en place une mèche de cheveux sur une oreille. Elle est très jolie et Hughes constate qu'elle n'a pas d'alliance. Ce qui ne lui fait ni chaud ni froid. Ce genre de filles en première classe, il leur faut au moins du cadre supérieur. Un siège au conseil d'administration constitue un atout non négligeable.

Lui, il pense à son assistante RH, sa Nathalie, à la douceur de sa peau sur la chute de ses reins. Les feuilles de *L'Équipe* claquent lorsqu'il ouvre en grand le journal aux pages football. Encore une défaite à la Beaujoire. Il va finir par regretter son abonnement à l'année.

Quand il ouvre la porte de leur appartement trois heures et demie plus tard, sa joie d'être de retour chez lui est ternie par l'absence de Nathalie. Il a essayé de la joindre à trois reprises dans le train, sans succès, et lui a envoyé un SMS pour annoncer son heure d'arrivée. Le clerc avance de quelques pas dans le couloir et dépose ses bagages au pied de la vieille commode repeinte en vert pastel qui leur sert de meuble à chaussures. Il l'appelle deux ou trois fois mais seuls les craquements du parquet lui répondent. Sa femme n'a pas laissé de mot, ni dans l'entrée ni sur le frigo. Hughes se rappelle qu'on est samedi. Elle a dû sortir faire des courses.

Dix minutes plus tard, il observe la ville derrière la haute fenêtre du salon, une bière à la main. D'ici, les bruits de la circulation sont quasi inexistants et il profite du spectacle animé de la cité en cet après-midi lumineux d'automne. Chaque silhouette aperçue en bas sur les trottoirs est une amorce d'histoire, une possibilité de rencontre chez un commerçant ou dans un bar. Qui sont-ils ? Où vont-ils ? Son métier lui aura au moins donné l'occasion de satisfaire sa curiosité humaine constante. Il s'est dit plusieurs fois qu'il aurait dû faire socio, plutôt que droit. En portant la bière belge froide et mousseuse à ses lèvres, Hughes se dit souvent qu'il aurait dû faire autrement.

Une demi-heure plus tard, il se lève de son fauteuil fétiche pour aller chercher un comprimé dans la salle de bains. Un début de migraine, sans doute provoquée par la vacuité des programmes télé. Il n'aime pas son visage tel qu'il est reflété dans le miroir. Ses yeux sont mi-clos, signe de fatigue, et son teint est pâle et terreux.

Le bon air de la campagne, mon cul.

Le clerc avale deux ibuprofènes en jetant sa tête en arrière et retourne dans le salon en s'essuyant la bouche du revers de la main. Toujours pas de nouvelles de Nathalie. Elle ne va quand même pas continuer à faire la tête à cause de cette histoire de chasse.

Une histoire vraie, en plus.

Une chaîne à péage propose la diffusion d'un match du

top quatorze. Il zappe. Une rediffusion d'un vieux *Columbo* sera parfaite pour faire une petite sieste en attendant sa femme.

Hughes ouvre les yeux et constate que le salon est plongé dans la pénombre. Il passe avec lenteur une main sur son visage encore engourdi par le sommeil. Il se redresse dans le fauteuil et se tourne en direction de la cuisine, vide et sombre. Il n'y pas d'autre lumière dans l'appartement que celle du téléviseur. Nathalie n'est pas encore rentrée. Hughes reste un long moment assis, boudeur et pensif, avant de faire l'effort de s'extraire du cuir avachi. Il consulte son téléphone sur la table du salon. 19 h 06. Aucun message. Il fronce les sourcils et sélectionne le prénom de sa femme dans le répertoire. Une, puis deux sonneries.

Au moins, elle n'est pas sur messagerie.

— Oui.

— Oui, c'est moi.

— Oui.

— Je suis rentré. Je suis à l'appart.

— Je sais.

— Tu fais quoi ?

— Je termine les courses.

— Tu rentres après ?

— Oui.

— OK. À tout de suite.

— OK.

Hughes repose le téléphone sur la table, les sourcils toujours froncés. Il a craint un instant qu'il se soit passé quelque chose, mais non. Elle n'avait même pas l'air en colère. Juste affreusement distante, ce qui est pire.

C'est dingue. Tout ça à cause d'un patron radin et d'une panne de voiture. Et il paraît que nous sommes à l'ère du Verseau, celle de la communication. Tu m'en diras tant…

22 h 34. Bar « Les Rives de Loire »

Samedi soir exulte autour d'eux : la musique à travers les enceintes dispersées dans les boiseries, les visages animés et souriants, les yeux brillants sur des joues rougies par le plaisir et l'alcool. Hughes demeure fermé, les yeux rivés sur son verre. Il a beau produire quelques sourires factices pour Jo et Micka attablés avec lui, tentatives auxquelles les deux autres ne croient guère, il n'est pas dans le *move*, ce soir. C'est terrible de se trouver dans l'un des endroits les plus courus de la ville et de s'y ennuyer. Un cri féminin aigu s'envole près d'eux et le clerc tourne la tête avec mollesse. Une étudiante coiffée d'un chignon et vêtue de couleurs vives, avec des rayures, est en plein fou rire. Un compère aux allures de dandy londonien avec son petit chapeau et ses lunettes rétro la montre du doigt en ricanant.

Il aurait préféré rester avec Nathalie, mais sa femme a coupé court à toute velléité de soirée en amoureux. Elle a rangé les courses en l'ignorant avant de préparer un plat réchauffé dont elle a laissé la barquette en aluminium au milieu de la table de la cuisine. Elle a mangé sa part devant le téléviseur, les jambes repliées sous une couverture. Il lui a demandé « ce qu'il y avait », mais elle a répondu « rien ». Il a objecté que toute cette histoire n'était qu'un malentendu, ce à quoi sa femme a rétorqué que les histoires n'existaient que dans sa tête, « comme d'habitude », et qu'elle ne voyait pas de quoi il parlait.

Un putain de dialogue de sourds. Et ça veut dire quoi, ça, que comme d'habitude les histoires sont dans ma tête ?

C'est par pur orgueil qu'il a alors appelé ses deux amis pour aller prendre un verre, histoire de ne pas montrer sa déconfiture, ses espoirs contrariés de réconciliation câline. Nathalie n'a pas esquissé la moindre protestation, lui glissant même d'un ton plat qu'elle aussi, elle irait peut-être boire un verre avec Véro, plus tard.

— Alors, c'est la chasse qui t'a rendu muet ? lance Micka en portant sa bière à ses lèvres fines et moqueuses.

Avec son manteau de laine sombre, au modèle surgi des souvenirs de fac de droit du clerc, avec sa silhouette restée svelte et sa chevelure peignée en arrière, Mickaël a conservé quelque chose de très estudiantin dans son apparence. Il est pourtant le seul des trois à ne pas avoir fréquenté l'université…

— Tu as vu des galinettes cendrées ? poursuit Jonathan.

Lui, c'est celui qui aborde les filles ou les serveuses dans les bars. Mickaël a déjà deux enfants, Hughes est marié, mais le blond au regard clair est toujours célibataire, chassant sur les réseaux sociaux une série sans fin de nouvelles conquêtes éphémères.

— Même pas. Juste un sanglier.

— Et sinon, le tracteur, c'est plus pratique qu'un monospace ou pas ? Question finition, c'est un peu limite, non ? Il paraît que le dernier Massey Ferguson a une consommation mixte très intéressante, à peine trente litres au cent.

Hughes secoue la tête.

— Vous êtes cons.

Jo se penche sur la table.

— Mais dis-moi, tu vas pouvoir nous avoir des entrées VIP pour le prochain Salon de l'agriculture ? Va falloir que je m'achète des bottes. Et je veux un calendrier de tronçonneuses avec des femmes à poil.

Jo et Micka ricanent et leur ami sourit par pure politesse. Il va finir sa bière et rentrer. Après une bonne nuit de sommeil, dans son lit à lui, ça ira mieux.

Les deux compères ne protestent pas lorsque Hughes pose un billet sur la table avant de se lever de sa chaise une minute plus tard. La fatigue du voyage, et tout ça. Micka hoche la tête d'un air compréhensif et le regard du blond se fait fuyant. Les trois hommes se saluent par-dessus la musique, et Hughes se fraye un chemin jusqu'à la sortie. Il s'arrête quelques instants sur le trottoir pour regarder le ciel nocturne. Les prévisions météo ont annoncé de la pluie pour la fin de soirée, mais il est venu à pied. Entre une marche de vingt minutes et quinze minutes à tourner en rond pour trouver un stationnement, le choix était assez peu cornélien.

Alors qu'il longe la vitrine d'un disquaire indépendant, un taxi s'arrête plus haut dans la rue et une femme en descend. Hughes la regarde de façon machinale et ses yeux s'agrandissent.

C'est elle.

Le taxi repart, laissant la femme seule au bord du trottoir. Elle a tourné la tête dans sa direction. Le cœur du clerc bat avec violence à plusieurs reprises. Elle porte une robe claire et un gilet sombre, bleu ou noir. Ses longs cheveux acajou encadrent un visage ovale et clair. Elle tient quelque chose à la main. Les traits du visage de la femme lui échappent encore. Il ne la quitte pas des yeux et son cœur se recroqueville lorsqu'elle pivote sur place pour s'éclipser dans une ruelle perpendiculaire, ses pieds nus volant sur le béton du trottoir, une paire de talons aiguilles se balançant au bout d'un poing menu. Le clerc accélère le pas. Arrivé à l'embranchement où elle s'est engouffrée, il s'arrête, douché par une froide déception. La rue est vide.

Ce n'est pas elle, de toute façon. Qu'est-ce qu'elle ferait ici ?

Une goutte vient mourir sur l'arête de son nez. Hughes lève la tête et une autre larme de pluie explose en gouttelettes sur son front. Il ferait mieux de se dépêcher s'il ne veut pas se faire tremper.

Jonathan et Mickaël s'observent par-delà les verres vides aux parois maculées de mousse paresseuse. La question posée par le père de famille a mis l'autre mal à l'aise. Il cherche à biaiser :

— Qui ça « nous » ? De quoi tu parles ?

— De toi et de Nathalie. Je vous ai vus.

Les neurones du blond s'activent à toute vitesse.

Où Micka a-t-il pu nous voir ?

La mine coupable de son ami ronge Mickaël en profondeur. Ses doigts épais viennent effleurer le verre à facettes de sa chope de bière.

— Arrête de faire le couillon. Je sais que tu la sautes. Je vous ai grillés au Norhôtel. J'allais y chercher des clients.

Si Mickaël avait identifié Nathalie en dépit de ses lunettes de soleil, il n'était pas certain que l'homme aperçu au bout du parking, et vers lequel elle avait lancé un regard faussement neutre avant de monter dans sa voiture, était bien Jonathan.

Le célibataire repousse sa chaise pour se balancer sur deux pieds en jetant un regard circulaire qui se veut détaché, avant de la laisser retomber sur le parquet avec un bruit sourd.

— Et alors ? T'es jaloux ?

Mickaël secoue la tête avec dépit.

— Putain, Jo. Tu te fais pas assez de meufs comme ça ? Fallait en plus que tu te tapes la femme d'un ami ?

— C'est pas ce que tu crois, merde !

— C'est pas ce que je crois ? Tu te fous de ma gueule ? Tu vas me dire que vous avez loué une chambre en plein après-midi pour faire un scrabble ?

— Nan, c'est pas ça. Je veux dire : c'est pas juste une histoire de cul. Il y a autre chose.

Mickaël affiche une surprise consternée.

— Me dis pas que t'es amoureux ! Pas toi, sinon je vais croire que tu te paies vraiment ma tête et ça va finir par me fâcher.

Jonathan se fait fuyant. Micka est soupe au lait, parfois, et assez susceptible, souvent.

— Nan. Pas vraiment amoureux. Mais il y a un truc entre nous. Elle m'a toujours plu, cette nana.

— Et alors ? Moi aussi, y'a plein de nanas qui me plaisent, mais je me retiens. Et Hugo, bordel ?

Jo baisse la tête. Ses doigts viennent tambouriner sur le sous-bock humide.

Hughes, il n'avait qu'à s'en occuper, de sa femme.

— C'est pas de ma faute s'il ne fait plus rêver sa gonzesse. C'est elle qui m'a cherché, je te signale. Elle arrêtait pas de me twitter ou de m'envoyer des SMS, elle m'a branché en privé sur Facebook avec des photos à moitié à poil.

Elle avait toujours besoin de moi, fallait l'aider pour ceci, l'emmener là-bas, l'accompagner ici. Et presque toujours quand Hughes n'était pas là, évidemment... Tu sais, quand une meuf a décidé de tromper son mec, c'est fini pour lui. Il est cocu, et c'est tout.

Jonathan a employé le prénom du clerc plutôt que son surnom, ce qui est rarissime entre eux, et assez révélateur.

— Oui, et ça aurait été dommage que ça soit un autre qui en profite, hein ? Tu t'es dit : c'est une occasion à pas rater, c'est quand même la femme d'un de mes meilleurs amis... C'est qui la prochaine, Aurélie ?

Jonathan redresse les épaules, une lueur nouvelle dans le regard.

— Ah, je me disais aussi. C'est pas trop ton genre de faire la morale. En fait, t'en as rien à foutre de lui, tu flippes juste à cause de ta femme.

La communication a appris à Jonathan qu'il suffit de peu de chose pour l'emporter sur le terrain de la contradiction. Souvent, la culpabilité est un excellent levier, surtout chez les couches populaires dont Micka est issu. Celui-ci se lève en faisant racler les pieds de sa chaise sur le parquet usé. Il est blanc comme un mort, mélange de colère, de frustration et de mortification.

— Allez, Micka, on va pas s'embrouiller pour ça.

— Je te préviens, Jo, maintenant que je sais, je ne pourrai pas me taire indéfiniment.

Le blond fait un signe compréhensif de la tête.

Honneur et Fidélité. La bonne blague.

— Nathalie doit lui parler. Elle a promis.

Mickaël acquiesce et pose une main ferme sur l'épaule de son ami en guise de salut, avant de disparaître. Jonathan sait qu'il y avait dans ce geste une forme d'avertissement, voire de menace latente. Heureusement que Micka n'a aucune idée de son rencard ce soir avec Nathalie. Il espérait depuis le début que les deux autres n'allaient pas s'éterniser. En plongeant une main dans sa veste pour récupérer son téléphone, il remarque plusieurs visages féminins braqués sur lui, à deux ou trois tables de distance. Des trentenaires en goguette qui ont très bien remarqué qu'il se retrouve désormais seul à sa table.

Désolé, mesdames, mais ce soir, j'ai rendez-vous avec une autre.

Dimanche, 8 h 25. Ferme des Milouins

Hippolyte Girard marche d'un pas décidé à travers la cour de la ferme rendue spongieuse par les dernières intempéries. Le soleil a enfin décidé de pointer le bout de son nez, ce matin. *Faudrait pas qu'ça dure, toute c't'ieau, sinon les maïs vont pourrir sur pied.* Au cul de sa fourgonnette, son neveu l'a vu venir mais fait mine de l'ignorer.

— Sébastien, faut qu'j'te parle.

— J'ai pas le temps. Je vais à la chasse.

Le jeune homme dépose son étui à fusil dans le C15 avec un geste d'agacement.

— Écoute, j'te dis. Tu peux point fréquenter c'te gamine. Ça serait contre nature.

— Je fais ce que je veux. Ça te regarde pas. Fous-moi la paix.

Il se retourne et claque la portière arrière. L'ancien pose une main sur la manche de sa polaire camouflage et tente de le retenir.

— Bon D'jeu de tête de mule. J'te dis que tu peux pas. La fille Martin, c'est ta demi-sœur.

Le corps du jeune homme se raidit. Quand ses yeux croisent à nouveau ceux de son oncle, l'incrédulité s'y mêle à l'amorce d'une tristesse désespérée.

— Qu'est-ce que tu racontes ? C'est quoi ces conneries ?

— C'est point des mentes, fils. C'te gamine, c'est la fille du Rémi.

Le jeune superpose mentalement l'image du visage de celle qu'il aime et les photos de son père. Le doute lui vrille les intestins. Le vieux poursuit, les yeux baissés, une fêlure dans sa voix usée :

— Avant que la Micheline ne soye avec Martin, le Rémi l'a arrangée, une fois ou deux. Et ça a suffi.

Affolé, le jeune cherche en vain un signe de duperie ou une trace de mensonge chez son aîné.

— C'est pas vrai. J'te crois pas. Tu dis ça pour pas que j'aille avec une Martin, c'est tout. Tu les détestes tellement que t'es prêt à inventer n'importe quoi !

Hippolyte secoue la tête d'un air triste et sort son paquet de Gitanes pour se coller une cigarette au coin des lèvres.

— Va voir la Marie Rinchard. C'était la meilleure amie de la Micheline quand elles étaient gamines. Elle est au courant.

Sébastien s'enfonce dans le désarroi. Marie Rinchard s'occupe du foyer rural et de l'amicale des parents d'élèves. Une vieille lesbienne mais une femme droite, ni menteuse ni langue de vipère. Sébastien hait le vieil homme du plus profond de son être à cet instant. Il a promis à Morgane de la sortir des Rimberts, du fond des bois, de la faire emménager aux Milouins. Céréalier, ça laisse des loisirs si on veut.

Il lui a dit qu'il l'emmènerait en ville, les week-ends. Qu'elle pourrait faire du shopping. Qu'ils iraient au restaurant. Qu'il lui ferait des enfants et que les vieux n'auraient plus qu'à se mettre leurs rancœurs sous le bras ou aller se faire pendre en maison de retraite.

Une brusque nausée rageuse s'empare de lui. Sébastien voudrait bousculer l'ancien, le mettre le cul dans la boue, lui foutre sa casquette dans la gueule et le traiter de tous les noms. Ce n'est plus son oncle qui lui fait face, mais un oiseau de malheur, un oracle de la déchirure, le mouchard d'un destin dégueulasse. La voix rauque du vieil homme conclut d'un air solennel :

— Tu peux point, tu vois. Si vous faites des p'tits, ça f'ra des niauds. Et pis, y'a trop de gens qui savent. À la mairie, y vous laisseront point vous marier. C'est interdit.

Livide et muet, Sébastien tourne les talons pour aller s'effondrer derrière son volant où ses deux mains viennent se crisper sur la mousse plastique qui s'effrite. Il n'a plus envie d'aller chasser. Il n'a plus envie de rien. À travers le pare-brise, cet horizon de cimes noirâtres et décharnées maintes fois rabâché lui épuise les yeux.

Il faut qu'il sache.

Le jeune referme sa portière aux charnières fatiguées et grinçantes et démarre la fourgonnette. Planté au milieu de sa cour, l'ancien tire deux ou trois taffes sur sa cigarette brune en regardant s'éloigner l'auto blanche. Nulle satisfaction sur son visage plissé et mal rasé. Dans la cuisine, Virginie a écarté le rideau à carreaux d'une main pour observer la scène. À le voir marcher ainsi à pas lents dans la boue, elle réalise que son beau-frère est un petit vieux désormais, alors que son fils est encore bien jeune, en proie à une agitation qui ne lui est d'aucun secours pour faire tourner l'exploitation.

Elle entend Hippolyte taper ses chaussures contre les marches et l'odeur du tabac le précède dans la cuisine.

— Qu'est-ce que tu lui as dit ?

Il fait la moue et baisse les yeux. Elle le sent prêt à s'enfuir. Virginie indique la fenêtre au-dessus de l'évier d'un coup de menton.

— J'ai bien vu que vous vous disputiez. Qu'est-ce qu'il y a encore ?

— Il fallait que je lui parle à ton gamin, c'est tout.

— Encore cette histoire de chien ?

— Non. Plutôt de ce qui se fait. Et de ce qui se fait pas.

— Comme quoi ?

Hippolyte hésite, avant de la fixer de ses petits yeux cachés sous la casquette.

— Comme de frayer avec sa demi-sœur.

Virginie fronce les sourcils.

— Sébastien, y fréquente la fille Martin en cachette. Mais y peut point. Pasque c'est sa demi-sœur.

À l'instar de son fils, l'agricultrice cherche sur le visage du vieil homme un indice qui pourrait la mettre sur la piste d'un mensonge, voire d'une mauvaise blague. Elle n'en trouve pas et réalise alors qu'elle ne ressent rien de particulier à la lumière de cette confirmation de la trahison dont elle fut victime. Le visage de son mari, figé à jamais dans l'éternité de ses quarante-huit ans, et celui d'une Micheline bien plus jeune s'imposent à elle mais la jalousie n'y a que peu de place. Elle a déjà entendu deux ou trois ragots sur la paternité supposée de son époux à propos de Morgane

Martin, mais a plutôt mis ça sur le compte d'un amalgame assez primaire sur la base de leur couleur de cheveux.

— Ainsi donc, c'est vrai.

Hippolyte concède un « ma foi, oui » du bout des lèvres et d'une voix éteinte. Il se perd un instant dans les méandres de souvenirs amers avant de redresser la tête, les pensées focalisées sur le présent.

— Et c'est point une bonne nouvelle.

— Je ne sais pas si c'était une bonne idée de lui dire.

Hippolyte lève une main pour se gratter le haut du crâne.

— Et qu'est-ce que tu voulais qu'je fasse ? La famille Girard, c'est pas la famille tuyau de poêle. Si c'est pour faire des baziots ou que les actualités régionales y débarquent pour dire qu'on est qu'des bouseux avec des histoires d'incestes, ça ira ben comme ça.

Un long silence s'installe dans la cuisine. Le vieil homme bougonne alors une dernière phrase :

— Faudra ben qu'y endure, c'est tout.

Il tourne les talons, les épaules arrondies, le dos voûté. Contrairement à Sébastien, qui ignore encore une partie de l'histoire familiale, Virginie sait le prix qu'il a dû en coûter au vieil homme d'avouer ainsi cette paternité non assumée de son frère cadet. Hippolyte a aimé Micheline Fargeaud, autrefois. Ils s'étaient fréquentés avant que Pascal Martin n'arrive au village et achète les Rimberts. Elle sait que le vieil homme aime sans doute toujours un peu Micheline et que c'est aussi, et surtout, pour cela qu'il déteste autant l'ancien militaire.

En voyant Hippolyte aller s'installer dans le fauteuil du salon, elle se demande jusqu'à quel point il avait pu y avoir une rivalité entre son mari et son frère au sujet de cette Micheline. Les deux s'étaient violemment disputés sous le hangar un soir d'été quand Sébastien était encore petit et ni l'un ni l'autre n'a jamais voulu lui révéler le motif de cette querelle rageuse et subite. Peut-être était-ce à cause de Micheline ? Si Hippolyte savait, Virginie se demande ce qui a pu retenir l'aîné de lui révéler l'adultère de Rémi à l'époque, et elle ne trouve pas d'autre explication que celle de l'orgueil têtu du vieux paysan. Révéler à sa belle-sœur qu'elle était cocue l'aurait obligé à avouer que lui l'était aussi.

Elle se souvient de ce que sa mère lui disait chaque fois qu'elle posait trop de questions sur sa propre histoire familiale : « Méfie-toi, Ninie, méfie-toi. À force de trop parler du passé, on finit par le faire revenir. » Elle trouvait ça drôle, et faussement inquiétant comme une histoire de fantôme. Là, Virginie Girard regarde par la fenêtre et, en dépit de la belle journée ensoleillée qui s'annonce, elle ne peut s'empêcher de ressentir une sourde inquiétude pour son fils.

Ancien refuge forestier

Assis derrière son volant, la tête baissée, Sébastien fait glisser ses doigts rugueux sur l'écran de son téléphone. Il n'a pas pu aller jusqu'au rendez-vous de chasse. Pas après ce que lui a appris son oncle. Quand il sélectionne le numéro de Morgane dans la liste de ses contacts, il nourrit l'espoir que ce ne puisse être qu'une manigance de plus qu'elle lui démentira aussitôt. Il ne sait pas que sa démarche est absurde, car de son côté la jeune femme ignore tout de ce qui la concerne. Sébastien compose un message sans fioritures, lui demandant de venir au refuge. Il attend ensuite, fébrile et nauséeux, une réponse. Moins d'une minute plus tard, la petite icône signalant l'arrivée d'un SMS apparaît. « OK », lui a-t-elle répondu, et une nouvelle vague glacée et douloureuse balaie ses intestins.

Comment est-ce que je vais pouvoir lui dire ?

Ferme Martin

— Où c'est que tu vas, encore ?

Sa belle-fille reste sourde à sa question et traverse la cuisine en gesticulant pour enfiler un gilet de laine, son portable dans un poing fermé. Martin n'a pas le temps de formuler une autre remarque ou une interdiction et se déplace jusqu'à la fenêtre pour écarter un rideau. Il observe la rousse traverser la cour à pas légers et rapides, puis prendre le sentier derrière la grange à l'abandon, celui qui monte entre les sapins jusqu'aux bois des anciennes carrières.

Qu'est-ce qu'elle va trafiquer là-haut ?

Avec Micheline, ils se doutent qu'elle fréquente quelqu'un mais la gamine reste muette sur le sujet. Il ne lui a jamais interdit de voir un garçon, après tout c'est de son âge, mais il s'interroge sur la motivation de ces cachotteries.

Et si c'était un type que tu connais ? Un homme peut-être plus âgé qu'elle ?

Sa belle-fille a ce quelque chose qui fait tourner toutes les têtes, même celles censées être raisonnables. Quelque chose qui l'inquiète parce qu'il ne sait pas mettre un mot dessus, ou l'expliquer de façon rationnelle. Ce n'est pas juste l'attrait de la jeunesse, non. Il y a autre chose, de plus profond. De plus malsain. Il sait que ce n'est pas correct de penser cela, que ce n'est qu'une gamine, et qu'il ne doit pas éprouver de ressentiment contre elle à cause de son absence de lien de sang avec elle, ou parce qu'elle est le fruit d'une relation charnelle de sa femme avec un autre homme, mais le sentiment est là, au fond de ses tripes. L'homme mûr en lui ressent cette attraction passive et animale, et le beau-père qu'il incarne pour elle ne peut que la redouter encore plus car il en mesure toute la puissance trouble.

Martin traverse sa cour à la suite de la jeune femme. Il a remarqué le téléphone qu'elle avait dans une main. Ils ont dû se donner rendez-vous. Si elle est partie à pied, c'est que l'autre ne doit pas être très loin.

Après la grange, il y a un raidillon en friche au travers duquel serpente un sentier rocailleux. Le souffle de l'homme se fait plus rauque et plus prononcé, puis il retrouve un terrain moins difficile et pénètre la forêt. Il aperçoit la silhouette de Morgane, une centaine de mètres en avant, se mouvant en silence dans l'ombre des frondaisons qui se rejoignent au-dessus d'un chemin creux et humide. La jeune femme ne se retourne pas une seule fois. L'odeur de terre humide et de feuilles en décomposition se fait oppressante. Le beau-père presse le pas en zigzaguant entre de profondes ornières, où dort une eau noire et froide.

Arrivé à une patte-d'oie, il hésite. Le ronronnement irrégulier et assez lointain d'une tronçonneuse accompagne sa respiration. Sur sa gauche, le chemin d'accès à une carrière abandonnée aux saignées anguleuses envahies de mauvaises herbes se poursuit sur un bon kilomètre avant de rejoindre la route du village. À droite, un sentier herbeux bordé de fougères mène à un ancien abri de bûcherons. Si les deux amoureux souhaitent se cacher, la cabane sylvestre est plus indiquée. Mû par un lourd pressentiment, Pascal Martin s'engage dans le chemin sur sa droite.

Dans la forêt

Bernard Ferrand lève un bras engourdi pour s'éponger le front avec la manche de son paletot, couverte d'un fin voile de sciure et imprégnée de l'odeur de l'essence de sa tronçonneuse. Sa gorge ravinée par la première heure de travail et son souffle court et déjà douloureux le forcent à poser l'outil sur une souche fraîche aux fibres encore claires et humides. L'homme fait quelques dizaines de mètres à travers sa coupe du jour, parmi les tronçons d'arbre et les branchages, avant d'ouvrir le hayon de son 4 × 4. Il cligne des yeux en penchant la tête en arrière. Les cimes des arbres forment des silhouettes fantomatiques tout autour de lui. La bouteille en plastique crisse dans son poing et l'eau fraîche régale sa gorge.

Là, au milieu des bois, il pense à Mélanie, à son corps. L'image réconfortante et plaisante de son cul blanc, large, ferme et lisse s'impose à son esprit. Il réalise que cela fait déjà trois fois qu'il va la voir en très peu de temps et un voile de culpabilité ternit le fil de sa pensée. L'argent en jeu n'est pas un problème, mais sa femme oui. Encore au stade potentiel et hypothétique mais il ne se fait pas d'illusions. Si elle vient à apprendre qu'il visite la boulangère pour des séances tarifées, il le regrettera. Sans parler de ce qui se passera si elle comprend que ce n'est pas que pour le sexe, mais aussi pour les sourires, les gestes amicaux — à défaut d'être vraiment tendres — et ce petit rire, lumineux et spontané, qu'il va voir Mélanie.

T'es vraiment qu'un couillon, mon pauvre Serre-pattes. Y'a que les idiots qui s'amourachent des catins.

Et dans un village comme le leur, tout finit toujours par se savoir. Alors qu'il lève un bras pour refermer la porte arrière, des éclats de voix le tirent de ses anticipations pessimistes. Croyant avoir été trompé par le cri d'un geai, il rabat le hayon quand des cris lui parviennent à nouveau. Des voix humaines aux accents colériques.

Après une trentaine de mètres en direction des voix, il case sa bedaine derrière le tronc moussu d'un chêne. La silhouette claire d'une fourgonnette est stationnée devant l'ancien refuge. Il se souvient que des bûcherons l'utilisaient encore du temps de son enfance. Deux hommes sont en train de s'invectiver entre le véhicule et la cabane. Serre-pattes quitte son abri pour se rapprocher d'une petite vingtaine de mètres à la faveur d'un massif de fougères. Une fois posté derrière un nouvel arbre, il constate que la voiture est celle du jeune Girard et que celui-ci est en train de s'engueuler avec Pascal Martin. En retrait des deux hommes se devine une silhouette féminine aux cheveux d'un roux foncé. Il pense d'abord à Micheline Fargeaud, avant de réaliser que c'est la fille et non la mère qui observe la querelle en se mordillant les ongles.

— Je t'interdis de la voir, tu m'entends, Girard ?

Le jeune agriculteur ne cache pas son mépris :

— Et t'es qui pour m'interdire quoi que ce soit ? Et à elle non plus : t'es même pas son père.

Il se garde d'avouer à l'ancien militaire que Morgane et lui partagent le même géniteur, en fait. Il n'a pas eu le temps de l'annoncer à la jeune femme et il ne veut pas qu'elle l'apprenne ainsi, par rancœurs interposées.

— Il vous faut vraiment tout, à vous les Girard, hein ? Les terres, la mère, la fille. Vous êtes vraiment des ordures.

Sébastien blêmit devant l'insulte envers son patronyme. Il s'avance, les joues et l'extrémité des oreilles rougissant sous l'effet de sa colère montante. Face à lui, Martin serre les dents.

— Quoi ? Tu veux me frapper, petit merdeux ? Mais viens ! Allez, viens ! Même à bientôt cinquante-cinq ans, ça m'empêchera pas de te botter le cul.

Girard est prêt à s'élancer sur Martin mais un regard en biais vers Morgane le fait temporiser. Des larmes rares ont coulé le long de ses joues et ses yeux sont saturés de tristesse et de dépit. Elle pense encore qu'il veut la laisser tomber, comme s'il avait eu le choix, comme si c'était une trahison délibérée de sa part. Il sait qu'elle n'éprouve ni amour ni affection pour son beau-père mais il sait aussi qu'elle le respecte. Le jeune ne voudrait pas s'aliéner définitivement celle qu'il aime par une parole ou un geste inconsidéré. Il essaie de capter le regard de la jeune femme.

— Il faut qu'on se parle, Morgane. Juste toi et moi.

Sébastien fait un pas de côté, fixant toujours sa demi-sœur, dans l'attente d'un signe de sa part. Elle ne dit rien et ses yeux à elle sont déjà emplis de ressentiment, sa posture boudeuse.

— Je t'interdis de la revoir, Girard !

Sébastien adresse un dernier coup d'œil méprisant au militaire et tourne les talons en direction de sa fourgonnette. Alors qu'il ouvre sa portière, la voix de Martin s'élève au travers des frondaisons, chargée de haine et de frustration :

— Si tu touches encore à elle, Girard, je te tue !

L'agriculteur fixe un instant son rival, une main sur la poignée, avant de se laisser tomber sur le siège usé et grinçant. La portière claque et son écho est coupé par le ronflement du moteur. Le C15 s'éloigne et sa silhouette trapue est avalée par la forêt. Le calme retombe autour de Martin et de sa belle-fille et il règne alors un silence pesant et inhabituel parmi les grands arbres autour d'eux, privés des chants d'oiseaux et du ronronnement lointain de la tronçonneuse entendue depuis ce matin du côté de la coupe de Bernard Ferrand. Martin tourne la tête à droite et à gauche, mal à l'aise, avant de se retourner vers Morgane.

— Allez, viens, toi ! Et t'avise pas de le revoir.

Elle l'observe par en dessous, la bouche fermée, les yeux rougis. Il s'attend à une réplique insolente mais au lieu de cela il perçoit toute la détresse dans sa voix rendue rauque par les sanglots :

— De toute façon, c'est fini. C'est qu'un salaud.

Elle pense à toutes les promesses faites par le jeune agriculteur et son cœur se serre dans sa poitrine tandis que de nouvelles larmes se pressent au coin de ses grands yeux tristes. Son beau-père est ému par son chagrin mais il fait tout pour ne pas le montrer. Quelque part au fond de lui, cela le réjouit car il sait que cette douleur est son alliée. Sa voix se fait malgré tout conciliante :

— C'est un Girard. Je vous l'ai toujours dit, à toi et à ta mère, que c'était des salauds… Tu viens ?

Elle hésite et lance un dernier regard dans la direction

prise par la voiture blanche. Il n'y a déjà plus beaucoup de chagrin dans ce geste, et beaucoup de haine. Après un hochement de tête, elle serre contre sa poitrine généreuse les pans détendus de son gilet de laine fétiche et emboîte le pas à son beau-père. En fixant le sol, Morgane formule une imprécation muette : *Soyez tous maudits, vous, les Girard.*

Lundi. Étude de Maître Desbarres. 11 h 54

Furieux et méprisant, le notaire brandit haut la feuille A4 en l'agitant comme s'il s'agissait d'une clochette de lépreux. Plus que jamais, Hughes repère dans les traits pincés de son employeur quelque chose du politicien de province. Quelque chose de vicieux et de faisandé.

— Qu'est-ce que vous voulez que je fasse de ce torchon, Hughes ? Il y a presque une faute par ligne. Sans parler des coquilles. Vous avez tapé cet acte avec des moufles ou bien vous n'avez pas encore émergé de votre soûlographie d'hier soir ? C'est l'air de la campagne qui vous fait cet effet-là ? À ce tarif, la prochaine fois, je ferai les notifications moi-même.

Hughes serre les dents. L'allusion au « tarif » ne lui a pas échappé. Ce vieux pingre a encore le devis de réparation de la voiture en travers de la gorge et il essaie de le lui faire payer, oubliant que c'est à cause de sa radinerie que le véhicule a rendu l'âme dans un coin improbable et éloigné de l'étude, hors de la portée habituelle des connexions et du « réseau » du notaire.

Le clerc jette un regard aux allures de SOS en direction de Béatrice, la secrétaire-comptable. Elle se hâte de faire onduler ses cheveux décolorés et de plonger le nez derrière l'écran de son PC, trop heureuse que l'ire du notaire ne soit pas dirigée contre elle cette fois-ci. Hughes regrette aussitôt son geste, cet aveu de faiblesse muet, car c'était évident qu'elle ne lèverait pas le petit doigt pour tenter de le défendre ou de faire diversion. La comptable ne l'a jamais aimé, sans qu'il en connaisse la raison. Quelques semaines après son embauche il y a trois ans, il avait refusé poliment d'aller boire un verre avec elle après le travail. Nathalie l'attendait pour une visite d'appartement. Il avait reporté à une autre fois, mais Béatrice avait refusé les deux propositions suivantes du clerc, et il n'avait pas insisté. Aujourd'hui encore, il a du mal à croire que cette froideur et ce manque de solidarité puissent venir de ce malentendu initial. Il doit y avoir autre chose. Desbarres est bien capable d'avoir inventé n'importe quoi afin de semer la zizanie entre ses deux seuls employés. « Diviser pour mieux régner », ou quelque chose dans le genre.

— Je vais le refaire.

— J'y compte bien !

Le notaire lève le poignet pour consulter sa montre de façon un peu trop ostentatoire.

— Et je vous l'ai demandé pour midi. Vous irez déjeuner après.

Il dépose l'acte coupable sur le bureau de son clerc, avant de repartir vers le sien en faisant couiner les lattes du parquet ancien. Hughes jette un œil à la montre digitale dans le bandeau inférieur de son moniteur. Il en a pour une bonne demi-heure. Quand Béatrice se lève après quelques instants pour aller avaler son menu salade quotidien à la boulangerie industrielle au-dessous de l'étude, il croit déceler un léger sourire plein d'ironie sur les lèvres étroites et pâles de sa collègue.

Connasse.

C'est vrai qu'il n'est pas dans son assiette aujourd'hui. Il avait trouvé leur logement vide en rentrant samedi soir, et Nathalie était revenue tard dans la nuit. Ils avaient ensuite passé la journée du dimanche à s'éviter, chacun ruminant sa rancœur ou ses reproches dans son coin derrière une façade d'indifférence hypocrite. Hughes était sorti dans l'après-midi. Au lieu de profiter du grand air et du soleil timide, le clerc s'était senti déprimé par la grise monotonie des murs, des trottoirs et des bâtiments, par les détritus entassés dans les caniveaux. Une fois assis dans un parc, son regard n'avait rien eu d'autre à contempler qu'une pelouse maigre et pelée, constellée de déjections canines. Chaque buisson ou chaque massif de fleurs était souillé par des reliquats d'emballages plastique criards, de mouchoirs en papier usagés ou de papiers gras de fast-food, quand ce n'était pas un pack complet de canettes de bière vides. Hughes s'était relevé après à peine un quart d'heure, écœuré par ce dimanche sans grâce. Une fois rentré, il avait dormi jusqu'à dix-huit heures trente. À son réveil, seule la perspective de devoir retourner chercher sa voiture de fonction le mardi suivant, lui offrant ainsi une coupure d'une journée complète, l'avait empêché de céder au cafard le plus noir. Le reste de la soirée avec Nathalie s'était poursuivi sur la même tonalité maussade et autiste, elle derrière son ordinateur, lui face au téléviseur.

Il est douze heures vingt-sept lorsqu'il se lève pour aller chercher la nouvelle impression corrigée. Il se relit, debout devant la machine, et trouve deux erreurs. Il est trente-six quand Hughes referme enfin la porte de l'étude sur lui. Son téléphone vibre alors qu'il descend les marches en bois usées et bruyantes de cet immeuble ancien du centre-ville. Il plisse les yeux un bref instant face à l'afflux de lumière extérieure en cette belle journée d'automne. C'est Nathalie. Elle a quelque chose à lui dire. À propos de leur relation. Il y a du monde dans la rue piétonne. Elle voudrait se donner du temps. Des adolescents chevelus avec des skateboards sont agglutinés devant une vitrine fournie en jeux vidéo. Elle voudrait faire un break. Un vieux monsieur très digne frôle Hughes avec son exemplaire du *Monde* roulé sous le bras et le clerc perçoit le regard de mépris adressé par le vieil homme à trois punks à chiens assis sur une volée de marches. Il passe devant la boulangerie industrielle où il repère sa collègue en train de faire la queue. Les paroles froides de son épouse prennent tout leur sens dans son esprit et Hughes s'arrête.

— Qu'est-ce que tu me racontes, là, Nathalie ? Que tu veux me quitter, c'est ça ?

Trois lascars discutant à voix basse au coin de la rue tournent leurs regards torves dans sa direction. Elle dit qu'elle a besoin de temps, de se retrouver. Faire le point. Les dernières semaines repassent en accéléré dans l'esprit du clerc, en même temps que le froid glacial d'une lucidité nouvelle traverse sa poitrine.

— Tu as rencontré quelqu'un, c'est ça ?

Elle ne dit rien. Et lui qui croyait qu'elle était fâchée à cause de son éloignement forcé.

Elle a plutôt dû être déçue que je rentre si vite…

— C'est qui ? Je le connais ?

— Tout de suite…

— Quoi, tout de suite ?

— Vous, les mecs, vous croyez toujours que c'est à cause de quelqu'un d'autre. C'est avant tout à cause de nous.

— Avant tout, ça veut dire que ce n'est pas la seule raison. C'est qui ?

— Arrête, Hughes. Cela ne sert à rien.

— C'est qui, putain ?

Il a envie de vomir. Ou de pleurer. Ou de casser quelque chose. Il se raccroche à l'espoir qu'elle va finir par nier, par le rassurer, mais non. Son silence veut tout dire. Elle l'a trahi. Il est cocu. Elle ne veut plus de lui. Il raccroche, ne trouvant rien d'autre à dire ni matière à argumenter. Son regard rencontre à nouveau celui des trois petites frappes en survêtement. Ils se réjouissent, ces connards. Hughes serre les mâchoires. Ses premiers pas lui semblent étranges et mal coordonnés, dénués de sens. Après plusieurs dizaines de mètres, il se souvient de sa destination. Il n'a plus faim mais il faut bien meubler la pause déjeuner.

Lorsqu'il pousse la porte de l'immeuble pour remonter à l'étude de Maître Desbarres une heure plus tard, une vague d'angoisse le frappe et Hughes reste sur le seuil quelques secondes, tétanisé. Le choc de la surprise est passé, et il ne reste plus que le vide immense et douloureux de la perte du sens, des repères et du quotidien. Pourquoi retourner s'asseoir derrière ce PC et ces monceaux d'actes notariés en compagnie d'une collègue hostile et d'un notaire imbuvable ? Pour son salaire étriqué ? Parce qu'il faut payer les mensualités d'un appartement souillé par la trahison et déserté par une épouse infidèle ? Pourquoi rentrer ce soir et pourquoi se lever pour recommencer demain ?

— Bon, Hughes, vous comptez obstruer l'entrée encore longtemps ?

Le clerc se retourne, honteux et surpris. Maître Desbarres l'observe avec une sévérité teintée d'un voile de doute, ou de méfiance. Hughes repousse la porte jusqu'à sa butée fixée dans le carrelage usé et terni du dix-huitième siècle et s'avance vers l'escalier, la tête basse.

— Vous avez terminé l'acte Dumongeon ?

Le clerc s'engage sur les marches grinçantes. Il ne se retourne pas.

— Oui, Maître.

18 h 24. Les Rimberts

— Morgane !

Micheline Martin est penchée au-dessus de la marche palière de l'escalier. Elle scrute la partie visible du couloir de l'étage, en attendant une réponse de sa fille. Elle l'appelle une seconde fois. Celle-ci formule un « quoi ? » qui signifie « laisse-moi tranquille ». Sa fille s'est enfermée dans sa chambre hier et a recommencé aujourd'hui dès qu'elle est revenue du lycée. Pascal lui a raconté en quelques mots ce qui s'était passé la veille, avec le fils Girard. Elle se demande si elle n'aurait pas préféré ne pas savoir.

— La machine est finie. Viens étendre le linge. Faut que je prépare à manger.

Sa fille ne répond rien mais elle va descendre l'aider. C'est une forte tête, mais pas une mauvaise fille. Après avoir versé les légumes épluchés et tranchés dans l'eau du pot-au-feu et allumé le gaz sous le faitout, la maîtresse de maison s'essuie les mains et va trouver sa fille dans la buanderie étroite. Morgane vide le contenu de la machine à laver dans une panière à linge en plastique bleu ciel, la mine renfrognée.

— Pascal m'a dit, pour hier.

La jeune femme poursuit sa tâche, sans même tourner la tête. Après avoir jeté un pantalon de jean humide dans la panière, elle referme le hublot d'un geste agacé. Elle soulève ensuite le linge et dévisage sa mère, pleine de défi.

— Y ferait mieux de s'occuper de ses affaires. C'est pas mon père !

— Morgane, Pascal s'est jamais pris pour ton père, tu le sais bien. Il veut juste faire attention à toi. Pas que tu fasses de bêtises, c'est tout. Il pense à ton avenir.

— Et c'est quoi mon avenir, selon lui ? Finir vieille fille dans ce trou ? De toute façon, je m'en fous. J'aurai bientôt dix-huit ans. Je verrai qui je veux.

— Pascal, y t'empêche pas d'avoir des petits copains. Pas le fils Girard, c'est tout.

Les yeux de la jeune femme s'allument d'une lueur rebelle, intense et désespérée. Comme si sa mère ne savait pas que c'est fini avec le Sébastien, comme si Pascal ne lui avait pas dit que l'autre était venu pour rompre avec elle et la laisser tomber comme une vieille chaussette. Son orgueil la pousse à la provocation :

— Et pourquoi pas avec Girard ? Si moi, je voulais me marier avec lui ? Je m'en fous de vos histoires de terres, de chasse et de je-sais-pas-quoi.

Une panique brève s'empare de Micheline au mot « mariage ».

Dis-lui.

Elle n'a cependant pas la force d'aller plus loin. Les mots ne peuvent sortir de sa gorge. Convoquer cette partie de son passé est trop douloureux et trop risqué, désormais. Comment réagirait Pascal si elle devait lui annoncer que sa fille est aussi celle d'un Girard ? Et s'il les abandonnait toutes les deux ? Micheline ne pourrait pas revivre une telle épreuve aujourd'hui. Elle ne pourrait pas se retrouver encore une fois seule avec Morgane. Pas à son âge.

— Crois-moi, Morgane. C'est ta maman qui te parle. Oublie le fils Girard. Lui, c'est impossible.

Sa fille baisse les yeux en pinçant les lèvres et s'avance pour se forcer un passage hors de la buanderie. Micheline reste seule avec ses craintes du temps présent et ses souvenirs d'un passé raté. Sa fille finira par oublier un Girard, elle a bien réussi à en oublier deux, elle.

Une fois le linge étendu entre le loup empaillé et la cheminée, Morgane remonte dans sa chambre, faisant attention de fermer sa porte à clef pour que son idiot de frère ne vienne pas la déranger. Elle sait que c'est lui qui a tué le chien de Sébastien, pour faire plaisir à son père. La lycéenne aimerait bien lui arracher les yeux, à ce demeuré. C'est à cause de lui si tout est parti en vrille, si ses espoirs ont été ruinés.

Elle tourne en rond entre son lit et la table de récupération qui lui sert de bureau et où s'entassent ses affaires scolaires, ses photos personnelles et son PC portable à la coque rose couverte d'autocollants. Elle pourrait écouter de la musique mais, lorsqu'elle s'assoit sur son lit pour allumer sa minichaîne hi-fi, la jeune femme éprouve une forme de répulsion mal définie à cette idée.

Elle ouvre le tiroir de sa table de nuit et en extrait une enveloppe. Ses doigts résistent à la tentation de déchirer aussitôt le papier et son contenu en petits morceaux. Hier, elle a effacé toutes les photos de Sébastien de son téléphone portable et a supprimé toutes les références à l'agriculteur de ses comptes de réseaux sociaux. Ses doigts fins au vernis violet écaillé retirent de l'enveloppe une bande de clichés de photomaton où Sébastien et elle se serrent en souriant face à l'objectif mécanique de l'appareil. Morgane réduit les quatre prises de vue en morceaux et sort de l'enveloppe un tirage couleurs sur papier glacé d'une photographie du jeune homme, prise avec son téléphone l'été dernier au ball-trap de l'Amicale des fêtes. Il avait fini deuxième et il pose tout sourire, les yeux sombres et pétillants, avec sa belle mâchoire carrée, les manches de sa chemise à carreaux roulées haut sur ses biceps, son fusil cassé posé sur un avant-bras tandis que l'autre main tient la coupe chromée au petit socle carré en imitation marbre. C'est là qu'elle était tombée amoureuse de lui, il lui avait payé à boire à la buvette, ils avaient discuté longtemps et Morgane s'était enivrée de ses paroles et des regards jaloux lancés dans sa direction par des rivales déçues, comme la Patricia Germain ou la Sandy Boîtard, ces deux garces de la terminale G3.

C'est la dernière photographie matérielle qu'elle possède de celui qui l'a abandonnée. Morgane se penche à nouveau sur sa table de nuit et en sort un feutre noir. Elle ôte le capuchon et gribouille d'une main lourde chacun des yeux sur le cliché, jusqu'à ce qu'il ne reste plus que deux orbites noires et humides pour la contempler. Le nez et les yeux de la jeune femme se plissent. Sa main trace ensuite une croix sur le front du jeune homme.

Il manque encore quelque chose.

Sa bouche expulse un crachat clair qui englue la surface brillante du papier photo. La salive se mêle à l'encre humide des orbites noircies et de la croix. Morgane fixe ensuite son œuvre avec intensité, comme si elle tentait d'y mettre le feu par la convergence de son double faisceau de haine visuelle.

— Je veux que tu meures, Sébastien Girard.

Elle laisse l'écho de ses propres paroles s'éteindre à l'intérieur de son esprit et remet le cliché souillé dans son enveloppe, en compagnie d'un médaillon de baptême qu'il lui a offert en guise de talisman et de gage de leur amour, avant de replacer le tout dans le tiroir de sa table de nuit. La jeune femme ramasse les petits bouts de photographie éparpillés sur son dessus-de-lit et les jette sans regrets dans sa poubelle de bureau, sous sa fenêtre. Morgane va alors s'appuyer contre la vitre, laissant le rideau caresser sa joue triste, le regard braqué vers l'horizon, cette promesse d'un ailleurs par-delà la ligne noire de la cime des sapins qui peuplent les collines environnantes. Elle sait qu'elle est encore jeune, mais elle ne veut plus attendre.

Mardi matin. Garage Humbert & Fils

Hughes plie la facture en quatre et la range dans la poche intérieure de son blouson léger. La confirmation de la somme réglée va faire rugir Maître Desbarres, surtout après la note de taxi depuis la gare. Un sourire narquois agite le coin de sa bouche. Le clerc constate que le siège conducteur est toujours couvert de la housse plastique jetable utilisée par le mécanicien. Il en fait une boule et se retourne en direction du garage, une moue agacée sur le visage. Il a bien envie de la jeter là, au milieu de la cour, mais il fourre le plastique dans le vide-poches avant. Il s'en débarrassera plus tard, dans la poubelle d'une aire de repos.

Une fois assis derrière le volant, le trentenaire est immobilisé durant de longues secondes par un sentiment d'impuissance et d'échec. Hughes voudrait juste fermer les yeux et ne plus avoir besoin de les rouvrir. La perspective du long trajet retour lui répugne et les visions fugitives des visages de Nathalie ou de Maître Desbarres créent une masse froide et nauséeuse sur son estomac. Ce matin en montant dans le train, il a réalisé que sa vie n'a plus de sens. Le clerc s'est affalé sur une place au hasard, se laissant porter par les événements. Maintenant qu'il doit adopter une attitude plus active, ses forces le fuient. Il ferme les yeux en posant le front sur le haut de son volant. Il n'est même pas encore dix heures mais cela fait déjà plus de cinq heures et demie qu'il est levé. La journée s'annonce interminable. Il sait qu'il trouvera l'appartement vide ce soir, comme hier. Elle est partie. Sans doute chez l'autre.

Quand il relève la tête après un temps indéterminé, Hughes remarque la silhouette du garagiste dans son rétroviseur. L'homme l'observe depuis la baie vitrée de la salle d'attente exiguë, les mains dans les poches de sa cotte grise, se demandant sans doute ce qu'il fait encore là. Le clerc actionne le moteur et jette un œil vers la boîte à gants où dort le boîtier GPS. Il décide qu'il s'en sortira très bien sans ce gadget de malheur. C'est un peu la faute de ce truc si sa vie est désormais bonne à jeter aux ordures.

En sortant de la cour, Hughes s'engage en direction du village. Il a besoin d'un café et il ne veut surtout pas arriver à l'étude avant dix-sept heures, sinon son employeur serait capable de lui demander de travailler sur un dossier ou deux.

La devanture de la boulangerie se matérialise dans un angle de son champ de vision alors qu'il se gare sur une place étroite cernant le monument aux morts de la commune. Un simple obélisque en pierre jaune de deux mètres de haut et couvert par les plaques cuivrées de rigueur où sont gravés les noms des poilus du cru engloutis par la Grande Guerre ainsi que quelques fusillés du massif du Rimbert lors du conflit suivant. Son petit déjeuner pris alors qu'il faisait encore nuit noire est loin et Hughes décide d'aller se chercher une viennoiserie, ou même une pâtisserie, avant d'aller boire son café au troquet d'en face.

La vendeuse est penchée à l'intérieur d'un présentoir vitré pour servir une dame âgée coiffée d'un fichu. Le clerc tente de détourner le regard du décolleté alors qu'il s'approche. Le dos de la vieille dame, en dépit de la qualité de son manteau de laine gris, ou le reste de la boutique n'offrent que peu d'intérêt et le nouveau venu en revient à la boulangère. La bretelle du soutien-gorge, découverte par l'extension du pull rose, attire son attention. Plus que sur la poitrine lourde de Mélanie, c'est sur ce détail que se cristallise le regard du clerc dans l'odeur du pain frais et la lumière de cette belle matinée d'octobre.

Lorsqu'elle se redresse avec le gâteau choisi par sa cliente, la vendeuse lui adresse un regard en coin qui brise l'éphémère instant de grâce. Un accès de colère monte alors des tréfonds d'Hughes. Il croit retrouver dans ce regard toute la veulerie lubrique et vulgaire de la salope de bas étage décrite par le jeune agriculteur il y a quelques jours. Il dit au revoir à la vieille dame de façon automatique et vient se placer devant la caisse enregistreuse et le comptoir enfariné sans quitter la brune des yeux. De son côté, elle soutient son regard avec toute l'insolence femelle dont elle est capable. Il a une soudaine envie de se pencher et de la gifler, de lui faire ravaler cette lueur provocante, de brouiller avec des larmes les traits de son visage de poupée campagnarde rondouillarde.

— Bonjour, monsieur le notaire. Alors vous êtes revenu par chez nous ?

La chaleur de l'entame de la femme face à lui ainsi que son sourire désamorcent la bouffée délirante de fureur qui était prête à submerger l'ancien athlète. Ses joues se vident de leur sang alors qu'il hésite et bredouille une réponse malhabile à propos du garage et de la voiture en baissant la tête, réalisant que sa faim n'est pas si prononcée que ça, et que rien dans les présentoirs ne lui fait envie. Quelque part en son for intérieur, il prend conscience que les sentiments exacerbés et anormaux qui l'agitent sont dus à la trahison de Nathalie et que cette femme n'y est pour rien, même si cela ne lui apporte que peu de réconfort.

Hughes ne se retourne pas quand le carillon signale l'entrée d'un nouveau client. Son bras droit se tend avec mollesse pour indiquer un lot de croissants aux amandes. La boulangère ne l'a pas vu et elle fixe celui ou celle qui vient d'arriver. Elle sourit et interpelle son nouveau client avec la même chaleur joyeuse qui agace le Nantais. Comme si son travail était une source sans cesse renouvelée de bonnes surprises.

— Salut, Sébastien.

Le sourire aux lèvres ourlées et couvertes de gloss se rétracte face à l'absence de réponse mais les traits du visage de la trentenaire gardent leur composition toute commerciale. Hughes se retourne sur le jeune agriculteur, immobilisé à mi-distance entre la porte d'entrée et le comptoir. L'autre le dévisage avec de petits yeux sombres et luisants qui lui rappellent ceux du sanglier couché dans l'herbe humide lors de la partie de chasse.

— Putain, l'Nantais. Qu'est-ce tu fous ici ?

Sa voix trahit un état d'ébriété avancé qui freine la réponse du clerc. Il se tourne vers la boulangère mais celle-ci demeure impassible. Girard reprend, d'une voix trop forte :

— Ben quoi ? On t'a coupé la chique ?

Hughes fait la moue et finit par dire dans un souffle qu'il est venu chercher sa voiture au garage. Girard reste interdit plusieurs secondes, le temps que son cerveau imbibé trie et connecte l'information à ses souvenirs récents, avant de poursuivre sur un ton railleur :

— Ah ouais, la vieille auto de ton notaire. De petit notaire qui fouine dans les affaires des autres.

Le clerc se tourne à nouveau vers la boulangère, plutôt amusée et assez curieuse de la suite.

— Un croissant aux amandes, s'il vous plaît.

Les sourcils de la brune se soulèvent comme si sa requête était saugrenue et elle finit par consentir à le servir, les lèvres parcourues d'une vague boudeuse. Une main pataude se pose sur l'épaule droite du clerc.

— Ho ! J'te cause !

Hughes repousse la main d'un revers de l'avant-bras, calme mais ferme. Il cherche à capter le regard de l'agriculteur, mais celui-ci est noyé par l'alcool.

— Écoute, Sébastien. On s'inquiétait pour toi, avec ton oncle. Maintenant tu ferais mieux d'aller te reposer.

— Oh, y s'inquiétait pour moi, le Parisien ? C'était pas plutôt pour venir reluquer le cul de ma copine, hein ?

Les souvenirs de la jeune femme se télescopent dans l'esprit d'Hughes. La silhouette trempée sous la pluie devant son capot. Son regard troublant au pied de l'escalier. Sa démarche souple dans la cour de la ferme en allant à la cave. Son ombre rapide et évanescente dans la forêt nocturne au refuge de bûcherons. Il ressent des picotements au niveau des joues, et quand le jeune homme ivre en face de lui capte son trouble malgré son état, son agitation n'en est que renforcée :

— Tu crois que je t'ai pas vu, hein, l'Parisien ? Comment que tu la r'gardais ? Enfoiré !

Hughes baisse les yeux et Mélanie le croit prêt à avaler l'insulte. L'ancien joueur de rugby se tourne, baisse la tête et percute le torse de Girard d'une bourrade sèche de l'épaule. L'agriculteur ivre lui rend vingt kilos, et il s'affale, désarticulé. L'arrière de son crâne vient heurter le sol carrelé de la boutique avec lourdeur. Ses paupières se ferment à l'instant du choc, avant de se rouvrir sur des pupilles désorientées. Ses bras et ses jambes restent inertes, sa tête dodeline au bout de son cou tendu, comme le ferait une tortue retournée sur le dos. Hughes a fait deux pas en avant, la mémoire conditionnée de la violence déjà réactivée en lui. Il fixe la tête et le torse de l'agriculteur ainsi offerts à ses pieds et c'est comme s'il pouvait sentir l'odeur de la pelouse et du chauffant musculaire dans le meuglement des protège-dents et des corps qui s'entrechoquent. Comme s'il pouvait voir à nouveau le regard des joueurs adverses à terre quand ceux-ci comprenaient qu'ils allaient se faire châtier dans les rucks. Il pourrait shooter dans la tête de Girard, lui faire éclater les joues ou les arcades sourcilières. Lui faire cracher une ou deux dents ensanglantées sur le sol de la boulangerie. Au moment où ses muscles fessiers se contractent pour armer le mouvement de la cuisse, le carillon de la porte lui fait lever la tête.

Bernard Ferrand l'observe, son visage rond marqué par la surprise, avant d'étudier avec le même étonnement l'homme étendu au sol, qui profite du répit pour tenter de se relever, d'abord à quatre pattes, grommelant des imprécations rauques et inintelligibles. Ferrand se baisse pour aider Girard à se redresser, mais celui-ci se débat et repousse le soutien offert par son compagnon de chasse. Une fois debout, une main massant de façon maladroite l'arrière de son crâne, il leur adresse à tous les deux un long regard vide et embrumé, avant de repartir d'où il est venu, sans autre explication. Serre-pattes se rapproche de la porte vitrée et observe à travers les affiches et les autocollants le jeune homme qui se dirige vers sa voiture d'une démarche d'ours blessé. Sa main se pose sur la poignée, il hésite quelques instants et sort à son tour. Hughes reste seul face à la porte, le cœur encore battant dans sa poitrine. Il passe une main dans ses cheveux en soupirant et retourne devant le comptoir où il sort son portefeuille.

— C'est combien pour le croissant ?

— Un euro vingt.

Le clerc ignore la façon dont la boulangère le dévisage et pose deux pièces dans la paume de sa main tendue. Elle s'apprête à dire quelque chose mais il écourte la conversation en tournant le dos et en grognant un « bonne journée » qu'elle devine plus qu'elle n'entend. Quand il sort, il aperçoit les deux chasseurs devant le C15 du jeune homme. Bernard Ferrand parle à Girard, essayant sans doute de le convaincre de ne pas prendre la route dans son état, et l'autre secoue la tête d'un air borné. Lorsque le Nantais observe la devanture du troquet de l'autre côté de la rue, il réalise qu'il n'a plus envie d'y aller. Les deux autres pourraient bien y finir devant un café corsé en attendant que l'agriculteur dessoûle un peu.

Une fois de retour à sa voiture, Hughes dépose le sachet en papier sur le siège passager et le fixe d'un air morne. Il ferait mieux de s'en retourner, de dérouler en vitesse les cinquante-sept kilomètres de départementale et de nationale avant le péage d'autoroute, mais la pensée de retrouver son quotidien désormais corrompu et gâché par le dégoût de tout le révulse.

Il faut que tu fasses un « break », toi aussi. Prends-toi quelques jours.

Il a besoin d'une coupure pour tourner la page et digérer sa rupture avec Nathalie, avant de replonger dans ce qui reste de sa vie et de penser à un avenir différent de celui qu'il envisageait encore il y a une semaine. Il appellera son employeur pour lui dire qu'il prend quelques jours de repos. Il lui reste quatre jours de congés payés encore non soldés de l'année dernière et Maître Desbarres préférera qu'il les prenne plutôt que de les lui payer. Si son employeur renâcle à cause de la charge de travail actuelle, il ira consulter un médecin pour un arrêt. Il ne l'a encore jamais fait, alors que d'autres ne s'en privent pas. Béatrice, par exemple.

En observant les collines boisées au-dessus de la ligne des toits en tuile ou en ardoise du village, par-delà la flèche aiguë du clocher, il pense aux fermes isolées comme celle des Milouins ou des Rimberts. Il y a peut-être un gîte à louer dans le coin. Il imagine de grandes balades solitaires dans la forêt profonde pour se vider le cerveau, des soirées au coin du feu avec un vieux livre de poche et une bouteille de vin pour mûrir la saine fatigue physique de la marche dans ses jambes encroûtées par la vie citadine, le travail de bureau et les heures passées assis dans sa voiture de fonction. Oublier l'étude, les actes notariés, l'agglomération nantaise et la Loire-Atlantique pour quelques jours. Il pourrait trouver un type faisant du bois à qui il filerait un coup de main, histoire de se dépenser jusqu'à l'épuisement, jusqu'à pouvoir à peine marcher ou lever le bras, comme lors des lendemains de match de compétition quand il était pro.

Le visage de Virginie Girard se matérialise dans son esprit et le clerc se remémore l'invitation à venir prendre un café à la ferme, formulée lorsqu'elle l'a accompagné à la gare samedi dernier. Il s'était dit que c'était par pure politesse, mais après tout, rien ne l'y obligeait. L'agricultrice ne peut être opposée à l'idée de voir quelqu'un en dehors de son fils et de son beau-frère.

Ferme des Milouins

Hughes coupe le contact et observe la cour déserte puis le bâtiment d'habitation. Il a aperçu la voiture neuve du fils sous la grange mais il ne voit pas le véhicule utilisé par Virginie. Elle est peut-être partie faire des courses, ou alors elle travaille sur ses terres. Même si les lieux font résonner en lui une certaine familiarité, son séjour forcé d'il y a peu lui paraît déjà lointain, noyé dans la nuit et la pluie, alors qu'un beau soleil d'automne règne aujourd'hui.

Le Nantais fait quelques pas dans la cour, s'attendant à

voir la silhouette du vieil Hippolyte venir à sa rencontre, engoncé dans son bleu de travail, avec sa casquette élimée vissée sur son crâne lisse et blanc, fumant une de ses Gitanes. Le clerc pivote sur lui-même, à la recherche d'un signe de vie dans la ferme, sans résultat. Il porte la main en visière au-dessus de ses yeux pour scruter les champs alentour, en quête de la masse pataude d'un tracteur en mouvement dans l'un de ceux-ci. Contemplant le chemin d'accès qu'il a emprunté pour venir, il réalise que la survenue du jeune Girard à cet instant pourrait mal tourner mais cette pensée le laisse froid.

Le Nantais va frapper au carreau de la porte d'entrée. Il actionne ensuite la poignée et constate qu'elle n'est pas verrouillée. Il se penche dans l'ouverture.

— Bonjour. Il y a quelqu'un ?

Ne décelant aucun signe de présence, il referme la porte et rebrousse chemin. Il pose la main sur la poignée de sa portière quand un bruit attire son attention sur sa droite. Un *clang* sourd et métallique sous le hangar à matériel. Il y repère l'agricultrice dans le fond, penchée près d'une remorque. Il s'avance et l'appelle par son prénom. La blonde se redresse et une expression méfiante traverse d'abord ses traits, puis elle arbore un franc sourire. Virginie Girard porte de gros godillots de travail en cuir jaune et une cotte verte, dont elle a noué le haut autour de ses hanches pleines, découvrant un T-shirt blanc frappé d'un logo où un cerf jaune stylisé bondit dans un écusson vert. Il croit savoir que c'est une marque de matériel agricole. Quand la femme s'approche pour lui faire la bise après un « salut » amical, le col détendu du T-shirt lui offre un aperçu rapide du profond sillon de sa poitrine où perlent quelques gouttelettes de sueur. Elle sent la transpiration et la poussière par-dessus un voile de parfum floral léger.

— Tu as récupéré ta voiture ?

Il acquiesce.

— La Flûte ne t'a pas trop assommé avec la facture ?

— C'est pas moi qui paie. J'aurais voulu que ce soit encore plus cher.

Elle rit.

— Toi, au moins, tu aimes bien ton patron.

— Si tous les agriculteurs sont comme toi, je me dis que j'aurais dû faire le lycée agricole plutôt que la fac de droit.

À peine formulé, il regrette ce compliment maladroit. Le visage de l'agricultrice ne montre rien mais l'intensité de son regard monte d'un cran quand elle réplique qu'elle n'est pas sûre de vouloir un commis comme lui. Un silence gêné s'installe, vite rompu par l'agricultrice :

— Alors, tu vas pouvoir rentrer chez toi pour de bon, cette fois ?

Hughes identifie une pointe de regret ou de tristesse dans sa voix. Le clerc ne sait si c'est à cause de sa séparation récente, mais il est alors frappé par l'évidence de leur attirance réciproque. Une sensation chaude et agréable anime ses joues.

— Peut-être pas tout de suite.

— Ah, bon ? Tu as encore des affaires à traiter dans la région ?

— Non, mais j'ai besoin de vacances… Je voulais savoir s'il y a des chambres d'hôte, ou des gîtes à louer dans le coin.

— Ah.

Elle détourne le regard et poursuit :

— C'est vrai que c'est un beau coin, même si nous autres on n'y fait plus attention. Les Herblain louent un gîte au hameau des Brosses. C'est pas très loin. Je te donnerai leur numéro. Vous devriez y être bien.

Virginie dissimule assez mal sa déception et Hughes comprend qu'elle pense à Nathalie. Il a dû évoquer les envies de « week-end à la ferme » de son épouse. Rien qu'un instant de pur bonheur, là, dans la lumière tamisée et oblique qui tombe par le côté du hangar au-dessus des machines agricoles sur son visage angoissé. Avec la poussière qui danse autour d'elle et de ses cheveux blonds tirés en un chignon positionné haut sur son crâne, fagotée de son vieux T-shirt, Virginie rayonne d'une beauté simple, touchante et fragile. Hughes profite, rien qu'un instant délicieux, de sa détresse de femme esseulée et de la beauté infinie qu'elle lui confère. C'est une joie égoïste mais éphémère et il est touché par ces émotions qu'elle ne peut réprimer, par cette attirance pour lui qu'elle n'arrive pas à masquer. Cela coule tel un filet d'or liquide pur venu cautériser les plaies du mari bafoué, de l'homme abandonné, de l'amoureux trahi. Il voudrait s'approcher d'elle, la serrer contre lui, poser un baiser sur ses lèvres, sur la petite mèche de cheveux dorés collée sur sa tempe.

— C'est fini avec ma femme. Nous allons divorcer. Je voudrais prendre un peu de temps pour moi.

— Ah… Je suis désolée.

Elle n'en pense pas un mot mais un voile de méfiance est apparu dans son regard clair. Il sait ce qu'elle se dit, ce qu'elle redoute qu'il soit venu chercher.

— Bon, alors ? Tu me le fais, ce café promis à la gare ? Je suis venu du garage exprès pour ça, quand même.

Virginie le regarde à nouveau droit dans les yeux et sourit. Elle est contente qu'il se souvienne de son invitation, et aussi qu'il mentionne un événement antérieur à sa rupture comme motivation de son retour aux Milouins. L'agricultrice se tourne vers la remorque et sa roue crevée montée sur cric, avec les quatre gros boulons et deux ou trois outils posés dans la poussière fine du hangar. Elle avance et le prend par le bras.

— Oui. Viens. Cette fichue roue peut bien attendre. J'ai demandé au Sébastien de s'en occuper mais je ne sais pas où est-ce qu'il est encore parti arcander.

Il ne se sent alors pas le cœur de lui dire qu'il a vu son fils, que celui-ci était ivre, qu'ils ont failli se battre et qu'il n'est pas en état de bricoler quoi que ce soit. Une fois dans la cuisine, il lui demande des nouvelles d'Hippolyte tandis qu'elle leur prépare un café.

— Il est à l'hôpital.

— Qu'est-ce qui lui est arrivé ?

— À lui, rien. Il est juste parti voir le vieux père Fouchart. C'est un de ses amis d'enfance. Cancer de la prostate. Tous les quinze jours, il va passer la journée avec lui.

— C'est lui qui a pris la voiture, alors.

— Oui. Il ne rentrera pas avant ce soir.

Il s'est assis à table et fait mine d'observer les motifs passés de la toile cirée. Elle tire une chaise et prend place à côté de lui en donnant un coup de menton vers la cafetière qui gargouille et qui semble les observer avec son gros témoin lumineux rouge en guise d'œil cyclopéen.

— Je n'en avais plus de prêt. Il faut attendre quelques minutes.

Hughes produit un petit hochement de tête en cherchant

un sujet de conversation. Virginie l'observe avec fixité et se lève en tirant sur le col de son maillot.

— Je vais en profiter pour prendre une douche. Je suis toute collante.

— OK.

Une image furtive éclôt à la surface de son esprit, celle de Virginie nue, volée à travers la paroi opaque de la cabine de douche, souvenir de sa première soirée qui provoque une pointe de culpabilité inexplicable. La voix de Virginie coupe sa rêverie :

— Tu viens ?

Il se retourne sur sa chaise. La blonde se tient debout à l'entrée du corridor sombre qui s'enfonce dans les profondeurs de la longère. Même d'ici, l'intensité du regard de la femme le trouble. Comme il ne sait quoi répondre, elle sourit et poursuit en libérant ses cheveux de l'emprise du chignon.

— Ça fait longtemps que je n'ai pas pris une douche avec un homme.

Elle disparaît dans le couloir. Le visiteur reste assis plusieurs secondes, indécis et surpris. La spontanéité et le naturel de la proposition le déroutent. Les femmes qu'il fréquente d'habitude ou qu'il a connues par le passé y auraient ajouté une dose de provocation ou de lubricité perverse pour faire bonne mesure. Comme ces filles qu'ils avaient fait entrer dans le vestiaire le soir de la montée en Top 14, à la fin de sa première saison en tant que professionnel. Même si Hughes avait trouvé leur comportement d'une vulgarité sans borne — et les rires gras de ses coéquipiers ne dépareillaient pas dans l'ambiance générale —, le débutant qu'il était n'avait rien dit et avait envisagé la chose sous l'angle du rite de passage.

L'homme finit par se lever. Quand il traverse le couloir menant à la salle de bains et aux chambres, une brusque sensation de froid s'empare de lui. Il mesure avec une lucidité nette, calme et angoissante le poids de la perte de Nathalie. Son esprit débarrassé de la colère, de la frustration et de la rancune réalise enfin de façon pleine et entière les dommages liés à la rupture, ainsi que toutes leurs ramifications en termes de quotidien, d'habitudes, de relations, de formalités. Aucun retour en arrière possible. Il est très pâle lorsqu'il entre dans la salle de bains. Hughes reste planté face au lavabo et au bac de douche, le visage triste, l'esprit éteint.

— Eh bien, on prend sa douche tout habillé par chez toi ?

Le clerc se tourne vers Virginie et les deux serviettes propres dans ses mains. Il essaie de lui sourire. Elle se déchausse et repousse du pied ses godillots poussiéreux. L'agricultrice dénoue ensuite la cotte autour de sa taille et la fait glisser à ses pieds, avant d'enlever ses chaussettes et de poser le tout dans un panier à linge en osier entre la douche et une machine à laver. Virginie a des pieds pâles et menus, aux ongles vernis, qui contrastent avec les chaussures de travail qu'elle vient de quitter. Elle jette vite son T-shirt agricole dans la panière et se concentre un instant, les mains dans le dos, afin de dégrafer son soutien-gorge sans fioritures, libérant alors une lourde poitrine de femme mûre. La maîtresse de maison fait glisser sa culotte sur ses chevilles et se redresse pour observer l'homme, immobile et silencieux, face à elle, lui offrant sans gêne ni ostentation une vue sur sa toison pubienne d'un blond foncé.

— Et sinon, à part t'areuiller, tu fais quoi ?

Virginie s'approche de lui et déboutonne sa chemise d'un air appliqué et sérieux. Elle l'aide à s'en dévêtir et soulève ensuite son maillot de corps, notant au passage le ventre assez plat, les pectoraux encore fermes et la largeur des épaules et du cou.

— Tu fais du sport ?

— Plus vraiment. Avant, oui. Maintenant, je cours quand j'ai le temps, c'est-à-dire pas souvent.

— Tu faisais quoi ?

— Du rugby.

Il se rend compte du ton sinistre de sa voix, mais c'est trop tard.

— À t'entendre, on dirait pas que ça te plaisait…

Hughes se mord les lèvres, les yeux dans le vague, se disant qu'elle a mis dans le mille. Encore aujourd'hui, lui-même ne le sait pas. Il aimait ça, plus que tout, quand il a débuté, mais après ?

— Disons que c'était compliqué.

Virginie fronce les sourcils, ne voyant pas très bien ce qu'il y a de compliqué à jouer au rugby. Elle en connaît plusieurs qui pratiquent et qui sont loin d'avoir inventé la poudre. Elle pose les deux mains à plat sur son torse.

— Pas mal pour un petit notaire.

Elle laisse glisser ses mains de travailleuse le long de ses flancs, provoquant de légers chatouillis, avant de faire cliqueter la boucle de son ceinturon et de libérer son pantalon à pinces qui tombe en accordéon sur ses chevilles. Il fronce les sourcils.

— Il va être tout froissé.

— T'es en vacances, non ?

— Oui. Enfin, mon employeur ne le sait pas encore.

Elle sourit et s'agenouille pour récupérer le pantalon et lui enlever ses mocassins et ses chaussettes. Virginie plie son vêtement avec soin et le dépose sur le bord de la panière à linge. Quand elle revient vers lui, il a fait glisser son caleçon sur le carrelage, avec ses chaussettes. Curieuse, l'agricultrice regarde son sexe avant de se retourner vers la cabine de douche. Quand il l'enlace par-derrière deux minutes plus tard sous la pluie chaude et puissante en plaçant ses mains en coupe sous les globes moelleux de ses seins et en mordillant la peau délicate de sa nuque, elle sent le membre dur et viril comprimer ses fesses tandis que la tête charnue dessine des ronds humides sur le duvet très fin et presque incolore du bas de ses reins. Virginie ferme les yeux et sourit. Dans une prière muette, elle remercie à tort la Providence d'avoir fait entrer dans sa vie celui qui les détruira tous.

18 h 17

Hughes se penche pour essayer de voir par-delà la masse haute et rectangulaire du car scolaire qu'il suit depuis un bon kilomètre sur cette route sinueuse sans pouvoir doubler. Il finit par se rabattre : après tout, il est en congés. Il serait exagéré de dire que son employeur s'est montré très réceptif à sa demande aussi soudaine qu'inattendue, surtout avec la voiture de fonction et en ayant eu connaissance du montant de la facture de réparations, mais le clerc a coupé court à la conversation téléphonique qui s'envenimait en raccrochant au nez de Maître Desbarres. De toute façon, le notaire trouve toujours un bon prétexte pour préférer son Porsche Cayenne personnel à la voiture de l'étude. Il aurait tort de se priver : l'assurance, la maintenance et les frais d'essence sont couverts grâce à la complaisance de Béatrice.

Les feux de stop perturbent ses pensées et le clerc doit opérer un freinage assez brusque pour ne pas ajouter une facture de carrosserie à celle de ce matin. Il souhaite profiter de l'arrêt du car pour doubler mais la pédale d'accélérateur ne répond pas. Il vient de caler. Le temps de relancer le moteur, de contrôler ses rétroviseurs et d'effectuer quelques contorsions pour s'offrir un minimum de visibilité, il constate avec dépit que le bus repart déjà, non sans expulser un nuage de particules noirâtres derrière lui, comme un poulpe mécanique qui voudrait se débarrasser d'un importun.

Il l'aperçoit alors, debout sur le bas-côté, un sac porté en bandoulière avec nonchalance, vêtue d'un short en jean, d'un maillot à rayures et d'un gilet en laine épaisse où étincellent des brillants de pacotille. Elle le fixe comme si les quelques mètres et le pare-brise assez sale qui les séparent n'existaient pas. Le conducteur ne peut ni déchiffrer ni comprendre la signification de ce regard soutenu et il se sent vulnérable et hésitant. C'est idiot. Il s'apprête à repartir mais elle esquisse un sourire plein de mystère et fait un petit signe de la main. Son cœur bat deux ou trois coups sourds et violents dans sa cage thoracique. Il s'arrête à sa hauteur et actionne le lève-vitre.

— Bonjour !

— Salut !

— Je suis Hughes. Le clerc de l'étude de Maître Desbarres. Je suis venu chez toi la semaine dernière pour voir ton beau-père et…

— Ouais, je te reconnais.

La jeune femme sourit, mais il ne jurerait pas que ce geste

soit franc ou amical. Il se demande ce qu'il est en train de faire et une tiédeur désagréable se répand au niveau de son visage.

— Euh : tu veux que je te dépose ?

— Ouais, pourquoi pas.

Elle tire la portière et s'assied à ses côtés, glissant son sac entre ses baskets de toile.

— C'est par où ?

La passagère tend son bras gauche, attirant d'abord son attention sur ses ongles vernis en *French manucure*, puis sur un embranchement à cinquante mètres devant eux. Une fois la voiture engagée sur l'étroite route départementale au revêtement granuleux et inégal, elle lui demande :

— T'es pas du coin, si ?

— Non, pas du tout.

Face à la persistance de son air interrogateur, il tapote sur son volant.

— Fallait que je récupère ma voiture. Au garage.

Elle hoche la tête. Il lâche alors d'une voix rapide :

— Elle est tombée en panne la première fois qu'on s'est rencontrés.

À nouveau, le Nantais sent le poids d'un regard insistant sur lui, irradiant sa joue droite. Il tourne la tête et leurs yeux se croisent et se jaugent l'espace d'un court instant. Les lèvres ourlées et maquillées articulent un « ah » sans conviction, comme si la passagère n'avait pas la moindre idée de ce qu'il veut dire. Quand Hughes se concentre à nouveau sur la route, il sait qu'il rougit désormais pour de bon et un doute troublant le traverse. Il n'est plus si sûr de ce qu'il a vu cette nuit d'orage. Ce souvenir a maintenant la texture évanescente d'une réminiscence lointaine, atténuée par le temps, aux contours flous parfois redessinés par la mémoire. La jeune femme tend le bras pour indiquer un chemin de terre, qu'il se rappelle avoir emprunté avec Virginie lors de sa première visite professionnelle aux Rimberts.

— Tu fais ce trajet à pied tous les jours ? lui demande-t-il, surpris par l'éloignement de la zone de ramassage.

— Ben, oui. T'as pas une cigarette ?

Il hésite et désigne sa boîte à gants. Elle affiche une moue qui hésite entre le scepticisme et le mépris face au paquet de Gauloises blondes, mais elle extirpe malgré tout une tige de tabac que ses doigts manucurés portent à ses lèvres charnues dans un geste qui trahit l'automatisme. Elle oriente le paquet vers le conducteur, une cigarette pointant son filtre dans sa direction. Avec le paysage qui défile en cahotant derrière elle, son short en jean, sa clope calée entre ses lèvres maquillées, ses yeux mi-clos et les reflets d'acajou et de châtaigne dans ses longs cheveux, elle produit dans son esprit une sensation de déjà-vu, de familiarité subite. Un bref instant cinématographique, il n'est plus un clerc de notaire en déshérence au cœur de la France rurale, mais un mauvais garçon du Midwest américain qui emmène sa copine faire une virée dans sa Ford Mustang retapée. Il prend une cigarette et elle se penche pour enfoncer l'allume-cigare sur sa résistance électrique.

— Pourquoi tu t'es arrêté ?

— Où ça ?

— Ben, pour me prendre.

Bonne question.

— Bah, euh, parce que t'étais là. Pour rendre service.

La passagère le fixe, ses yeux verts s'ouvrant au maximum avec un air surpris et amusé, avant de lâcher un rire moqueur et joyeux. Elle se penche encore une fois pour récupérer l'allume-cigare rougi et allumer sa cigarette.

— T'es du genre à rendre service aux dames, alors ?

Il se renfrogne derrière son volant, avant d'agiter sa main droite pour indiquer la clope froide coincée entre ses doigts. Au bout du chemin, les bâtiments d'habitation des Martin sont en vue. La jeune femme se penche vers lui, présentant l'extrémité incandescente de sa cigarette qu'elle tient par le filtre entre son pouce et son index. Il porte la sienne à sa bouche et baisse la tête pour mettre en contact les deux objets, tout en attisant les braises par une série d'inspirations rapides et en gardant le chemin en vue du coin de l'œil. La surface lisse, brillante et parfaite de l'ongle de l'index de la jeune femme le fascine. La bande à l'extrémité du vernis est nette et égale, d'un blanc nacré profond.

Quand il relève la tête et lui adresse un bref regard en guise de remerciement, il capte la même lueur dans ses yeux mi-clos que celle aperçue quelques jours plus tôt au bas de l'escalier. Un éclair sauvage et insondable. Une vieille chanson de Johnny, ou d'Eddy Mitchell, lui revient en tête : *Cette fille-là, mon gars, elle est terrible.*

Le chien jaune à l'allure idiote vient rôder autour de la voiture dès qu'ils pénètrent la cour pelée des Martin. Il cesse d'aboyer dès que ses yeux inexpressifs aperçoivent la silhouette familière de la passagère, mais il se poste malgré tout en position vigilante à un mètre de la portière d'Hughes lorsque celui-ci s'arrête au milieu de l'espace de terre battue. La jeune femme se penche pour récupérer son sac. Elle veut dire quelque chose.

— Oui ?

— Dis-moi, ça te dirait de m'emmener en ville demain ?

— En ville ?

— Bah, ouais. Se promener. Faire les magasins. Sortir d'ici.

Hughes jette un œil en direction de la porte d'entrée. Il s'attend à voir s'y encadrer Pascal Martin ou sa femme d'un instant à l'autre, le visage fermé et méfiant.

— Tu ne préfères pas y aller avec une copine ? Ou ton petit copain.

Les yeux de la jeune femme se réduisent à deux traits :

— C'est oui ou c'est non ? J'aime pas les mecs qui savent pas ce qu'ils veulent.

Le clerc réfléchit. S'il loue le gîte des Brosses, il aura besoin de s'acheter des affaires de toilette et quelques provisions. Se trouver un livre ou deux. Et un cadeau pour Virginie.

— Oui, pourquoi pas. J'aurai besoin d'aller faire des courses, moi aussi. Je vais demander à tes parents.

À nouveau, le rire de la jeune femme se répercute dans l'habitacle, encore plus moqueur cette fois.

— N'importe quoi. Il est fou, lui.

Elle descend, avant de lui lancer : « Demain à une heure et demie où tu m'as prise tout à l'heure, OK ? » La jeune femme claque ensuite la portière et enchaîne une série de pas rapides jusqu'à la porte d'entrée. Elle ne se retourne même pas pour lui faire un signe et il se retrouve à nouveau seul, presque désemparé. Le bâtard hautain des Martin recommence à gronder de l'autre côté de sa vitre. Hughes le foudroie du regard en le traitant d'« abruti de chien » à voix basse et exécute un demi-tour rapide.

Lorsqu'il quitte le chemin défoncé et caillouteux pour

rejoindre la route départementale, il se dit qu'il vient de se faire avoir, que la lycéenne l'a mené par le bout du nez comme un bleu qui vient de se faire payer sa première voiture et qui croit avoir enfin des amis. Il chasse les sentiments négatifs de son esprit tandis qu'il fait la route jusqu'au hameau des Brosses. Virginie s'est assurée au téléphone que le gîte était libre et lui en a fait une description assez flatteuse. Il a hâte de découvrir son refuge pour les quelques jours qui viennent. Le clerc pense à sa femme. *Sans toi, le week-end à la campagne, finalement.*

9 h 21. Gîte des Brosses

Hughes s'est installé à l'extérieur pour prendre son petit déjeuner, profitant d'une table de jardin en tôle perforée et de quelques chaises pliantes en bois à la peinture écaillée. Le soleil a connu des jours plus glorieux et l'homme a enfilé un pull-over en laine d'Écosse sur sa chemise habituelle. Sous ses lunettes de soleil superflues, il trouve à ce matin neuf un goût de liberté.

La location était humide et sentait le renfermé à son arrivée. C'est une demeure paysanne de la fin du dix-neuvième siècle, basse et peu lumineuse, avec ses murs de pierre et son ancienne étable mitoyenne, transformée en remise après la Seconde Guerre mondiale. L'endroit est désormais affublé de meubles et d'objets de décoration de récupération hétéroclites comme on en trouve dans toutes les maisons secondaires de campagne : croûtes anonymes, buffets piqués et bibelots rustiques. Hughes a loué le gîte pour la semaine et a même réglé d'avance sans chercher à négocier le tarif, ce qui n'a pas été pour déplaire à la propriétaire, une quinquagénaire trapue roulant les « r » et aux mains marquées par le travail. Elle s'en est vite allée, avant qu'il ne change d'avis, lui disant juste de ne pas utiliser la cave, inondée par les pluies récentes.

Le nouveau locataire jette un œil à la chaise vide à côté de lui. Il aurait bien aimé partager avec Virginie cet air vif sous le ciel changeant, ce vent léger qui fait murmurer les grands arbres de la forêt proche. Ils auraient pu se parler chacun de leur vie, apprendre à se connaître par les mots après la rencontre de leurs corps. Évoquer leurs trajectoires avec cette simplicité naturelle que le clerc apprécie chez cette femme qui ne se croit pas obligée de meubler en permanence les silences que le monde nous offre de plus en plus rarement.

Un bruit de moteur interrompt ses pensées. Le Nantais découvre le profil d'un camion désuet orné d'une baguette de pain et d'une brioche sur ses flancs. Un visage clair se tourne vers lui tandis que le véhicule datant des années 1980 poursuit sa route laborieuse dans la pente sinueuse qui surplombe le gîte. La masse claire disparaît derrière le rideau de la haie bordant la départementale, mais le moteur change de régime et un sifflement strident de freins se fait entendre, vite suivi par la sonorité caractéristique d'une marche arrière. Le camion boulanger réapparaît et trois coups de klaxon résonnent.

— Bonjour ! Vous voulez du pain ?

Peu découragé par les cinquante ou soixante mètres qui les séparent, le conducteur s'adresse au clerc en braillant d'un ton joyeux. Hughes se lève pour le rejoindre.

C'est un jeune gars aux joues rondes, avec une chaîne en

argent autour du cou sur un T-shirt noir. Sous sa coupe en brosse, deux yeux marron fixent le touriste. Une station de radio émet à fort volume dans l'habitacle et le livreur baisse le son d'un geste rapide lorsque le client potentiel parvient à sa hauteur.

— Je pensais pas que c'était encore loué à cette époque.

— Je viens d'arriver. Je ne savais même pas que vous passiez.

Le jeune secoue la tête.

— Ça m'étonne pas. La mère Herblain, elle préfère que ses hôtes y descendent chez la Mélanie, au village. Nous, on fait la tournée du canton. Et notre pain est meilleur. Vous voulez quelque chose ?

— Oui. Je vais prendre un pain de campagne, si vous avez. Et une brioche.

— Attendez voir.

Le livreur se penche sur sa droite. Le siège passager est encombré de sacs de pain et une cagette en plastique bleu déborde de viennoiseries. D'autres sachets sont visibles sur le sol, dans un second container. Quand le jeune se redresse, il tend au clerc une boule de pain et une brioche enveloppée dans du papier plié avec soin et refermé par un petit morceau de scotch.

— Une boule, ça vous va ?

— Ouais, OK.

Une fois réglé, le livreur lance un « bonne journée » et redémarre en remontant le volume de son autoradio. Le moteur gronde tandis que les rapports s'enchaînent dans la côte sinueuse et, quand Hughes s'assied à nouveau pour terminer son café avec une tranche épaisse de brioche pur beurre, il perçoit l'écho lointain du klaxon du boulanger volant, livrant ses pains dans les collines environnantes dans l'empressement insouciant de ses vingt ans.

Ses pensées l'amènent alors vers la fille Martin, elle aussi en pleine jeunesse exubérante. Derrière l'écran de ses lunettes, les yeux du locataire cherchent la direction du domaine des Rimberts, qui ne doit guère être à plus d'un ou deux kilomètres à vol d'oiseau d'ici. Il se demande pourquoi il a accepté de l'emmener en ville. Cette gamine est une source d'ennuis, il en est à peu près certain. Et si elle disparaissait une fois en ville ? Qu'est-ce qu'il dirait aux Martin ?

Remarque, elle ne t'a pas donné rendez-vous chez eux, mais au point de ramassage du bus.

Son regard vagabonde sur la ligne irrégulière de la cime des arbres sur le versant opposé de la colline, leurs pieds baignés d'une obscurité profonde. Le ciel se couvre à grande vitesse, une averse se prépare. Face à lui, la forêt exhale une menace diffuse et, lorsque les premières grosses gouttes froides et paresseuses viennent s'écraser sur la surface ternie de la tôle, le vacancier vide d'un trait son café et se hâte de remballer la brioche. Il cale la boule de pain sous son bras et se dirige vers la maison.

Hughes se débarrasse sur la paillasse de l'évier ancien, à l'émail épais et jauni. Quand il se penche vers la fenêtre haute et étroite de la cuisine, il constate que la pluie va en s'amplifiant et que le ciel chargé de remous anthracite et charbonneux vient tutoyer la colline d'en face. Étrange pays que cette région de moyenne montagne velue et isolée, avec ses habitants prompts au sourire comme à la colère. Après une longue minute de contemplation silencieuse du spectacle de la pluie et du vent dans les arbres, il se retourne, se demandant ce qu'il va pouvoir faire pour tuer le temps jusqu'à une heure trente.

Et si elle n'était pas là ? Si elle s'était juste moquée de toi ?

Devant lui, la porte de la cave se dessine, basse et obscure dans la profondeur d'un renfoncement. Hughes s'approche et abaisse la poignée. Un bruit sec et métallique résonne dans la pièce et la porte s'ouvre de quelques centimètres, laissant alors passer un courant d'air froid aux relents de mare croupie. Le locataire réalise que l'odeur d'humidité qui l'avait frappé la veille ne vient pas de l'habitation en général, mais de cet endroit précis. Il se baisse pour chercher la forme familière d'un interrupteur mais il n'y en a pas. Quand il pousse la porte du revers de la main en courbant la tête, il découvre une courte volée de marches grossières plongeant vers la surface parfaite d'un miroir qui reflète une nuit absolue sans étoile.

Il descend les quatre ou cinq marches et pose une main sur la voûte de pierre humide et friable juste au-dessus de lui. Il se penche pour sonder l'obscurité de la cave où se dessinent des silhouettes fantomatiques de casiers ou d'étagères. À en juger par l'espace libre et le niveau atteint comparés à la hauteur des étagères, il doit bien y avoir un mètre à un mètre vingt d'eau infiltrée ici. Ce lieu évoque en lui de vieux souvenirs de lecture de science-fiction. Il y était question de cavernes souterraines obscures et secrètes dissimulées sous d'immenses étendues arides où les liens du sang créaient la trame de vendettas cruelles. Hughes hoche la tête dans l'obscurité face à la masse d'eau froide et silencieuse, avant de remonter les marches humides. Voilà le genre de livre qu'il pourrait essayer de trouver cet après-midi en ville.

15 h 54

Hughes observe Morgane Martin tandis que l'attention de la jeune femme est tout entière consacrée aux multiples bijoux fantaisie occupant un rayon du magasin. Il s'était attendu à trouver une adolescente au style débraillé et exubérant, telle qu'elle était descendue de son bus la veille, mais c'est une jeune femme silencieuse et immobile vêtue d'une robe d'été et d'un gilet de laine qui l'attendait sur le bas-côté, à l'endroit exact qu'elle lui avait indiqué. Elle tenait dans ses mains jointes devant ses cuisses les anses d'un petit sac à main en cuir rouge brillant. Une copie asiatique d'un article de luxe achetée sur Internet.

Le soleil, encore timide après l'averse conséquente du matin, tentait de faire naître quelques reflets dans l'opulence soyeuse de ses cheveux. Elle avait dû consacrer beaucoup de temps à se coiffer et, lorsqu'elle s'était penchée dans l'habitacle, le clerc n'avait pu ignorer non plus son maquillage, le rouge cardinal sur ses lèvres boudeuses en accord avec ses ongles, où la *French manucure* de la veille n'était déjà plus qu'un souvenir lointain. La lycéenne avait chaussé des escarpins vernis à talons de la même couleur, le rouge brillant du cuir contrastant avec la peau claire et délicate de son cou-de-pied. Il avait alors été persuadé de lui servir de chauffeur pour un rendez-vous galant et cette pensée l'avait mis de mauvaise humeur.

Le trentenaire avait dû réfréner les regards sur sa passagère, craignant qu'elle ne croie que le contenu de son décolleté était l'objet de la convoitise d'un homme trop âgé pour elle. Après plusieurs kilomètres de trajet silencieux, il s'était souvenu pourquoi cette robe blanche imprimée de larges fleurs rouges le tracassait tant : c'était celle qu'elle portait le soir où elle avait traversé la route devant lui, laissant deviner les parties les plus féminines de son anatomie sous le tissu humide. Voulant chasser cette vision de son esprit, il lui avait proposé une cigarette de façon un peu brusque. Elle en avait extrait une de son propre paquet en le fixant en silence, méfiante ou curieuse, son regard assombri par la ligne noire des cils alourdis de mascara.

À présent qu'il l'observe en toute impunité dans l'odeur parfumée du magasin, les bras croisés, patient et silencieux en bordure de l'allée principale, Hughes réalise sa folie. Depuis une heure et demie qu'ils sont en ville, flânant d'un magasin à l'autre, il a compris qu'elle n'a jamais eu l'intention de l'abandonner pour aller retrouver un garçon ou une bande d'amis. Morgane marche à ses côtés à pas souples, changeant son sac à main d'épaule de temps à autre, des larges lunettes de soleil sur le nez. Bien qu'elle lui adresse assez peu la parole et qu'elle décide seule de l'itinéraire et de l'ordre de visite des magasins, la jeune femme ne le devance jamais, ne lui tourne pas le dos, et c'est par des gestes esquissés, des mouvements légers, des inclinaisons de tête, qu'elle lui indique le chemin ou attire son attention, comme le ferait une compagne, une épouse ou une maîtresse.

Elle revient vers lui, un collier en main, le frôle en souriant et se dirige vers la caissière la plus proche. C'est un de ces magasins à étages et escaliers mécaniques où l'on trouve des caisses un peu partout, mais jamais à la sortie, ce qui fait qu'on n'est jamais bien sûr du montant cumulé de ses achats avant le soir, au moment d'additionner les facturettes. Le Nantais rejoint les deux femmes. Le collier a changé de mains et le prix s'affiche en petits chiffres lumineux. L'homme le trouve excessif au vu de la qualité réelle de l'article, simple verroterie colorée comme un coureur des bois aurait pu en offrir à une princesse iroquoise ou algonquine en échange des précieuses fourrures de son père. Hughes sort néanmoins sa carte de crédit dans le dos de la jeune femme tandis qu'elle s'est penchée sur son sac à main. La vendeuse récupère le sésame bancaire de ses doigts boudinés et vernis de façon outrageuse en violet agressif. Quand la lycéenne constate que son chauffeur est en train de composer son code secret avec un air appliqué et satisfait, elle le fixe avec le même regard que celui lancé dans la voiture un peu plus tôt, scrutateur mais dénué en apparence d'émotions.

— Pourquoi tu me l'achètes ? Je t'ai rien demandé.

Le ton est sec, presque froid. La vendeuse, une blonde décolorée et grassouillette, plutôt à l'étroit dans son uniforme et dont le badge prétend qu'elle se prénomme Yavina, lève un œil intrigué. Hughes hausse les épaules en souriant.

— C'est un cadeau.

Les yeux de la jeune femme se réduisent à deux fentes obscures et félines.

— Il n'y a que deux types d'hommes qui me font des cadeaux : ceux de ma famille, et ceux qui veulent coucher avec moi.

Derrière sa caisse, Yavina ne peut réprimer un sourire moqueur en le regardant en biais, avant de lui tendre sa carte et son ticket de caisse, l'œil goguenard. Un fourmillement désagréable aux joues, le Nantais regarde tour à tour les deux femmes. Il se demande de quel droit elles osent, ces petites pestes. Il voudrait protester de sa bonne foi, et surtout de la perversité ingrate de la lycéenne, mais celle-ci lui adresse un sourire léger et désinvolte, comme pour lui signifier que tout ça n'a aucune importance.

— Allez, viens, j'ai besoin de toi.

Le clerc songe un instant à s'en aller de suite. Trouver quelques livres et un cadeau pour Virginie Girard et planter là cette gamine. Retourner seul au gîte et la laisser se débrouiller pour rentrer chez elle.

— Il y a un rayon librairie ici ?

— Au troisième.

Il s'arrête pour chercher du regard l'accès à l'étage supérieur. Elle s'est retournée.

— Bon, d'accord, on ira après. Allez, viens.

Il la rejoint sans entrain. Morgane s'est postée devant un rayon qu'il prend d'abord pour celui de la lingerie, avant de réaliser que ce sont des maillots de bain.

— C'est plus vraiment la saison pour aller à la plage.

La jeune femme ignore sa remarque et fait courir ses ongles vernis sur les étoffes synthétiques aux coloris criards, à la texture extensible et satinée. Hughes consulte sa montre. Il voudrait ne pas rentrer trop tard et préparer à dîner pour Virginie ce soir. Ils pourraient manger devant une flambée au gîte, s'ouvrir une bouteille, parler de tout et de rien et faire encore une fois l'amour, si elle en a envie. Le clerc vagabonde du côté des accessoires pour hommes, manipule du matériel de plongée, essaie des lunettes de natation. Après avoir arrêté le rugby, il nageait souvent et avait même pris un abonnement au centre nautique. Il trouvait cela agréable en hiver, quand il faisait nuit dehors et qu'il se dépensait dans l'eau chaude et chlorée sous les néons du grand bassin. À force d'entendre Nathalie se plaindre de ses absences, il n'avait pas renouvelé sa carte.

Quand il revient sur ses pas, Morgane a disparu. Il a beau se tourner dans tous les sens et se dresser pour scruter les rayons alentour, Hughes ne décèle aucun signe d'elle. Il élargit son champ de vision, cherchant parmi les silhouettes aux caisses, autour des escalators, mais la robe légère et la chevelure flamboyante de la fille Martin se sont évaporées.

Ah, la garce. Où est-ce qu'elle est partie, encore ?

— Hé ! Tu viens ?

Son visage émerge du rideau d'une cabine d'essayage, à dix mètres de lui, telle une comédienne traqueuse en coulisses. Le Nantais soupire et la rejoint. Elle fait un signe de la main pour lui dire de s'approcher. Il remarque d'abord les chaussures vernies, rangées avec soin dans le coin de la cabine, côte à côte, puis sa robe, pelotonnée sur le banc étroit riveté au mur face à lui. Elle se tient debout et de profil, presque nue à ce qu'il lui paraît, s'observant dans le miroir face à elle. Il voudrait ne pas donner l'impression de la reluquer mais son corps juvénile sans défauts est un aimant qui brise toute velléité de résistance.

Il voit à peine le textile, noir au liseré d'argent, tant la présence de la plastique féminine que le tissu a bien du mal à cacher est exubérante. Plus que son propre reflet ou l'effet du maillot de bain sur elle, Morgane surveille surtout sa réaction à lui. Quand leurs yeux se rencontrent via la surface du miroir, elle est assez satisfaite et se retourne, offrant à l'homme debout et silencieux dans l'ouverture du rideau de la cabine un aperçu plus que généreux de sa lourde poitrine. Le tissu de la partie haute du deux-pièces est tendu par les deux seins pleins et fermes et ses tétons durcis dardent sous la surface synthétique. Elle a le ventre plat, les hanches harmonieuses et le bombé de son mont de Vénus dessine une courbe parfaite aux contours à peine troublés par une pilosité aux reflets de flammes. Elle étire sa bouche en une mimique amusée, avec un petit haussement d'épaules :

— Désolée, je ne me suis pas fait le maillot.

Le clerc remonte jusqu'à ses yeux verts. Il imagine la rougeur de son visage dans le miroir et préfère ne pas valider cette supposition. La lycéenne fait alors volte-face et lui présente son postérieur. Elle tire sur le tissu élastique qui lui rentrait un peu dans les fesses. Le maillot de bain claque sur sa peau.

— Alors, comment tu le trouves ?

Elle a tourné la tête sur le côté pour tenter de capter son regard et Hughes est presque certain qu'elle ne parle pas du vêtement de plage. S'il est fasciné, ce n'est pas par cet attribut qui s'étale désormais de façon trafiquée et quotidienne dans les appels à la consommation d'une société ayant expurgé jusqu'à la poésie de l'érotisme, mais par la cascade acajou de sa chevelure tombant dans son dos musclé, par le rétrécissement aigu de sa taille et l'angle de la chute de ses reins, tremplin parfait au duvet soyeux pour la rondeur symétrique des fesses rebondies au-dessus des lignes fuselées de ses jambes, jusqu'à la délicatesse de ses chevilles et de ses pieds. Peu importe la vulgarité de l'échancrure exhibitionniste de la culotte synthétique et les minauderies de cette Lolita rurale qui découvre le pouvoir de sa chair sur les hommes. Le clerc réalise qu'à cet instant, dans la tiédeur poussiéreuse de cette cabine d'essayage, la fille Martin est plus belle que Nathalie ne l'a jamais été, plus belle que toutes les groupies de stade qu'il a pu culbuter un soir d'entraînement ou de match, et surtout si présente, si palpable, comparée aux rêves bon marché et omniprésents sur papier glacé.

Ce corps encore neuf est une insulte silencieuse lancée à celui d'une trentenaire avancée comme Nathalie ou, pire, d'une quadragénaire comme Virginie Girard. Cette comparaison est injuste et cruelle, d'autant plus que s'il sait avoir de beaux restes par rapport à beaucoup d'hommes de son âge déjà bedonnants et chauves, il n'est plus qu'une copie empâtée de l'athlète qu'il était à vingt-trois ans. Mais il est trop tard, la pensée existe à présent, et c'est comme si elle emplissait la cabine de toute sa vibration hurlante, mélange de désespoir sourd et d'envie grandissante. Le visage du clerc s'assombrit. Quand il lâche « tu es très belle » en baissant la tête, le ton de sa voix est plus celui du ressentiment contre lui-même que celui d'un quelconque compliment à l'intention de la jeune femme. Il tire le rideau avec un geste sec et s'éloigne de quelques pas de la cabine d'essayage.

Il ne la regarde pas lorsqu'elle sort un instant plus tard et il ne lui adresse plus la parole pendant de longues minutes. Elle règle son nouvel achat et il trouve seul un parfum pour l'agricultrice, préférant les conseils plats et consensuels d'une vendeuse qui ne cache pas son ennui plutôt que de recourir à la jeune femme. Le Nantais monte ensuite à l'étage supérieur et fait main basse sur quelques livres d'un air maussade. Morgane l'a suivi à distance, butinant à droite à gauche, et le rejoint à la caisse. La rousse vient se placer à ses côtés et patiente en silence, observant les deux étudiants devant eux. Elle a toujours cette même attitude, distante et observatrice, mais quand l'un des étudiants pivote de façon machinale et croise son regard, ses traits se tendent et il se détourne, trop empressé. Trente secondes plus tard, le jeune homme pivote de nouveau pour jeter un œil qui se voudrait neutre sur les rayons librairie mais ses pupilles marron meurent d'envie d'entrer encore en contact avec la jeune femme.

Une fois de retour à l'air libre, elle fait tomber les lunettes sur son nez. Elle indique deux terrasses de café de l'autre côté de la rue.

— On va boire un café ?

Le clerc consulte sa montre.

— Il faut que je rentre.

— OK.

Il est surpris qu'elle ne proteste pas, qu'elle ne cherche pas à insister. L'un des bistrots arbore une carotte de tabac près de son enseigne. Il n'a plus qu'un paquet.

— Tu es assez pressé, pour un type en vacances.

Le clerc ne sait quoi répondre et traverse la rue. En entrant dans le bistrot, il réalise que son attitude est celle d'un fuyard et il s'en veut pour cela.

Ce n'est qu'une gamine. Remets-la à sa place.

Il achète une cartouche de cigarettes, commande deux cafés et demande à régler le tout. Elle l'attend en terrasse, les sacs plastique contenant ses emplettes au bout des bras, son sac à main rejeté en arrière sur l'épaule. Avec sa robe à fleurs, ses chaussures vernies et ses lunettes de soleil, elle a l'air d'une actrice des années 1960 qu'une machine à voyager dans le temps à la mécanique déréglée aurait jetée sur ce trottoir.

Le clerc tire une chaise métallique et lui fait signe de s'approcher. L'homme et la jeune femme s'observent en silence. Morgane lève la tête en direction du ciel maussade et décide de relever ses lunettes sur son crâne. Ses yeux verts vagabondent sur le logo de la parfumerie du petit sac qu'Hughes a posé sur la table.

— C'est pour la Girard, hein ?

Le commentaire de la jeune femme à propos des hommes et de leurs cadeaux lui revient en mémoire. Il préfère éluder sa question indiscrète et est aidé en cela par l'arrivée du serveur et de leurs cafés. La lycéenne s'allume une cigarette, goûte son expresso, et lui dit qu'il ferait mieux de se méfier des Girard.

— Je connais la rivalité entre vos deux familles. Ça ne me regarde pas, et toi non plus, ça ne te regarde pas, ce que je fais et avec qui.

— Rivalité ? *Whoa*, t'as pêché ça où ? Elle est dans leur tête aux Girard, la rivalité. Pascal, il en a rien à foutre d'eux. C'est des mangeurs de terre. La terre, il n'y a qu'ça qui compte pour eux.

Le clerc allume une cigarette à son tour.

— Merci de t'inquiéter pour moi, mais je possède aucune terre dans le coin. Donc, ça va.

La lycéenne désigne d'un coup de menton ses achats du jour :

— Et tu vas lui offrir ça devant le vieil Hippolyte ?

— Je sais pas… Pourquoi ? C'est interdit ? Son deuil n'est pas terminé ?

La jeune femme le fixe en tirant une longue bouffée sur sa cigarette.

— T'es benêt, ou quoi ? T'as pas compris qu'ils couchent ensemble ?

— …

Le clerc encaisse la phrase comme un crochet vicieux à l'estomac. Il scrute le visage de la jeune femme à la recherche d'indices qui indiqueraient une mauvaise blague, une trace de provocation, ou l'évidence d'un mensonge causé par l'amertume de sa récente séparation. Elle s'étonne de sa naïveté :

— Mais qu'est-ce que tu croyais ? Il n'a pas de femme, elle n'a plus de mari, ils vivent ensemble depuis des années sous le même toit. Ils se marient pas, parce que ça jaserait au village, certains diraient qu'il est bien content que son frère soit mort, que chez les Girard, on hérite aussi des femmes, et ce genre de trucs.

— Je ne te crois pas.

Il essaie de repousser l'idée et les implications des paroles assassines de sa jeune compagne, mais des souvenirs de son séjour chez les Girard lui reviennent en tête. Le tableau qu'ils forment à table, la place que chacun semble occuper au sein de la maisonnée. La façon dont Virginie sert son beau-frère, en plus de son travail sur l'exploitation. Et lui qui croyait qu'Hippolyte était le grand-père de Sébastien, au tout début…

Elle s'est bien foutue de ta gueule, elle aussi. Pas étonnant qu'elle appréciait ton corps d'ancien sportif. Ça la change de ce vieux dégueulasse !

Hughes observe le sac en plastique gris de la parfumerie posé sur la table. Il réprime une brusque envie de s'en emparer et de le jeter au milieu de la chaussée, pour qu'il s'y brise en mille morceaux.

19 h 22. Ferme des Milouins

— Où qu'c'est qu'elle est partie ?

Debout sur le seuil de la ferme, Hippolyte et Sébastien observent la lueur des feux arrière de la voiture empruntée par Virginie qui s'étiole sur le chemin. Le jeune agriculteur serre les dents avant de s'élancer à travers la cour en direction du hangar où est stationné son propre véhicule.

— Mais où c'est qu'tu vas, toué aussi ?

Le vieil homme constate d'un œil morose que Sébastien a pris le volant de son auto neuve, avant de rentrer à l'intérieur en bougonnant des imprécations inaudibles. À la vue du faitout fumant posé sur le gaz dont les flammes bleues lèchent le fond noirci, il se détend un peu.

Elle nous a quand même laissé de quoi nous nourre ce soir. Bon D'jeu d'fumelle.

Arrivé à la jonction avec la départementale, Sébastien Girard repère vite les feux arrière d'une voiture, montant vers les hauteurs boisées. Comme il n'y a rien du côté qui descend vers le village, il s'engage à gauche en faisant jouer les rapports de la boîte. Il ne sait pas bien ce qui le pousse à se lancer ainsi à la poursuite de sa mère. Un sentiment d'obligation mêlé à des instincts prémonitoires. De la jalousie aussi, peut-être. Ils ont remarqué qu'elle s'était maquillée et habillée avant de sortir. Sa mère n'a jamais fréquenté d'autre homme depuis que son père est mort. Du moins, pas de façon ouverte. Il avait bien compris quand il avait seize ou dix-sept ans qu'un des frères Philippeau lui tournait autour, et il redoutait le moment où elle lui annoncerait l'officialisation d'une relation qui ferait entrer un beau-père dans son monde, mais rien ne s'était passé et il avait vite oublié cet épisode.

Deux kilomètres plus loin, il repère la voiture de Virginie, engagée sur la route des Brosses. Il freine sans même un coup d'œil dans le rétroviseur et relance sa voiture sur la piste de sa mère. Sébastien se demande ce qu'elle vient faire par ici et il essaie de convoquer dans son esprit les visages des hommes des alentours éligibles à une relation avec sa mère. Il n'en trouve aucun, et la pointe d'angoisse au creux de son ventre ne fait que s'aiguiser un peu plus.

Ses pensées focalisées sur les deux fermes à venir, il ne remarque qu'au dernier moment la voiture de sa mère, les feux encore allumés, stationnée sur une esplanade circulaire gravillonnée en contrebas de la route sur sa gauche. Le gîte de la mère Herblain. Il ne peut alors ni ralentir ni freiner à cet endroit sans attirer l'attention et il poursuit sur sa lancée, apercevant au passage la carrosserie d'un autre véhicule qu'il ne peut identifier. L'agriculteur profite ensuite d'un chemin forestier pour faire demi-tour. Il va attendre quelques minutes avant de redescendre avec précaution pour voir à qui est cette voiture, quel est celui à qui sa mère est venue s'offrir ce soir.

Plus bas, Virginie frappe à la porte du nouveau domicile du Nantais. Elle a tiré ses cheveux blonds pour les rassembler haut sur sa tête et les nouer en une queue-de-cheval brossée avec soin venant effleurer le col relevé d'une veste en jean, portée sur un chemisier blanc déboutonné sur le haut. Un médaillon en or est posé sur la peau claire de sa gorge. Elle a maquillé ses yeux bleus et esquissé la ligne de sa bouche fine et étroite d'un voile de rouge à lèvres à la teinte discrète. La touche masculine du pantalon, de la même toile que la veste, est atténuée par les ballerines noires qu'elle a chaussées. Quand Hughes lui ouvre la porte, il est frappé par sa beauté sans artifices, et il en ressent encore plus d'amertume. Sa visiteuse remarque son air fermé et son regard fuyant. Ils se font la bise et les paroles échangées sont plates. Même si elle note qu'il a dressé la table et qu'une odeur de cuisine imprègne la maison de pierres noircies, l'agricultrice ne peut s'empêcher de penser que quelque chose ne va pas, et que cette froideur ne peut signifier qu'une chose : son regret de leur étreinte, sa décision de ne pas aller plus loin.

Ils n'ont aucune conscience de la voiture qui s'est approchée dans la luminosité extérieure déclinante pour venir se garer de l'autre côté de la haie en surplomb du gîte, là où une trouée dans les arbres offre au conducteur une vue presque dégagée sur le véhicule du clerc. Sébastien Girard serre les poings sur le cuir neuf du volant, ses petits yeux sombres lançant des éclairs de haine à travers le pare-brise.

Ainsi donc, il est resté. Cela ne lui a pas suffi de tourner autour de la Morgane, de fouiner dans mes affaires. Il faut maintenant qu'il baise la m'man. Salopard de Parisien.

Le jeune homme enclenche la première vitesse et part sans plus de précaution, faisant gronder le moteur sportif. À l'intérieur du gîte, Virginie et Hughes lèvent la tête quelques secondes, avant de se concentrer à nouveau sur les verres que le locataire des lieux est en train de leur servir. Lorsqu'ils trinquent et que Virginie propose un timide « à nous ? » en guise de toast, Hughes marmonne ce qui pourrait ressembler à une approbation, à peu près aussi engageante que s'il parlait sous la contrainte d'une arme. La visiteuse songe un instant à reposer son verre et partir sur-le-champ pour ne pas faire durer cette humiliation injuste mais la perspective d'être confrontée aux mines sans doute réjouies d'Hippolyte et de son fils à la vue d'un retour précipité suffit à lui faire ravaler sa fierté.

Après tout, qu'est-ce qu'il croit, ce petit notaire prétentieux ?

Que je suis amoureuse de lui et que je vais déjà lui parler mariage ?

— Alors, qu'est-ce que tu as fait aujourd'hui ?

— Je suis allé en ville. Tiens, d'ailleurs, j'ai quelque chose pour toi.

Il indique la table et une assiette large et blanche, où repose un sac plastique gris. Virginie reconnaît le logo d'une chaîne de parfumerie. Elle attend un instant, mais le clerc ne semble pas décidé à le lui offrir lui-même.

— Je peux ?

— Oui, vas-y.

Elle sort le flacon, et ses yeux brillants renvoient la lumière jaune de la vieille ampoule pendue au-dessus d'eux. La dernière fois qu'un homme lui a fait un cadeau, c'était Serge Philippeau, il y a cinq ou six ans. Un pendentif en argent, offert quelques semaines avant de mettre un terme à leur relation, sans qu'elle ait jamais su pourquoi. Il avait juste cessé de l'appeler et de venir la voir, comme ça, du jour au lendemain. Peut-être avait-il eu sa dose de cul, ça lui allait bien comme ça, et Virginie avait séché ses larmes en maudissant la lâcheté des hommes. Elle avait rangé le pendentif quelque part dans un tiroir de sa chambre.

— Je ne savais pas quelle marque tu préfères. Tu aimes ?

— Je ne le connais pas.

Elle ôte le bouchon en plastique injecté aux formes étranges et pulvérise un nuage humide sur le dos de sa main.

— Oui. Il sent très bon. Merci.

L'agricultrice remet le bouchon ouvragé en place avec soin et vient à sa rencontre. Elle se hisse sur ses ballerines pour déposer un baiser sur ses lèvres, auquel il répond à peine.

— Qu'est-ce qu'il y a, Hughes ?

— Rien.

Le Nantais finit son verre et va le déposer sur le bord de l'évier, profitant de la contemplation du crépuscule à l'extérieur pour se détourner d'elle.

— Comment ça, rien ? Tu m'invites à dîner, tu m'offres du parfum, tu ne me parles pas et tu fais comme si tu avais honte de quelque chose, ou de moi. C'est ça, tu as honte de moi ?

L'homme sent que la femme s'est approchée dans son dos. Il pourrait presque visualiser sa posture, si typique de celles qui exigent qu'on leur rende des comptes. Si typique de Nathalie. Il se retourne.

— Pourquoi tu ne m'as pas tout dit ?

— Tout dit à propos de quoi ?

— De toi et d'Hippolyte, par exemple.

Un silence s'abat dans la pièce tandis que le visage de l'agricultrice se fige.

— Qu'est-ce que tu veux dire ?

— Tu sais très bien ce que je veux dire.

Elle serre son verre et ses phalanges épaissies par le travail manuel blanchissent. Derrière la colère contenue dans ses yeux clairs se lit autre chose, un début de renoncement, l'esquisse d'un désespoir.

— Qui est-ce qui t'a raconté ces âneries ?

Hughes baisse les yeux, le visage de la fille Martin en tête.

— Dis-moi ! Qui est-ce qui t'a dit ça ?

Il ne peut se résoudre à lui parler de Morgane. Une pensée effroyable affleure alors dans l'esprit du clerc : et s'il était en train de tout gâcher avec Virginie à cause des mensonges grossiers et inconsistants d'une gamine de dix-sept ans ?

— Peu importe. On me l'a dit.

— Ah, « on » te l'a dit. Et toi, tu le crois. Plutôt que de m'en parler, tu le crois et tu m'accuses.

— Je suis justement en train de t'en parler, là, non ?

Virginie baisse la tête sur le fond de porto de son verre. Son angoisse et sa colère initiales se muent déjà en une froide résignation intérieure. Elle se dit qu'elle a été bien naïve, une fois de plus. La blonde se détourne de l'homme appuyé contre l'évier et va poser son apéritif sur la table. Elle remarque la bougie usée posée au milieu de celle-ci, et se raccroche à cet espoir : en dépit des ragots, il a dressé cette table et préparé à manger.

Si ça vient de la mère Herblain, je lui arrache les yeux. Dire que je lui trouve un client en cette saison, et voilà comment elle me remercie.

— Tu veux que je m'en aille ?

Le Nantais relève la tête. Il est touché au plus profond par la façon dont elle s'offre ainsi à un renvoi qui constituerait une ultime humiliation pour elle. Nathalie aurait été bien trop fière pour ça. Virginie est loin de s'abaisser ou de se soumettre, il y a un panache formidable dans son attitude, une grandeur qui la fait rayonner dans le faisceau jaunâtre de l'ampoule sans abat-jour.

— Non. Viens, on va manger. Je crois que c'est prêt.

Il fait deux pas dans sa direction. La veuve ne s'est pas encore détendue et, quand il prend ses mains dans les siennes, il ressent toute la tension de son honneur bafoué, de son besoin de vérité.

— Tu veux savoir la vérité, Hughes ? Tu veux vraiment savoir ?

Le clerc ne sait quoi répondre, d'autant plus que des larmes perlent au coin des yeux de son invitée.

— Oui, c'est vrai. J'ai couché une fois avec Hippolyte. Juste une fois, parce que j'étais seule. Seule à en crever. Rémi était mort depuis trois ans et je n'avais plus que mon fils et mon beau-frère. Tu crois que c'est facile de rencontrer des gens ici ? Il n'y a pas de bar à la mode ou de boîte de nuit au village. Juste deux bistrots. Et il n'y a plus de bals itinérants comme quand j'étais gamine. On voit tout le temps les mêmes et ceux qui ne sont pas mariés à mon âge ne valent rien. Des fainéants ou des soûlots. Un soir, Hippolyte est rentré des champs. Il avait bu. Il me regardait et j'ai compris ce qu'il y avait dans ses yeux. Sébastien était à l'internat. Je me suis laissé faire, parce que je voulais sentir un homme en moi, parce que je me disais qu'Hippolyte ferait peut-être ça comme son frère. Que l'espace d'un instant je me retrouverais dans les bras de mon mari. Voilà. C'est tout. Il n'y a jamais eu d'autre fois, je le jure sur la tête de Sébastien. On n'en a jamais reparlé et je ne crois pas que quelqu'un d'autre soit au courant, mais ça ne m'étonne pas que des gens aient pensé à mal, de toute façon.

Les larmes se sont libérées et ont roulé sur les joues, traçant un sillon humide dans la fine couche de fard. Deux grosses larmes, une pour chaque œil, et c'est tout. Plusieurs longues secondes s'écoulent avant que la voix rauque du clerc ne s'élève entre eux.

— Excuse-moi. Je suis désolé. J'aurais pas dû me laisser influencer… J'ai eu peur.

— Peur de quoi ?

Il détourne le regard pour tenter de dissimuler l'émotion qui le gagne à son tour, avant de rejoindre la gazinière. Il a acheté un bocal de viande de cerf aux cèpes et, vu le prix, il ne voudrait pas que ça attache au fond de la large casserole cabossée en aluminium qu'il a trouvée dans un des placards.

8 h 23. Gîte des Brosses

On a frappé à la porte du gîte pendant qu'il buvait un café assez peu fameux. Le Nantais s'est levé, surpris, et pensant voir sa propriétaire, ou peut-être Virginie. Mauvaise pioche : c'est la fille Martin, encadrée de rayons de soleil, une paire de lunettes noires sur le nez et les jambes à l'air sous un short moulant à la couleur criarde. Elle a entortillé ses cheveux en un chignon peu orthodoxe derrière sa tête.

Mais qu'est-ce qu'elle fout là ?

— Salut !

— … Bonjour…

— Tu viens ? On va se baigner.

— Se baigner ??

Hughes regarde le ciel. Il s'annonce une journée comme il n'en a pas encore connu dans la région. L'été indien des chanteurs populaires. Il réfléchit un bref instant, note le sac US pesant en travers de l'épaule de la jeune femme et poursuit :

— Tu n'es pas censée être au lycée, toi ?

Elle sourit.

— Ho, c'est bon, monsieur le notaire. T'as jamais séché, toi ?

— Désolé, mais je n'ai pas envie d'aller à la piscine.

La starlette glousse.

— La piscine, hé l'autre. N'importe quoi. On va aller se baigner à la Combe aux Loups.

— À quoi ?

— La Combe aux Loups. C'est là où les jeunes du coin se baignent, l'été. Il y a une cascade et les mecs font des concours de plongeon. Ils en parlent même dans le *Guide du routard.* Ça devrait te plaire, c'est super pour les touristes.

Morgane se tourne et tend le bras en direction du massif forestier au-delà de la prairie sauvage qui jouxte le gîte, par-delà une clôture avachie.

— D'ici, on peut prendre le sentier, là-bas. Ça fait une chouette balade à travers la forêt jusqu'à la Combe. Tu m'as dit que tu voulais marcher un peu. On pourra même pique-niquer.

La lycéenne donne un petit coup de tête vers le sac sur son épaule. Hughes ne sait quoi répondre.

Vu le cirque qu'elle t'a fait hier dans la cabine d'essayage, ce n'est peut-être pas une bonne idée.

— Nan. Désolé. J'ai pas envie de me baigner.

Les traits de la jeune femme se durcissent et la moue naturelle de sa bouche s'accentue.

— C'est bon, t'es pas obligé non plus. Je me baignerai toute seule, si t'as la trouille. On peut quand même aller se balader… À moins qu'il faille appeler la Girard pour lui demander une autorisation de sortie pour toi ?

Ne rentre pas dans son jeu, Hughes.

Elle le met au défi mais son expérience est censée le placer hors d'atteinte de ce genre de manipulation juvénile. Il imagine les ravages que Morgane doit causer auprès des jeunes coqs immatures de son lycée avec un tel comportement associé à l'explosivité de sa plastique.

Ils doivent être prêts à se battre comme des chiens pour elle.

Il ne pourra pas voir Virginie ce matin, elle le lui a dit hier avant de partir sur le coup d'une heure et demie. Il aurait aimé qu'elle passe la nuit au gîte avec lui mais l'agricultrice a insisté pour rentrer aux Milouins et ne pas découcher. Pour ménager ses deux hommes à la maison.

Il finit par abdiquer :

— Bon, OK. Entre.

Il s'écarte pour laisser passer la jeune femme et referme la porte derrière elle avec un regard coupable alentour. Le Nantais renouvelle son geste anxieux lorsqu'ils ressortent quinze minutes plus tard et qu'il verrouille la porte de la vieille bâtisse, un sac à dos marron et olive arrimé sur le polo bleu marine détaillant les muscles de son dos large. Ils traversent l'herbe haute à la teinte très riche, presque bleue, de la prairie parsemée de fleurs sauvages en direction des premiers arbres. Le clerc a envie de lui demander pourquoi elle le colle comme ça mais il reste muet. Cette interrogation intérieure le met mal à l'aise car elle convoque aussitôt l'image négative qu'il a de lui et de sa vie en cette période.

Virginie et Morgane. La boulangère, aussi. Faut-il que les femmes de ces collines soient seules pour te trouver ainsi de l'intérêt ?

Il pose une de ses chaussures de marche sur le fil de fer barbelé détendu pour leur permettre de passer l'obstacle. Les deux promeneurs s'avancent sous les frondaisons, l'ombre les gagne et un silence feutré les entoure. Le sentier est étroit et raviné par les pluies récentes. Elles ont délogé de grosses pierres qui roulent sous leurs pas et il faut faire attention de ne pas se tordre une cheville. En dépit de ses baskets de toile montantes à semelle plate, la lycéenne est à son aise et marche devant lui. Le soleil n'est bientôt plus qu'une lueur lointaine et intermittente à travers le dôme forestier, la pente descendante du chemin s'accentue tandis qu'il se réduit à une goulotte de moins d'un mètre de large, encombrée de racines.

— C'est le chemin principal pour aller à ton lac ?

— C'est pas un lac, mais oui.

À part les eaux de ruissellement et les chevreuils, Hughes ne voit pas qui pourrait emprunter ce sentier, où aucune trace de fréquentation humaine n'est d'ailleurs décelable. Après quelques minutes, sa respiration se fait plus forte et des gouttelettes de sueur apparaissent à ses tempes. Morgane se retourne plusieurs fois, les lunettes relevées sur la tête, le surveillant de ses yeux verts, comme si elle craignait qu'il ne rebrousse chemin, qu'il ne cherche à s'enfuir à travers bois.

Après plusieurs centaines de mètres, le sentier finit par cesser de s'enfoncer dans les collines et les pierres s'y font plus rares. Leurs pas résonnent sur la terre avec un bruit sourd. Les arbres deviennent moins denses et laissent filtrer le soleil, dont les rayons viennent caresser les avant-bras du clerc ou jouer sur les cuisses de la jeune femme. Beaucoup de sapins dont l'odeur de résine est très présente. En dehors de quelques pépiements d'oiseaux, il règne ici un silence remarquable, qui n'est pas celui du vide ou de l'absence, mais le calme indolent du sous-bois en plein jour, celui qui signifie l'éloignement de l'agitation humaine. Pas de roulis continu d'une rocade d'autoroute au loin, aucun bourdonnement sporadique de scooter ou de tronçonneuse, pas même une cloche d'église sur un autre versant de colline ou dans une autre vallée. Morgane a le bon goût de mener la marche en silence, comme si elle savait qu'il goûte avec bonheur ces instants d'accalmie, presque de recueillement, et qu'elle l'avait amené ici dans ce but.

Une demi-heure plus tard, le sentier débouche sur une éclaircie bordée de rochers. La fille du coin rabaisse ses lunettes et s'arrête au bord du chemin, regardant sur la gauche, là où il n'y a plus d'arbres. Elle se retourne, un sourire éclairant son visage sans qu'il puisse en lire la signification à travers l'écran fumé de ses verres de protection. Quand il la rejoint, Hughes comprend qu'ils sont arrivés à destination.

Un mètre devant Morgane, le sol plonge dans un à-pic d'une dizaine de mètres. Des arbres sont regroupés en contrebas sur les berges escarpées d'une étendue d'eau ovale d'une cinquantaine de mètres de longueur. Sur la rive opposée, le bassin naturel est bordé de blocs granitiques massifs et anguleux, au pied d'une colline abrupte couverte de végétation. En se retournant, Hughes réalise que la pente de la colline le long de laquelle leur sentier a serpenté est très prononcée, elle aussi. En observant la surface de l'eau, le Nantais se rend compte qu'elle ne présente pas la surface réfléchissante d'un paisible miroir aquatique comme on pourrait s'y attendre. Les ridules et les reflets changeants révèlent la nature vive de ces eaux. Ce n'est pas un étang, mais la zone de rétention d'une rivière au fond d'un vallon encaissé et isolé, entouré de hauteurs boisées et rocailleuses.

Morgane lui indique l'autre rive.

— On va faire le tour et aller là-bas, sur le gros rocher plat.

Il acquiesce en silence, un sourire accroché au coin de la bouche. Il a bien fait de céder à la jeune femme, après tout : l'endroit est magnifique et, bien qu'il ne soit sans doute pas à plus de deux kilomètres à vol d'oiseau de son gîte, il ne l'aurait jamais trouvé sans elle.

— Je ne suis pas sûr qu'un journaliste d'un guide quelconque ait jamais mis les pieds ici…

— Tant mieux, comme ça les Parisiens dans ton genre, ils ne viennent pas foutre leur PQ et leurs paquets de chips partout. Sans parler des abrutis qui seraient capables de taguer les rochers.

Morgane ne lui offre pas la possibilité de répondre et repart sur le chemin. Le clerc contemple encore un instant la Combe aux Loups, essayant d'emmagasiner le maximum d'images de la beauté sauvage du lieu.

9 h 47. La Combe aux Loups

Hughes pose son sac à dos sur la table rocheuse où ils ont pris pied et il s'approche du bord pour observer la surface de l'eau, à environ trois mètres sous lui. Les ondes parallèles du courant déforment l'image du fond du bassin mais le clerc parvient tout de même à y distinguer des pierres blanchâtres ou grises, ainsi que des plantes aquatiques. Il n'en est pas certain, mais un éclair vif-argent dans un rayon de soleil pourrait bien être un poisson.

— C'est profond, ici ? demande-t-il sans se retourner.

— Assez pour sauter.

Il s'accroupit pour ramasser un caillou. Peut-être une variante de grès, mais ses connaissances en géologie sont trop rudimentaires pour en être sûr. D'une pichenette, il propulse la pierre vers la surface ridée de l'eau et elle y entre avec un *ploc* à peine audible, avant de couler en zigzag sous l'effet de la réfraction de la lumière. Hughes a compté mentalement plus de deux secondes, mais moins de trois, entre le *ploc* et le moment où la pierre a touché le fond, soulevant un éphémère nuage de sable trouble. Quand il se redresse, il sent la présence de Morgane un peu en retrait, sur sa droite. Il se tourne vers la lycéenne pour lui dire quelque chose mais, quand il découvre qu'elle est nue, il a oublié quoi. Elle a levé les bras derrière sa tête pour libérer ses cheveux, rehaussant ainsi sa poitrine généreuse hérissée de chair de poule et où ses tétons roses pointent depuis les pastilles granuleuses des pâles aréoles. Son ventre plat, au nombril haut placé, plonge vers la toison dorée de son pubis qui capte les rayons du soleil matinal. La fille Martin porte une chaînette en or à une cheville et c'est habillée de ce seul accessoire qu'elle se présente au bord du rocher avant de plonger, ses bras tendus, son dos et ses jambes bien unis, lui offrant la vision d'une paire de fesses disparaissant dans une fleur d'eau.

Elle fuse pendant trois ou quatre mètres avant de remonter à la surface, où elle se retourne vers lui en ouvrant les yeux avec lenteur et en recrachant un peu d'eau. Ses cheveux ont été foncés et plaqués sur son crâne par l'élément liquide, ses bras et ses pieds s'agitent en rythme sous l'eau pour la maintenir à la surface.

— Alors, tu viens ou pas ? T'as le vertige ?

En tant qu'habitué du plongeoir de cinq mètres au centre nautique, ce n'est ni la hauteur ni l'eau qui l'inquiète. Il s'attendait à la voir minauder dans son maillot de bain tout neuf, il a peut-être même craint/espéré qu'elle puisse avoir l'idée de faire du sein nu tandis qu'il l'observait en soufflant le long du sentier interminable, mais Hughes n'aurait pas imaginé qu'elle puisse se dénuder ainsi. Le pire est qu'il serait criminel de ne pas profiter de cette eau limpide, de ce bassin naturel et préservé sous le soleil inespéré. Il ne veut pas se mettre nu devant cette gamine mais il redoute ses moqueries si elle aperçoit son slip de natation bleu marine, tout ce qu'il y a de plus classique.

— Alors quoi, tu sais pas nager ?

Il retourne s'asseoir près de son sac, dépité. D'où il est, le clerc ne voit plus la lycéenne mais il entend l'écho de la naïade qui s'ébroue dans la rivière. Une minute plus tard, il se relève et quitte son polo, son jean et se débarrasse de ses godillots. Il se présente sur le bord du rocher et profite qu'elle lui tourne le dos pour plonger à son tour. Le froid de la rivière le glace et le saisit quand il perfore sa surface et coule vers le lit empierré. Le Nantais se ramasse sur lui-même et remonte à l'aide d'une impulsion du pied droit et de deux ou trois mouvements vigoureux des bras. Une fois de retour à l'air libre, l'ancien sportif libère ses poumons avec violence, lâchant un cri rauque de plaisir brut. Autour de lui, l'élément minéral ou végétal est omniprésent, et l'écho de son cri se perd dans le fond du vallon.

Elle a remarqué sa tenue mais ne fait aucun commentaire. Hughes explore le bassin naturel, de la rivière encaissée qui l'alimente jusqu'à l'endroit où l'eau se déverse à travers un éboulis de plusieurs mètres jusqu'à un cours plus calme. Ce n'est pas vraiment une cascade, mais il se tait, ne voulant pas gâcher la beauté simple du site par une remarque mesquine. Le clerc fait ensuite la planche et, alors que sa respiration résonne à ses oreilles et l'isole du monde extérieur, il remarque la silhouette sombre d'un grand oiseau se découpant dans le ciel d'un bleu profond. Le citadin sait que ce n'est pas un aigle, même s'il aimerait bien que cela en soit un.

Après quelques longueurs, il remonte sur le rocher plat où ils ont laissé leurs affaires, suivi par sa compagne de baignade deux minutes plus tard. Il ne peut s'empêcher de regarder son corps jeune et souple lorsqu'elle prend appui sur la table rocheuse, appréciant le jeu de ses tendons, la contraction de ses épaules, les muscles fins de ses bras et ceux puissants de ses cuisses, la pesanteur captivante de sa poitrine. Une fois debout face à lui, elle penche la tête pour essorer sa longue chevelure, provoquant un ruissellement d'eau froide à ses pieds, sur la surface tiède du rocher. Morgane vient ensuite récupérer ses lunettes de soleil sur son sac entrouvert et elle étend une serviette mauve et pelucheuse sur laquelle elle s'allonge.

— Personne ne se baigne en maillot à la Combe.

Il n'y a nulle moquerie dans la voix de la jeune femme, tout juste peut-il y déceler une forme de déception.

— Pourquoi ?

— Je ne sais pas. C'est comme ça. Une tradition.

— Même en plein jour ?

La voix de la jeune femme se fait plus grave :

— On ne se baigne jamais la nuit, ici.

Il lance un regard circulaire autour d'eux, et c'est comme si un brusque silence s'était abattu sur les bois environnants.

— Ah… Et les vieux du coin, ils ne disent rien ?

— Ils s'y sont baignés avant nous, t'inquiète. Bien avant que les piscines existent.

— Tu sais pourquoi on appelle cet endroit la Combe aux Loups ?

— Ben, oui. Une combe, c'est un creux, une vallée. Et dans le temps, les loups venaient y boire la nuit.

La vision de grands animaux au regard perçant et aux oreilles pointues rôdant sur ces mêmes rochers au clair de lune s'impose à l'esprit du clerc. Aussitôt, il pense à une légende locale.

Constatant son incrédulité, Morgane reprend :

— T'as vu le loup empaillé chez Pascal ?

Il lui faut quelques secondes pour connecter « chez Pascal » et le domicile des Martin, avec son grand loup rougeâtre empaillé sous l'escalier. Hughes hoche la tête.

— Il a été tué ici. Après la guerre de 14. Par mon arrière-grand-père.

— Oui… Ton beau-père m'en a parlé…

Le clerc ferme les yeux. Un mouvement d'air léger court sur la peau de son torse déjà réchauffée par le soleil. Il murmure, autant pour sa compagne que pour lui-même :

— Merci, en tout cas.

— De quoi ?

— De m'avoir amené ici.

— En échange, tu dois me dire un secret.

Hughes réfléchit.

— Un secret sur quoi ?

— Sur ce que tu veux. Mais un vrai secret, pas un pauvre truc que tout le monde connaît.

Il rouvre les yeux sur le ciel au-dessus d'eux. Après un long instant de réflexion, il réalise que les mystères de sa vie sont à l'image de celui-ci : limpides. Il articule une excuse :

— Désolé, je ne vois pas…

— Tu te baignes en maillot, t'as pas de secret : t'es vraiment naze, comme mec.

Amusé et piqué par la repartie de la lycéenne, il se redresse sur les coudes pour l'observer. Morgane lui lance un regard illisible depuis l'écran fumé de ses lunettes, mais la moue de sa bouche s'est accentuée.

— Pas étonnant que ta femme se soit barrée.

Le Nantais encaisse la méchanceté en plissant les yeux.

Comment peut-elle être au courant ?

Cela fait à peine trois jours qu'il est revenu. En dehors de Virginie, il a adressé la parole à très peu de personnes au village et l'agricultrice est la seule à savoir pour Nathalie. La surface dure et rêche de la roche lui fait mal aux coudes et le clerc s'assoit. Quand il baisse le regard sur ses mains entre ses cuisses, son alliance lui saute aux yeux.

Tu es marié, tu viens te réfugier ici, tu es seul, tu fréquentes une autre femme. Pas besoin d'être devin. En plus, ça doit se lire sur ton visage.

— Tout ce que je te souhaite, Morgane, c'est d'être toujours aussi clairvoyante dans tes rapports avec les autres. Tu verras : quand on est soi-même concerné, c'est pas toujours aussi simple.

La rousse ne dit rien, et quand elle lève une main, c'est pour chasser un insecte de sa jambe. Hughes a repéré une libellule sur l'autre rive et il observe avec curiosité ses phases de vol stationnaire alternées avec de rapides translations à quelques centimètres au-dessus de la surface de l'eau.

— Tu sais, Rémi Girard, le mari de Virginie…

— Oui ?

— Il est pas vraiment mort d'un accident.

Un silence gêné s'installe entre eux. Le clerc repense à ce que la lycéenne lui a confié hier à propos d'Hippolyte et de Virginie. Ce n'était pas entièrement faux, mais ce que la rumeur laissait entendre était assez éloigné de ce que lui en a dit Virginie. La sincérité de l'agricultrice était indéniable.

N'empêche qu'ils ont bien couché ensemble.

— Et il est mort de quoi, alors ?

— C'est Hippolyte qui l'a tué.

— Quoi ?

— Va voir le vieux Bouquin. Il est en maison de retraite, pas très loin d'ici. Si tu lui amènes une bouteille en douce, il te racontera, maintenant qu'il est plus au village. Dis-lui que t'es notaire, ça l'impressionnera, c'était le garde champêtre.

Hughes essaie d'intégrer les implications d'un tel geste.

— Pourquoi Hippolyte aurait fait ça ?

Elle baisse la tête, laissant ses doigts aux ongles vernis effleurer la surface du rocher et jouer avec de petits cailloux.

— À cause d'une femme. Hippolyte était amoureux, il comptait la marier et son frère a eu une aventure avec elle. Hippolyte n'a jamais pardonné. Un jour, il s'est vengé.

— Et Virginie aurait accepté de vivre sous le même toit que l'assassin de son mari ?

Et de coucher avec ?

— Elle ne sait pas. Elle ne sait rien. C'est pas une fille du coin. Rémi l'a rencontrée via les annonces de *France rurale.*

— Et c'était qui, alors, cette femme qu'ils aimaient tous les deux ?

La lycéenne relève la tête, ôte ses lunettes, les replie avec soin avant de les déposer sur son sac. Son regard accroche ensuite celui du clerc, devenu insistant sous l'effet de l'attente.

— Ma mère.

Les yeux de la jeune femme le fixent quelques secondes, avant d'aller vagabonder en direction de la rive et du versant opposé. Une fois la surprise passée, le clerc se livre à un réagencement mental qui lui permet d'éclaircir les relations complexes qui lient les deux familles. Les frères Girard qui se disputent à cause de la future madame Martin… Hippolyte, déçu par la trahison de celle qu'il aime et de son frère, s'enfonce dans le célibat tandis que l'autre retrouve sa femme qu'il n'aime sans doute pas, mais dont la principale qualité est d'être une agricultrice sérieuse et travailleuse pouvant faire tourner l'exploitation… Arrive Pascal Martin, l'étranger. Celui-ci achète des terres mitoyennes que les frères Girard comptaient ajouter à leur domaine à peu de frais et épouse ensuite la fille mère abandonnée. Martin est alors doublement détesté par les Girard, une haine transmise à Sébastien à travers des histoires de droits et de rivalités de chasse, tandis qu'en face la mère transmet à sa fille son mépris à l'égard de la lâcheté des Girard. L'ancien militaire, lui, se trouve pris dans les tenailles d'une haine dont il ne connaît peut-être même pas l'origine, d'où sa rage en retour, motivée par le sentiment d'injustice.

De là à imaginer le vieil Hippolyte en fratricide…

— Pourquoi tu me racontes tout ça ?

— Tu n'avais pas de secret. Alors, je t'en dis un.

— Et pourquoi il faudrait à tout prix s'en raconter un ?

— Quand on vient à la Combe la première fois, on doit se raconter un secret.

— On peut pas se baigner en maillot… Il faut raconter un secret. C'est quoi toutes ces superstitions à la con ?

— C'est pas des superstitions. C'est notre histoire.

— Votre histoire ?

Elle extrait un livre de poche de son sac de toile et le tend au clerc. La couverture noire écornée annonce *Folklore préchrétien et tradition locale dans le massif des Cinq*

Monts. C'est signé par un certain Jean-Philippe Duclerc, et l'ouvrage ne présente aucun libellé de maison d'édition.

— C'est un de mes anciens profs qui l'a écrit.

Son dos ayant été cassé par la lecture répétée d'un même passage, le livre s'ouvre de lui-même aux deux tiers de la pagination, où la page de droite a été cornée. On y fait mention de la Combe aux Loups, d'une présence humaine attestée remontant au néolithique dans des grottes environnantes, de rituels celtiques d'initiation centrés autour du culte d'une déesse de la fertilité associée à la figure de la louve, au cours desquels les jeunes femmes éprouvaient la virilité de ceux qu'elles avaient choisis. L'auteur conclut en précisant que si toute dimension spirituelle en a été expurgée, une tradition consacrée aux premiers émois sexuels y était encore vivace parmi la jeunesse locale jusque dans les années 1980.

Hughes lui rend le livre, assez surpris.

— Tu t'intéresses à ça, toi ?

— Ben quoi ? Les jeunes sont pas tous des débiles collés à leur console ou leur page Facebook. Je vais faire la fac d'histoire. Je serai chercheur et j'écrirai des livres comme celui-là.

Il hoche la tête, assailli par ses propres souvenirs d'étudiant. Lui voulait devenir avocat, plaider aux assises, après une belle carrière internationale dans le rugby. Il a fini remplaçant et retraité précoce du sport avant de faire le larbin pour un notaire tyrannique de province. C'est peut-être ça le secret qu'il devrait lui révéler : se méfier comme de la peste des promesses de la vie, surtout celles qu'on se fait à dix-sept ans. La voix de la jeune femme interrompt le cours de sa rêverie amère :

— Tu veux voir la Mère Leu ?

— Qui ça ?

Elle tapote sur la couverture du livre.

— Il en parle dans le bouquin.

— La déesse louve ?

Morgane hoche la tête. Le soleil a rendu ses yeux d'un vert doré très clair, où danse à cet instant la flamme d'un intérêt brûlant. Elle se lève et s'approche pour lui tendre la main.

— Viens !

Le corps de la jeune femme s'est interposé entre le soleil et lui. Hughes essaie de détourner le regard du bombé de son mont de Vénus à la toison bouclée, de l'ombre entre ses cuisses, de la peau tendre de son ventre sous le nombril, sans y parvenir de façon convaincante. Il se laisse entraîner, ému par le contact de sa main menue dans la sienne.

Qu'est-ce que tu fous, Hughes ? Arrête de déconner.

10 h 30

Il ne voit d'abord rien qu'un rocher marqué et creusé par l'érosion. Il aperçoit un trou circulaire dans la pierre, situé à un mètre du sol. Pourtant, elle lui a dit : « C'est là. » Ils gravissent alors les dernières marches irrégulières formées par les affleurements rocheux ou les racines polies par l'usure, pour se retrouver dans un espace de cinq ou six mètres de diamètre, adossé à un talus escarpé et fermé par les blocs de granit.

Lorsqu'il se tourne face au roc percé d'un orifice, il est frappé par l'effet d'optique anthropomorphique. Observé ainsi depuis le centre de cette arène naturelle, le rocher s'affuble de formes féminines et généreuses, telle une femme de pierre couchée sur le dos, écartant des cuisses massives tandis que deux globes mammaires défiant la gravité se dressent vers le ciel. La femme de pierre n'a ni tête ni pieds, la face antérieure de son corps semblant seule surgir de la roche. En s'approchant de l'orifice, Hughes constate qu'il est cerné de rayures, de griffures, de restes d'initiales, dont les plus anciennes n'ont pas plus de quelques dizaines d'années. En revanche, la partie supérieure du trou est marquée de petites dépressions serrées et peu profondes, aux contours flous, qui suggèrent une intervention humaine bien plus ancienne. Peut-être des inscriptions celtiques, ou préhistoriques ? Il est presque certain que l'orifice n'a pas une origine naturelle mais ces contours très érodés indiquent un ouvrage ancien, vieux de plusieurs siècles au moins. Il s'accroupit pour jeter un œil à l'intérieur de ce forage antique et remarque qu'il est incliné vers le haut. Il se demande quel genre d'outil a pu être utilisé pour le façonner et il est tenté d'y mettre son doigt, mais hésite à cause de la présence silencieuse de la lycéenne. Le clerc se penche pour essayer d'en apercevoir le fond et Morgane glousse dans son dos. Il se relève, gêné.

— Qu'est-ce qu'il y a ?

— Les femmes disent que les hommes ne peuvent pas s'empêcher de regarder dedans. C'est plus fort qu'eux.

Il ne sait pas quoi répondre et se tourne vers le rocher.

— Tu es déjà venue avec un garçon ici ?

Sa question est déplacée, son ton assez dur. Après plusieurs secondes de silence, la voix de la jeune femme souffle à ses oreilles :

— Pourquoi ? Tu es jaloux ?

Le clerc s'immobilise, électrifié par cette proximité. Son cœur tape dans sa cage thoracique et il essaie de penser à autre chose qu'au corps souple et désirable de Morgane à portée de main. La vision du rocher ne lui offre malheureusement aucune échappatoire.

— Même pas avec Sébastien Girard ?

Il peut deviner son trouble, ou sa colère, lorsqu'elle lui répond :

— Sébastien, il déteste cet endroit. Il n'y vient jamais. Les Girard c'est des pédezouilles, je t'ai dit. Des curetons qui vont à la messe deux ou trois fois par an. Ils ont bien trop peur de venir ici.

Le clerc réalise que lui aussi a peur. Il réfléchit à la façon d'écourter cette visite archéologique impromptue mais dangereuse quand la rousse vient se coller contre lui.

Le Nantais ferme les yeux et expire lourdement. Il sent les tétons durcis de la lycéenne s'enfoncer sous ses omoplates tandis que la masse élastique de ses seins se presse et s'étale dans son dos. Sa poitrine est encore imprégnée de la fraîcheur du bassin et la sensation est agréable. Elle referme ensuite ses bras autour de son torse, appréciant ainsi sa carrure. Ses doigts et ses paumes caressent ses pectoraux velus et la tension de son membre est presque immédiate, provoquant le glissement du tissu synthétique sur celui-ci quand il se gorge de sang.

— Morgane…

Il aurait voulu mettre autant de reproche que d'autorité dans ce prénom, mais il ne parvient qu'à communiquer son trouble, qu'à proclamer sa faiblesse. Lorsqu'une des mains de la jeune femme se pose sur son slip pour attraper son sexe et le malaxer, il sait qu'il devrait se dégager, la rembarrer et mettre un terme à ces jeux rendus malsains par la différence d'âge. Quand les ongles au vernis écarlate se glissent dans son maillot humide pour effleurer son sexe, il comprend qu'il n'en aura pas la force.

Morgane tire son slip de bain sur ses quadriceps et libère son membre. Elle ne l'empoigne pas tout de suite, préférant s'attarder sur ses testicules encore contractés par la froideur de la baignade, les réchauffant dans sa paume, les pressant avec douceur. Quand elle remonte sur son sexe, celui-ci a achevé son érection et un bref coup de poignet suffit pour le décalotter. Elle passe son pouce sur le gland en écrasant au passage une perle de liquide séminal qu'elle étale en un mouvement concentrique sur l'ogive élastique.

Hughes n'arrive pas à détacher son regard de cette main pâle surgie de son dos pour le caresser. Les doigts de la lycéenne se referment ensuite à la base du tube de chair turgescente et elle imprime un mouvement de va-et-vient régulier tout en maintenant la pression sur le membre viril avec sa paume. La respiration de l'homme est devenue bruyante et rapide. Il réalise, effaré, qu'il est déjà aux portes de la jouissance. La pression de la jeune femme s'accentue alors dans son dos, le poussant vers la roche. Déséquilibré, l'homme doit y prendre appui des deux mains, les posant sur chacune des cuisses plantureuses de la déesse de pierre. Morgane n'a pas lâché son sexe et elle lui souffle à l'oreille, tout en accentuant encore son va-et-vient :

— Vas-y. Mets-la. Baise la Mère Leu.

Il ouvre les yeux. Aperçoit l'orifice, ovalisé par la perspective. Il se demande combien de générations de jeunes hommes avant lui y ont introduit leurs membres, encouragés par des petites amies excitées par la vision et l'odeur de leurs sexes, peut-être les premiers vus et touchés de leur vie de femme. La pensée des autres hommes lui répugne et il réalise le ridicule de sa posture, de sa situation. Il n'a plus quinze ans, il devrait être en mesure de maîtriser ses hormones. Si quelqu'un les voyait... Dans un ultime effort, le Nantais pousse sur ses bras, contractant ses triceps, et il fait reculer la jeune femme, obligée de lâcher prise. Il se retourne, en colère mais surtout soulagé de ne plus être confronté à ce sexe de roche, cet œil cyclopéen où se terrent peut-être des araignées ou des cocons gluants d'insectes cavernicoles. Face à lui, la jeune femme affiche une stupeur mauvaise :

— Mais qu'est-ce que tu fais ?

— Arrête ça, Morgane. C'est ridicule...

— Mais non !

Elle revient contre lui, empoignant à nouveau son sexe. Il l'attrape par l'avant-bras avec rudesse.

— Arrête !

Une vague de déception profonde balaie les yeux verts de la lycéenne quand elle réalise qu'il ne plaisante pas.

— Mais tu ne peux pas arrêter maintenant ! J'en peux plus, moi !

Pour illustrer sa protestation, elle prend alors la main libre de l'homme et la glisse entre ses cuisses, où les doigts masculins se couvrent de cyprine brûlante au contact de la corolle ouverte de sa vulve. Un éclair de désir violent traverse le membre masculin qui tressaute dans la main captive de Morgane. Hughes braque son regard rendu trouble par le désir sur la jeune femme.

— Qui te parle d'arrêter ?

Un vent d'affolement traverse les traits parfaits du visage juvénile.

— Non, on ne peut pas. Pas avant. Surtout pas ici.

Il ne comprend plus rien à ce qu'elle lui murmure dans le cou, ses histoires de choses à faire ou à ne pas faire qui porteraient malheur. C'est à son tour de la faire reculer, de se saisir d'elle, d'embrasser son cou délicat, de prendre ses fesses à pleines mains avides tandis que l'ogive humide de son gland s'enfonce dans le nombril de la jeune femme, cherchant déjà à la pénétrer. Lorsqu'elle est acculée au talus, il s'arc-boute pour glisser ses mains entre ses genoux. Il lui écarte ensuite les jambes en la soulevant contre la paroi de terre, se glissant sous elle et laissant alors retomber le bassin de la jeune femme pour l'empaler sur toute la longueur de son membre palpitant, lui arrachant un feulement rauque. L'étreinte ne dure que deux ou trois minutes et, lorsque la libération est proche, il lui demande dans un dernier souffle de conscience si elle prend la pilule. Les yeux perdus dans la houle du plaisir qui fouaille ses entrailles, elle tourne la tête de droite à gauche en signe de dénégation, haletant à la façon d'un chiot. Il la libère à regret mais sans ménagement, comme si sa peau était devenue trop brûlante pour en souffrir le toucher. La lycéenne se laisse alors choir par terre, les yeux mi-clos et son visage juvénile déformé par l'intensité du plaisir qui la submerge, sa bouche charnue ouverte dans un soupir animal. Elle ouvre les yeux sur le pieu de chair luisante dressé devant elle et murmure : « Viens dans ma bouche. »

C'est à son tour de secouer la tête en guise de non. Lorsqu'elle s'avance vers l'objet de sa convoitise, il préfère fermer les yeux. L'ovale délicat, tendre et humide des lèvres ourlées glisse sur son gland, s'enfonce sur la hampe tandis que la râpe malléable de la langue féminine électrise son frein.

Non. Non. Non.

Le plaisir l'assaille de coups fulgurants et répétés à travers le bassin. Hughes gémit et grogne à la façon d'un homme qui souffrirait. Ses jambes ne semblent plus vouloir le porter et il chancelle, la respiration courte et douloureuse, de minuscules points lumineux dansant devant ses yeux écarquillés. Il tend les bras pour trouver un appui sur la paroi terreuse et, lorsqu'il baisse la tête, Morgane lui sourit. La pointe rose de sa langue chargée de semence laiteuse effectue des cercles rapides sous son gland tandis qu'elle lui flatte les testicules, prolongeant son plaisir sauvage. Il referme les yeux.

Qu'est-ce que tu as fait, Hugo ? Qu'est-ce que tu as fait, bordel ?

Il se laisse tomber au sol à son tour, sonné par la force du plaisir. Les deux amants s'observent en silence, les yeux grands ouverts et brillants, les tempes luisantes, leurs poitrines se gonflant et s'abaissant au rythme de leur respiration bruyante qui résonne dans le cercle des rochers. Ni l'un ni l'autre n'ont remarqué la troisième présence humaine qui s'est glissée à la Combe aux Loups. Trente mètres plus haut, sur un chemin de muletier qui mène aux grottes ceignant la coiffe de ce versant, un homme les observe depuis l'abri d'un tronc. Il a posé un panier d'osier contenant des champignons à ses pieds. Lui aussi a le souffle court après la séance de voyeurisme qu'il vient de s'octroyer. Une main rêveuse et nostalgique palpe son entrejambe à travers le tissu épais du pantalon.

Sacrée garce de Martin… Aussi chaude que sa mère…

La lycéenne se lève d'un bond souple et quitte la zone rocheuse sans un regard pour le mâle qu'elle a mis à terre. Quelques secondes plus tard, le clerc perçoit un bruit d'éclaboussures venant du bassin. Il n'a pas récupéré mais il fait l'effort de se lever tant que l'adrénaline pulse encore dans ses veines. Le maillot de bain est au pied de la louve de roche lubrique, mais la double perspective de devoir se baisser et de s'approcher à nouveau de l'orifice borgne lui répugne et il quitte à son tour le cercle granitique dans son plus simple appareil, pour aller piquer une tête dans le bassin dont la fraîcheur attendue constitue à cet instant la promesse d'un bonheur ultime.

15 h 07. Coopérative agricole

Elle ferme les yeux, rien qu'un bref instant, et convoque aussitôt d'innombrables souvenirs associés à ce mélange d'effluves où domine celui du grain tiède chauffé par le soleil sous les vastes hangars de tôle. Un marqueur olfactif récurrent dans sa vie de fille et de petite-fille d'agriculteurs, devenue agricultrice à son tour. C'est l'odeur du solstice d'été, de la moisson, des journées sans fin sur les machines où les pannes sont réparées en plein champ à la lueur des phares ou des torches électriques. L'époque des veillées tardives entre cousins quand on est enfant, des dîners nocturnes aux grandes tablées, aux faces rougies par le soleil et aux corps perclus de saine fatigue pour les adultes. C'est la période de l'année où l'on récolte, où l'on remplit, où l'on engrange et où l'hiver est une certitude lointaine.

Virginie Girard rouvre les yeux et avance jusqu'à la porte vitrée donnant sur la partie dédiée au magasin. Ses parents sont décédés, ses cousins ont choisi d'autres voies que celle de la terre et ses frères et sœurs sont tous restés dans l'Indre, éparpillés entre la Brenne et la Champagne berrichonne. L'été est fini et sa famille se compose à présent de trois personnes. Aux Milouins, la grande table est souvent vide et les dîners silencieux. Sébastien ne sera pas un agriculteur. Chaque jour elle assiste à un nouvel épisode du conflit interne qui taraude son fils, entre la pression d'Hippolyte, qui ne veut pas voir passer les terres des Girard dans un autre giron et place tous ses espoirs de continuité sur le jeune homme, et les propres espoirs de celui-ci, tournés vers la chasse et ses retombées lucratives. Elle a vu qu'il a entouré à plusieurs reprises des petites annonces dans un de ses magazines de chasse. Des offres d'emploi, pour beaucoup situées en Sologne. Pour l'instant, son fils n'a pas donné suite mais elle sait qu'un jour il partira pour cet eldorado cynégétique.

La blonde traverse les rayons de sacs de semis, de granulés et d'autres produits phytosanitaires pour gagner le comptoir, où Thierry Chervain, l'employé de la coopérative, discute avec le vieil Émile. À son arrivée, les deux hommes se taisent, mais Virginie capte la lueur égrillarde dans les yeux de l'homme derrière la caisse.

— Eh ben, messieurs, encore en train de raconter des grivoiseries ?

Émile tourne sa face ridée et mal rasée vers elle, une Gitane éteinte collée à ses lèvres sèches. Elle reste à bonne distance car le vieux gars a tendance à sentir le bouc, surtout par beau temps comme aujourd'hui.

— C'est point des cochoncetés. J'racontais comment que j'ai été aux champignons c'matin.

— Ah ? La cueillette était bonne, alors ?

— Ma foi, pas trop mal. Faut dire que y'avait un beau clair de lune.

Le vieux adresse un coup d'œil complice au vendeur depuis l'ombre de sa casquette crasseuse et les deux hommes se bidonnent tandis que Thierry plonge dans sa caisse pour en sortir la monnaie qu'il tend à son compère. Une main constellée de taches de vieillesse et déformée par l'arthrite fait disparaître pièces et billet dans la poche intérieure d'une veste de velours élimée et trop courte.

— Qu'est-ce que t'as vu, encore ?

Le « encore » n'est pas anodin dans la question de l'agricultrice. Le vieil Émile s'est fait une spécialité d'être là où personne ne l'attend, toujours en train de fouiner, de chiner, de ramasser ceci ou cela, de laisser traîner un œil par-ci ou une oreille par-là, et d'être ainsi au courant de tout avant tout le monde.

— Oh, c'était pas désagréable, et bien vivant ce coup-ci.

Émile fait allusion à ce qui est survenu aux Brosses il y a deux ans. Des touristes avaient fait une sortie de route et un enfant avait été éjecté du véhicule. Blessé et en état de choc, le gamin s'était éloigné de la voiture dans laquelle ses parents avaient été tués sur le coup. C'est Émile qui avait trouvé son corps le lendemain alors que les recherches s'organisaient. Cette tragédie colle désormais à sa peau burinée et à sa démarche d'ours famélique. Il sait qu'il restera au village, et ce jusqu'à sa fin, le messager de la Faucheuse, celui qui a retrouvé le petit vacancier perdu, dernier épisode macabre d'une tragédie qui a marqué le village, même si cette famille y était inconnue de tous.

Encore plus que Virginie, Thierry, qui est père de deux jeunes enfants, ne souhaite pas s'appesantir sur ce souvenir et il enchaîne, railleur :

— Comme si tu t'y attendais pas, hein ? Aller aux champignons à la Combe aux Loups par un soleil pareil ? Pour sûr que tu y as été exprès, vieux saligaud.

Émile baisse la tête et fouille son pantalon à la recherche d'un briquet. Virginie comme Thierry savent que ce geste typique chez lui est l'aveu en soi d'une culpabilité peu mystérieuse, sa tendance à fureter n'allant pas sans un penchant affirmé pour le voyeurisme.

— Et alors, qui est-ce que tu as surpris à la Combe ?

L'agricultrice se demande pourquoi elle pose cette question. Elle n'a cure des ragots sur les relations fluctuantes des rares jeunes du village, et la Combe aux Loups demeure pour elle un rituel étranger auquel elle n'a jamais participé, déjà trop âgée pour aller s'y baigner quand elle a connu Rémi. Le vieux fait comme s'il n'avait rien entendu et tire de petites bouffées sur son mégot exposé à la flamme, ravi toutefois de cet intérêt féminin. Elle qui n'a jamais fumé, cela l'agace un peu que Thierry laisse faire le vieux dans le magasin, mais Émile est de cette génération d'antiques ruraux pour qui l'interdiction de fumer à l'intérieur est juste une aberration inconcevable, preuve irréfutable que ce monde marche désormais sur la tête et que les jeunes sont tous des « couilles molles ». Chervain répond pour lui :

— La fille Martin.

La lueur dans son regard et la tension dans ces quelques mots disent tout sur la façon dont il envie en secret le ramasseur de champignons. Les traits de la femme se ferment.

— Ah. Et c'était qui avec elle ?

Les deux hommes remarquent de concert la sécheresse du ton de l'agricultrice, qu'ils attribuent à la rivalité entre les Girard et les Martin. Virginie attend la réponse avec fébrilité, espérant que ce ne soit pas Sébastien, même si cette pensée est absurde et révoltante.

Comment pourrait-il, maintenant qu'il sait que c'est sa demi-sœur ?

Hippolyte lui a assuré que les deux jeunes ont rompu, et l'attitude de Sébastien depuis quelques jours semble le prouver. Il déserte la ferme, passe ses journées on ne sait où, et elle a remarqué qu'il sent souvent l'alcool quand il rentre. Émile met un terme à son angoisse :

— Ce comédien-là, je l'connais point. Pas un gars du coin.

Eh bien, elle aura pas mis longtemps à tirer un trait sur leur histoire et à remplacer le Sébastien.

En dépit de cette réaction initiale, Virginie s'en moque. Cependant, une sensation de malaise reste nichée au creux de ses viscères. Elle espère que cette fille n'aura pas la mauvaise idée de s'afficher partout avec un autre homme dans l'immédiat, pas tant que Sébastien n'aura pas fait le deuil de leur amour malheureux et maudit.

— Elle n'est pas censée être à l'école de ce temps-là, celle-là ? demande le père de famille en sortant un calepin de sous son comptoir. C'est pas les vacances pourtant.

— Bah, e'f'sait son éducation sexuelle. On peut point tout faire.

Le large sourire qui étire les lèvres arides et craquelées

d'Émile traduit le flux d'images qui se recomposent dans son esprit à cet instant. La façon dont l'homme a pris la fille Martin debout dans les rochers de la Mère Leu l'a impressionné. Il croyait qu'on ne voyait ça que dans les films. L'ancien lâche dans un murmure, avec autant de respect que de regret :

— J'me demande si c'est pas ce touriste qu'a loué le gîte des Brosses. C'notaire qu'était v'nu chez le Pascal.

Ni le vendeur, penché sur son carnet à souche, ni le vieil homme, perdu dans ses pensées et la contemplation d'une jeune Scandinave, accroupie et authentiquement blonde, s'étalant sur la page du mois d'octobre du calendrier d'un fabricant de tronçonneuses accroché au mur, ne remarquent alors le visage de Virginie Girard. L'agricultrice a blêmi et son cœur a effectué une ruade vicieuse dans sa poitrine sous la cotte de travail. Elle n'écoute plus les deux hommes qui enchaînent deux ou trois commentaires supplémentaires et lutte pour ne pas s'effondrer devant eux, ne pas céder à la rage ou au désespoir.

— Sûr qu'une fille comme elle, ça donne envie de rester dans la région.

— Si j'avais vingt ans de moins…

— Et moué cinquante !

L'esprit de Virginie est aussi blanc que son visage. Un seul mot y tourne en boucle, telle une épée chauffée à blanc cuisant des chairs vives :

Le salaud… Le salaud… Le salaud… Le salaud !

Elle signe le registre tendu par Chervain. Les nombres qui y figurent n'ont plus aucune importance à cet instant. Virginie essaie de se composer un visage neutre pour donner le change et salue les deux hommes avant de prendre la direction de la cour goudronnée. Une fois dehors, elle cligne des yeux face à un soleil qui vient de lui voler ses derniers espoirs. Elle adresse un petit signe de main à Philippe Ferrand, debout dans l'ombre du hangar, avant d'ouvrir la portière de son tracteur. Il lui a mis la main aux fesses tout à l'heure, façon de signifier qu'il aimerait bien renouveler leur étreinte furtive de l'été dernier dans la moiteur d'un silo à grains encore vide. Elle regrette à présent d'avoir repoussé son avance en pensant à ce porc de petit notaire minable. Malgré la distance et l'ombre portée sur le visage du neveu de Serre-pattes, elle décrypte son attente de mâle dans la rigidité de sa posture faussement nonchalante, les mains dans les poches de son jean couvert de maïs broyé, son regard braqué sur elle, un léger sourire barrant sa mâchoire carrée.

Virginie lui renvoie un sourire forcé et grimpe dans la cabine du John Deere. Une fois assise sur le siège fatigué, ses deux mains agrippent le volant, maigre bouée familière à laquelle elle tente de se raccrocher pour ne pas sombrer, des larmes montant déjà au coin de ses yeux. L'agricultrice démarre le tracteur et entraîne la remorque vide dans un bruit de ferraillement sinistre.

16 h 52. Résidence Les Cèdres

Hughes observe l'ensemble de bâtiments peints en blanc de l'autre côté d'une vaste pelouse séparée en deux par une large allée gravillonnée. Une voix intérieure lui demande ce qu'il vient faire ici, mais la révélation de Morgane concernant les frères Girard a réveillé en lui une curiosité malsaine.

Après leur retour de la Combe et la disparition de la lycéenne, aussi soudaine que son apparition matinale, il a essayé de s'occuper l'esprit, de penser à Virginie, à une recette de cuisine, à une visite possible dans les parages, mais la vision du corps nu de la rouquine sauvage le hantait. Pour ne pas admettre qu'elle lui manquait déjà, le Nantais en exil a préféré prendre la voiture et rouler, d'abord sans but, puis en direction de la maison de retraite : après s'être arrêté à l'entrée d'un chemin pour en chercher l'adresse sur son téléphone, il a constaté qu'il ne pouvait localiser qu'une seule résidence de ce type à moins de cinquante kilomètres. Il a appelé et on lui a confirmé la présence d'un résident nommé Bouquin. Eugène Bouquin. Il s'est dit qu'il devait vérifier les dires de la lycéenne, et en informer l'agricultrice le cas échéant.

Quand il se présente à l'accueil, il doit patienter un long moment après avoir appuyé sur une sonnette en plastique collée au comptoir. Une brune d'une quarantaine d'années vêtue d'une blouse bleu ciel, dont il ne sait si elle est celle d'une aide-soignante, d'une dame de cuisine ou de ménage, vient à sa rencontre et le mène auprès du dénommé Bouquin après un échange bref, faisant chuinter les semelles de ses sabots en plastique sur le linoléum usé des couloirs. Le vieil homme est assis dans la salle télé, une canne en bois calée entre les jambes trop larges d'un pantalon de toile gris que seuls les très vieux messieurs d'origine modeste portent désormais. Il est chauve et arbore une bouille ronde et fripée, avec de petits yeux profondément enfoncés dans des replis de chair sèche. Ses deux mains décharnées dépassent des manches d'un gilet de laine boutonné sur une chemise à carreaux, posées bien à plat sur les accoudoirs.

— Bonjour, monsieur Bouquin.

Le résident braque ses petits yeux sur lui. Le fantôme de l'incertitude et la crainte de ne pas reconnaître un proche s'y lisent très vite. Hughes tient à le rassurer :

— Vous ne me connaissez pas. Je suis le clerc de l'étude de Maître Desbarres, à Nantes. J'aimerais discuter avec vous de la famille Girard.

Le visiteur lui tend une carte que le petit vieux observe sans pouvoir la déchiffrer.

— Les Girard des Milouins ?

— Oui, tout à fait.

Eugène sourit, comme s'il avait satisfait à quelque épreuve complexe, et le clerc est rassuré de son côté sur la mémoire du vieil homme. Dans son dos, son accompagnatrice l'est aussi. On entend le chuintement de ses Crocs qui va en s'éloignant. Le vieux convoque déjà ses souvenirs par brassées entières :

— Ah, oui, les Girard. Le vieux père Girard, qu'est mort en soixante-dix-huit, ou dix-neuf. Hippolyte, qu'est parti au régiment en Afrique. Et pis l'Rémi, qu'est mort lui aussi. Il a marié une fille de Châteauroux. Une bonne fille qu'est dure au mal.

— Oui, ce sont eux.

— Et qu'est-ce tu veux savoir sur les Girard, mon gars ?

Hughes jette un regard de conspirateur autour d'eux.

— On m'a dit que l'accident de Rémi Girard n'en était pas un.

L'ancêtre se renfrogne, même si la lueur dans ses yeux trahit son intérêt.

— J'aime point dire du mal des gens. Surtout à des inconnus.

Hughes indique d'un geste du menton sa carte de visite dans la main droite du résident.

— Je ne suis plus vraiment un inconnu. Et tout ce que vous me direz restera de l'ordre du secret professionnel.

— Qui qu'c'est qu'est mort ? C'est l'Hippolyte ?

— Non, personne n'est mort, monsieur Bouquin.

— Alors pourquoi qu'tu veux savoir ça, si persoune n'est mort ?

Vieille bourrique.

Le clerc écarte un pan de son blouson et fait apparaître une petite bouteille de rhum de cuisine de cinquante centilitres. C'est tout ce qu'il a pu trouver dans une supérette sur la route qui puisse tenir dans sa poche intérieure.

— Dites, Eugène, on ne doit pas souvent vous servir l'apéro, ici ? Non ?

Le résident se renferme encore un peu plus, baissant les épaules, l'air abattu. Le Nantais se penche vers lui :

— Je vous la laisse si vous me racontez la vérité sur les Girard.

Un sourire réapparaît sur la face ronde et plissée, traduisant une joie presque enfantine.

— Toi, t'es un bon gars. Si j'pouvais avoir plus de visites de gars comme toué, au lieu des arcandiers qui me servent de gendres. Un homme devrait pas avoir que des filles, c'est ben trop d'soucis pour pas grand-chose.

Rassuré, Hughes va chercher une chaise en plastique dans un coin de la pièce et vient se placer à côté du vieil homme. Les quatre autres résidents présents dans la pièce ne les dérangeront pas beaucoup : trois d'entre eux somnolent et la quatrième est rivée au poste de télévision, à moins de deux mètres de celui-ci. Hughes est certain que la vieille dame ne l'a ni vu ni entendu.

Le clerc quitte le vieil homme dix minutes plus tard. La bouteille de rhum est passée discrètement d'une poche intérieure à l'autre au moment des salutations. Hughes avait pris soin d'en vider la moitié en sortant de la supérette, et d'en compléter le niveau avec de l'eau minérale, histoire que l'ancien ne fasse pas un malaise ce soir dans sa chambre après s'être enfilé un demi-litre de rhum cul sec. De toute façon, la carte de visite qu'il a laissée à Eugène Bouquin est celle d'un artisan plombier de Loire-Atlantique qui traînait dans la boîte à gants du véhicule de l'étude. Un sentiment de culpabilité le travaille tandis qu'il traverse la longue allée gravillonnée menant au parking.

Pauvre vieux. Après tout, tu aurais peut-être mieux fait de lui laisser la bouteille d'alcool intacte. Qu'il parte dans une dernière cuite plutôt que de crever à petit feu dans cette prison pour vieux séniles.

Sur le chemin du retour, il pense à ce que lui a confié l'ancien garde champêtre, les visages d'Hippolyte et de Rémi en tête. Si celui du frère aîné est vivace et palpable, celui du disparu est en partie imaginé d'après les rares photographies de médiocre qualité qu'il a pu voir dans la maison des Milouins. Il se demande ce qu'il va faire de ces informations, et à quoi riment ces façons de fouineur. Rien ne ramènera Rémi Girard d'entre les morts et les dires du vieil Eugène, même s'ils sont circonstanciés et crédibles, sont invérifiables et non recevables devant la justice.

Virginie doit-elle savoir ? Ai-je le droit de détruire une famille déjà réduite et isolée ? Tout ça pour quoi ?

Pour le plaisir de détruire à mon tour ?

Pour me venger de Nathalie sur des gens qui n'y sont pour rien ?

En repassant devant la supérette, il s'est arrêté à nouveau pour faire quelques courses impulsives, s'achetant des victuailles, du vin et deux bouteilles de whiskey. Le vendeur l'a reconnu, mais n'a fait aucun commentaire, et Hughes n'avait pas envie de parler. Il est plus de dix-huit heures lorsqu'il est de retour aux Brosses. Une fois à l'intérieur, il pose son blouson sur le dossier d'une chaise en Formica près de la table de salon et s'empare de son téléphone pour composer le numéro de Virginie. De longues sonneries résonnent sur la ligne et il s'apprête à raccrocher quand la voix féminine prononce un « allô ? » sans joie.

— Oui, bonjour, c'est Hughes.

— …

— Allô ? Virginie ?

Il décolle l'appareil de son oreille pour en observer l'écran et vérifier que la connexion n'a pas été coupée, puis lance un nouvel « allô ? ».

— Comment est-ce que tu peux oser m'appeler ?

La voix de l'agricultrice est glaciale et tranchante.

— Pardon ?

— Tu as passé une bonne journée ?

— Euh, oui… ça va.

Elle émet un rire méchant et moqueur.

— « Oui, ça va. » Espèce de minable. Tu sais qu'elle va encore au lycée ?

Sonné, le clerc réalise qu'elle sait. *On les a vus.* Son cœur s'accélère et sa bouche devient sèche. Virginie poursuit, hargneuse :

— Alors, tu ne dis rien ?

— Non, mais attends, Virginie…

— Attends quoi, tu as sauté la fille Martin à la Combe aux Loups ou tu l'as pas sautée ?

— …

— Pauvre type. D'habitude c'est à quarante-cinq ans que les hommes deviennent définitivement pathétiques, mais toi, tu vois, tu as déjà dix ans d'avance… Ta femme a bien fait de s'en aller, et j'espère qu'elle t'a trompé avec toute la ville avant ça. Ne m'appelle plus jamais et ne mets plus jamais les pieds aux Milouins, sale connard. Si Pascal Martin n'est pas encore au courant, ça ne saurait tarder. J'espère qu'il va venir te casser la gueule !

Elle raccroche et Hughes contemple son téléphone, blême et interdit. Il passe une main nerveuse dans ses cheveux et dépose l'objet sur la table, mesurant l'ampleur du gâchis. Il fait le tour de la table, une fois, deux fois, puis dans l'autre sens, avant de réaliser que sa déambulation est stupide. Il va chercher un verre près de l'évier et rapporte la bouteille de rouge entamée lors du dîner avec l'agricultrice, avant de s'asseoir à table. Une pensée horrible lui vient alors à l'esprit : *Et si c'était Morgane qui avait tout manigancé ? Et si elle s'était arrangée pour qu'on nous voie ? Pour se venger des Girard, de Sébastien qui l'a laissée tomber à cause du vieux ?*

Les dernières paroles lancées par Virginie en guise de menace cheminent sous son crâne, et Hughes finit par se lever pour aller fermer la porte d'entrée à clef, jetant au passage un œil anxieux en direction du dehors à travers la fenêtre au-dessus de l'évier.

22 h 37. Les Milouins

Sébastien traverse le couloir sombre qui mène aux chambres. Il a bu, mais n'est pas ivre. Il compte même se lever tôt demain, afin d'aider sa mère. Il a déjà raté la première journée d'ensilage et il s'en veut d'avoir oublié ce moment, d'avoir laissé sa mère s'en charger sans son aide. Il a décidé de cesser de se tourmenter et d'accepter son sort. Morgane est sa demi-sœur. Il est heureux de l'avoir appris avant que cela ne devienne irrémédiable et il ne l'imagine déjà plus sous les traits d'une jeune femme désirable, mais comme une bouture sauvage de la famille Girard. Peut-être plus comme une cousine proche et complice que comme une véritable sœur, mais cela viendra sans doute, un jour. Il devra lui dire la vérité, plus tard, pour qu'elle cesse de le voir comme un menteur et un lâche qui aurait brisé toutes leurs jeunes promesses sans raison.

Un sanglot étouffé le fait s'arrêter au niveau de la chambre de sa mère. La porte est entrouverte et la lumière tamisée d'une lampe de chevet dessine une raie verticale sur sa silhouette tapie dans l'ombre, immobile. Il entend des pleurs et son cœur se crispe aussitôt. La dernière fois qu'il a vu sa mère pleurer, c'était après l'accident de son père, quand les employés des pompes funèbres aux mines sévères avaient fait glisser le cercueil brillant dans le caveau familial à l'aide de cordes épaisses et rugueuses. Lui aussi, il pleurait, mais les larmes et le désespoir vibrant de sa mère dans ce cimetière étroit avaient constitué le point d'orgue de sa douleur d'orphelin, l'injustice finale.

Il pousse la porte avec précaution, ne voulant pas faire

une intrusion déplacée dans sa vie privée. Elle est assise devant sa coiffeuse, transformée depuis longtemps en bureau d'appoint pour l'exploitation. Son PC portable est allumé et elle porte un mouchoir en papier à ses yeux rougis. Ses cheveux sont encore mouillés de la douche tardive qu'elle a prise et elle porte une vieille robe de chambre usée sur son pyjama habituel, un des derniers cadeaux de son père.

— Ça va, m'man ?

Elle tourne la tête dans sa direction et il s'attend à un sourire forcé, quelques mots pour le rassurer, mais sa tristesse est telle qu'elle fond à nouveau en larmes à sa vue. Sébastien s'approche de Virginie, pose ses mains sur ses épaules et se penche pour embrasser sa joue humide, jetant un œil rapide au passage vers l'écran de l'ordinateur qui affiche la page d'accueil d'un site de rencontres sur lequel elle est inscrite depuis un an.

— Qu'est-ce qu'il y a, m'man ? C'est encore un de ces cons qui se moque de toi sur ton site, là ?

Il lui a dit plusieurs fois que cette démarche était illusoire, qu'Internet n'était dans ce domaine qu'une version moderne des anciennes agences matrimoniales, oscillant entre escroquerie et proxénétisme, tout ça sur le terreau fertile de la solitude généralisée, mais elle a persisté à essayer d'y rencontrer des « gens bien ». Pour couronner le tout, il a fallu que des émissions de télévision commanditées par des Parisiens frustrés en rajoutent en faisant passer tous les agriculteurs pour des demeurés et en se moquant ouvertement de la solitude dans le monde rural. La seule mention du mot « agricultrice » dans son profil suffit à attirer toute une clique de crétins dont l'unique objectif consiste à lui laisser des dizaines de messages moqueurs ou insultants sur la base de cette seule référence culturelle admirable.

Virginie secoue la tête dans un sanglot. Sébastien s'agenouille alors auprès d'elle et la serre dans ses bras.

— J'aime pas quand tu pleures, m'man.

Elle reprend son souffle et passe un bras autour de son fils.

— Heureusement que tu es là, toi. J'ai au moins un homme qui m'aime.

Le jeune homme lève la tête et croise un sourire timide et fragile dans un visage ravagé.

— C'est le notaire, c'est ça ?

Elle voudrait résister, mais le sourire s'efface et laisse place à de nouvelles larmes, à de nouveaux sanglots. Sébastien augmente son étreinte, comme s'il voulait arracher un peu de chagrin maternel pour s'en emparer.

— Je t'avais dit, m'man, qu'y fallait s'en méfier. Y se croit meilleur que nous, mais c'est qu'un fouineur et un lâche.

L'agricultrice se calme et reste silencieuse, à l'exception de quelques reniflements.

— J'espère qu'il ne t'a pas manqué de respect quand il t'a laissée tomber ? Dis-le-moi, s'il faut, moi je vais le voir, cet enfoiré…

— C'est moi qui l'ai laissé tomber.

Virginie réfléchit aux mots de son fils, désormais plongé dans la perplexité. Plutôt que de compter sur une réaction tardive de Martin, et peu certaine, elle sait qu'elle pourrait compter sur Sébastien. Elle passe une main dans ses cheveux.

— Tu sais ce qu'il a fait, ce minable ?

— Non.

— Eh bien, figure-toi qu'il était à la Combe aux Loups ce matin. Avec une autre. Comme si de rien n'était. Comme si on n'avait pas dîné ensemble la veille. Et tu sais quoi ? Il a même osé me rappeler ce soir, la gueule enfarinée, pour savoir si on pouvait se voir.

— L'enfoiré !

Alors qu'il regarde sans y faire attention les pans pelucheux de la robe de chambre de sa mère, Sébastien est pris d'une sourde angoisse. La Combe n'est pas facile d'accès, même depuis le gîte des Brosses. Il faut connaître le coin pour y descendre par là. Qui est la fille qui l'a emmené là-bas ? Il repense à leur passage à la boulangerie le lendemain de l'orage, à leur discussion sur Mélanie au bistrot. Cela pourrait être elle, avant l'ouverture de la boulangerie à dix heures. Son battement cardiaque s'est accéléré et une crispation vicieuse lui vrille les intestins.

— Et c'était qui, l'autre ?

Virginie a senti la brusque tension qui s'est emparée de son fils. Elle hésite alors, et crée sans le vouloir un suspense malvenu en la circonstance.

De toute façon, l'histoire va faire le tour du village. Il vaut mieux qu'il l'apprenne par une bouche aimante.

Quand la voix de l'agricultrice met un terme au silence angoissant qui s'est installé, elle résonne à leurs oreilles comme une sentence de mort :

— Ta demi-sœur.

Sébastien se raidit de tout son corps et elle mesure sa souffrance intérieure à la force dont son étreinte s'est chargée. Aucun son ne sort de la bouche du jeune homme pendant de longues secondes. Il a fermé les yeux, avant de les rouvrir aussitôt pour chasser les images de Morgane et du clerc, brûlantes et acides, en train de se baigner nus qui l'ont aussitôt envahi. Le jeune homme voudrait hurler ou pleurer, ou les deux à la fois. Quand il se relève, il est très pâle et ses petits yeux noirs brillent d'un éclat mauvais que l'alcool seul ne saurait expliquer.

— Mais pour qui il se prend, putain ? Pour qui il se prend ?

Virginie se mouche, avant de tirer les pans de sa robe de chambre sur sa poitrine. Elle se penche ensuite pour fermer les applications et éteindre le PC.

— T'inquiète pas, m'man. Il l'emportera pas au paradis.

Elle devrait protester, ou le mettre en garde, mais la femme blessée se contente de dire à son fils qu'elle est fatiguée et qu'elle va se coucher.

— Bonne nuit, Sébastien.

— Bonne nuit, m'man. Tu veux que j'vienne avec toi, demain ?

Elle secoue la tête et lui envoie une ébauche de sourire.

— Pas la peine. Les frères Philippeau vont me filer un coup de main jusqu'à la fin de la semaine.

Le jeune homme n'insiste pas et referme la porte sur lui, se retrouvant seul dans le couloir obscur. Seul face à sa rage, à sa frustration, à son dégoût.

8 h 26. Les Brosses

De son poste d'observation, l'ancienne ferme se dessine sous les traits d'une forme ramassée et noyée dans le brouillard dont les pierres noires émergent avec difficulté de larges bouquets d'orties chargées d'humidité. La visibilité est réduite à moins de cinquante mètres ce matin et lorsqu'il a mis le nez entre les volets de sa chambre sans les ouvrir, le jeune homme a considéré que c'était là un signe. La Nature lui offre une fenêtre d'action éphémère dont il faut savoir profiter. Il connaît les bois environnants et il sait que d'ici deux heures le brouillard se sera dissipé, ne subsistant que par quelques nappes opaques dans les points les plus creux comme la Combe aux Loups. S'il tient jusqu'à midi, il y paressera alors toute la journée, donnant au bassin et à ses rochers des airs de lande hantée.

Caché dans l'ombre des branches basses des arbres bordant la prairie sauvage qui monte en pente douce jusqu'au gîte, Sébastien Girard extrait de la poche de son jean une cagoule aux motifs camouflage. Il l'enfile et la positionne par touches successives pour que les orifices du tissu coïncident avec ses yeux et sa bouche. À sa ceinture, un long étui de cuir avec une grosse couture externe d'où émerge un manche en bois de cerf. Dans sa rage de la veille, il avait pensé à son fusil, à une décharge de chevrotines en pleine poitrine suivie d'une autre dans les parties génitales, mais les lueurs incertaines de cette aube humide ont transformé sa colère en une résolution glaciale et dépassionnée. Lorsqu'il s'élance à travers les hautes herbes de la friche, le dos rond et courbé, le regard braqué sur l'ancienne ferme à une quarantaine de mètres de lui, ses chaussures de travail usées, son jean, sa veste militaire issue d'un surplus de l'armée et sa cagoule pourraient laisser croire à un observateur éventuel que les collines boisées des environs ont été investies par des combattants de l'IRA.

Quelques instants plus tard, Sébastien est appuyé contre

les moellons inégaux du mur arrière du gîte. Il reprend son souffle sous la gouttière basse. Le chasseur a bu trois verres de goutte cul sec avant de se mettre en route, juste de quoi se donner un bon coup de fouet sans altérer sa lucidité ou ses réflexes. Il fait le tour de la maison en rasant les murs avec précaution, jetant au passage de rapides coups d'œil en bordure de la clairière pour s'assurer que personne ne traîne dans le coin. Quand il voit la gueule sombre du sentier obscur qui s'enfonce sous les arbres en direction de la Combe, il serre les dents et sent monter en lui une nausée haineuse. Arrivé à l'angle du pignon borgne, il remarque la table de jardin devant la maison. Une chaise a été tirée et des accessoires de petit déjeuner s'y trouvent. *Il est levé.*

Après un coup d'œil nerveux vers la route, Sébastien se penche pour surveiller la porte d'entrée. Celle-ci est ouverte. Il ne perçoit aucun bruit à l'intérieur. Il fait trois pas, en se baissant sous une haute fenêtre, et pénètre dans le gîte en tirant la porte sur lui. Il n'y a personne. Avec précaution, il enclenche la serrure et donne un tour de clef, ce qui provoque malgré tout un claquement métallique qui résonne dans la pièce vide.

Dans la cave, Hughes s'est immobilisé, croyant avoir entendu quelque chose. Il a chaussé des bottes de pluie, trouvées dans la remise encombrée, pour venir ausculter les vieilles étagères poussiéreuses en quête d'un pot de confiture, les deux pieds dans l'eau. Quand il tourne la tête en direction de la volée de marches menant à la cave, le Nantais constate que la lumière du jour qui y descendait a diminué.

Il y a quelqu'un. Une personne est entrée, et a fermé la porte.

Il réprime *in extremis* un appel. Le clerc a d'abord pensé à sa propriétaire mais les menaces de Virginie lui reviennent vite en mémoire. Le vacancier a bu plus que de raison hier soir, et l'excès de vin rouge de mauvaise qualité a rendu son sommeil haché et fébrile. Plusieurs fois, il a vu le visage de Pascal Martin surgir au-dessus de son lit.

Et si c'était lui ?

Hughes actionne l'interrupteur de sa lampe de poche, réduisant à néant la flaque jaunâtre de lumière qu'elle projetait juste devant lui. Le clic est dérisoire mais il craint malgré tout que l'autre l'ait entendu.

Pourquoi ton visiteur n'appelle-t-il pas ? C'est sûr que ce n'est pas madame Herblain.

Il n'ose plus bouger, à cause du bruit que pourraient faire ses bottes dans les vingt-cinq centimètres d'eau résiduelle. Le clerc perçoit un écho sourd et répété là-haut. Des pas dans la cuisine.

Quelqu'un te cherche, mais n'appelle pas.

Il réalise qu'il n'a aucun moyen de fuite. Si Martin descend, celui-ci le verra alors car il n'a nulle part où se cacher.

Pourquoi se cacher ?

Le Nantais progresse avec précaution dans la direction des marches. Il n'y a qu'un mètre cinquante à faire mais il déplace ses pieds à un rythme de vieillard sénile derrière son déambulateur, ne créant que des remous mineurs dans l'eau stagnante qui commence à croupir et à dégager une odeur de vase. Il se plaque ensuite contre l'étagère, à droite de la descente de cave, immobile et raide, le poing crispé sur le boîtier en plastique vert de la lampe rectangulaire, entièrement dans l'ombre à l'exception du bout de ses bottes, zébrées d'un triangle de lumière pâle.

Les gonds de la porte de la cave grincent au-dessus de sa tête. L'autre a compris qu'il est ici, mais toujours aucune tentative de communiquer. Les scènes de violence verbale dans la cour pluvieuse des Martin après la mort du chien de Girard lui reviennent en tête. Les menaces de mort à peine voilées. Les photos de Martin en opération quand il était militaire, accrochées chez lui.

Et s'il est venu avec une arme ?

Un éclair de raison le frappe alors et il décolle son dos de l'étagère. Le mieux est encore de se montrer.

Martin va te demander des explications et te demander de ne plus voir sa belle-fille, c'est tout. S'il le faut, tu t'excuseras.

Une série de pas rapides tambourinent sur les marches glissantes. Une paire de chaussures de sécurité usées et crottées s'est immobilisée à moins d'un mètre de lui. Au-dessus, un jean, dont les jambes sont mouillées jusqu'au-dessous du genou. Le bas d'une veste de treillis. Un doute l'assaille alors sur l'identité du visiteur, sans trop qu'il sache d'où vient cette hésitation. La taille, peut-être. Cette présence lui semble moins grande, moins corpulente. Dans un froissement à peine audible, le visiteur se penche dans l'ouverture de la voûte en pierre.

Il porte une cagoule !

Hughes se raidit en se renfonçant contre l'étagère, des pensées contradictoires en tête, une brusque injection de peur panique pulsant en lui. L'autre essaie d'accoutumer ses yeux à l'obscurité de la cave et tourne la tête sur sa droite, pour en explorer les recoins. Lorsque les plis du treillis sur ses épaules montrent qu'il va tourner son regard vers lui, Hughes lève un bras et l'abat de toutes ses forces, son pas brusque vers l'avant provoquant un bruit d'éclaboussures.

L'homme à la cagoule lâche un grognement rauque et s'effondre sur les marches. Il lève de façon instinctive une main sur son arcade ouverte tandis que l'autre se pose sur le manche du couteau à sa ceinture, son œil valide fouillant l'obscurité à la recherche de son agresseur.

Girard n'a le temps de dégainer que deux ou trois centimètres de lame nue quand le Nantais le frappe à nouveau au visage. Sonné, le jeune agriculteur lève ses deux bras devant lui pour se protéger et pousse sur ses jambes repliées, bousculant le clerc avant de s'étaler au pied des marches dans une gerbe d'eau froide et noirâtre. Reprenant son équilibre, Hughes se précipite sur lui, sautant sur son dos et appuyant de toutes ses forces sur la cagoule. Il pousse un cri sauvage de rage pure.

— T'es qui, putain d'enfoiré ? T'es qui ? Tu veux me crever ? C'est moi qui vais te buter, sale con !

Une fois sa colère provoquée par la peur passée, il sort le coutelas du fourreau à la ceinture de son agresseur et se relève. Le poignard en main, il recule sur les marches pour permettre à l'autre de se redresser et de s'identifier. Il lui faut plusieurs secondes pour comprendre que la masse inerte flottant les bras en croix sur le ventre ne se relèvera plus jamais.

Qu'est-ce que tu as fait, Hughes ? Qu'est-ce que tu as foutu, bordel ?

Ahuri, il contemple la dague de chasse dans sa main, avant de la jeter. Il remonte jusqu'à la cuisine, blême, le cœur cognant dans sa poitrine, sa respiration saccadée emplissant toute la pièce. Le clerc referme la porte de la cave et se met à tourner en rond en passant une main sur son visage, agrippant sa mâchoire, cherchant dans la réalité de ses sensations une preuve que tout ceci est bien réel, qu'il vient bien de tuer un homme. Quelqu'un dont il ne connaît même pas l'identité. Il cherche son portable du regard.

Il faut appeler la gendarmerie. Ce type s'est introduit chez toi avec une cagoule et un couteau.

Le clerc va dans la chambre et s'empare du téléphone sur la table de nuit en bois de rose. Il tape un, puis sept, mais son index reste suspendu au-dessus de la touche d'appel.

Tu aurais pu t'enfuir… tu l'as frappé, OK, mais ensuite ? Tu aurais pu remonter dans la cuisine et t'enfuir… ou même l'enfermer dans la cave et appeler les gendarmes… il y aura une autopsie… ils verront bien que ce n'est pas ton coup au visage qui l'a tué, mais qu'il s'est noyé… comment un homme adulte conscient peut-il se noyer dans vingt centimètres d'eau si on ne l'aide pas un peu ? Ton coup était pas assez puissant pour l'assommer… ils comprendront… au mieux, ils diront que tu l'as assommé et que tu l'as regardé mourir… ce n'est même plus de la non-assistance à personne en danger… au mieux, c'est un homicide involontaire… et s'il a des hématomes dans le dos… des traces de genoux… assassinat… il n'a même pas prononcé un mot… pas de menaces, rien… il n'avait pas sorti son couteau, non plus… il y aura tes empreintes sur son arme… peut-être les seules, d'ailleurs…

Une pensée effroyable lui vient alors à l'esprit, l'immobilisant au milieu de la pièce, le visage livide :

Et si c'est juste un chasseur qui s'est perdu ? Peut-être qu'il cherchait de l'aide, qu'il voulait juste passer un coup de fil ? Un accident de la route, ou un accident de chasse ? Il a peut-être eu peur, lui aussi.

Hughes lève les yeux au plafond, une main sur la tête, les traits ravagés par le drame qui vient de se produire et qui vient de faire basculer sa vie de façon irrémédiable.

Et si d'autres chasseurs arrivent ? Qu'ils le cherchent ?

Cinq à dix ans de prison, si tu appelles maintenant.

Il baisse les yeux sur l'écran de son téléphone. Il expire profondément et essaie de juguler les pensées irrationnelles qui l'assaillent.

Pas avant de savoir qui c'est.

Le clerc se tourne vers la porte de la cave. Sa faible hauteur, ses planches noires et vermoulues lui répugnent à présent, mais il va devoir malgré tout l'ouvrir, descendre les marches usées et humides, retourner ce cadavre flottant, toucher son visage mort pour en retirer la cagoule. Hughes se dirige à pas rapides vers l'évier pour y vomir les restes de son repas d'hier où surnagent des filets de vin rouge. Une fois calmé, il essuie sa bouche du revers de la main et fait couler l'eau pour dissiper la puanteur aigre de sa régurgitation et effacer toute trace de son forfait. Quand il ferme le robinet et s'oriente à nouveau en direction de la porte de la cave, il se sent un peu mieux.

3 h 30

Il ouvre les yeux. La lampe de chevet diffuse une lumière médiocre, faible et pisseuse, à travers la chambre au papier peint récent mais déjà attaqué par l'humidité. L'espace d'un instant trop bref, alors que son cerveau est encore ensuqué par les hormones du sommeil et les vapeurs d'alcool, il ne se souvient plus. Il se sent juste barbouillé et fatigué. Quand il s'assied au bord du lit, trop raide à son goût, une angoisse écrasante, débilitante, s'abat à nouveau sur lui lorsqu'il réalise où il se trouve, et dans quel contexte.

Putain, putain, putain.

Toute la journée il a prié pour que les heures passent et qu'enfin la nuit vienne mettre un terme à ce jour cauchemardesque. Le pire de son existence, enfermé et cloîtré dans ce gîte, avec le cadavre du jeune Girard à la cave. Lorsqu'il avait ôté sa cagoule au noyé, il avait compris que c'était encore pire que ce qu'il avait cru. Après le début de rixe à la boulangerie devant des témoins, après ses exploits à la Combe avec la fille Martin parvenus aux oreilles du village, personne ne voudra croire à l'accident. Il a tué un jeune du pays et tout le monde dira que c'est parce qu'ils se disputaient Morgane. Un rival qui l'a pourtant dépanné et hébergé. Qui l'a invité à la chasse. Dont il a couché avec la mère. Il n'ose même pas penser à Virginie, à la douleur qui l'attend. À cause de lui.

Ils voudront tous ta tête, les gendarmes les premiers.

Heureusement, personne n'est venu. Il ne sait pas s'il aurait été capable de donner le change. Il était déjà saoul à midi et a passé une bonne partie de l'après-midi dans un état semi-conscient.

Hughes se lève, allume la lampe de poche au boîtier fendu et tire la porte pour rejoindre la cuisine, n'osant pas braquer son faisceau malingre vers la porte de la cave, craignant qu'elle soit ouverte, que le cadavre se soit enfui, ou qu'il se jette sur lui d'un seul coup. Une des deux bouteilles de whiskey achetées avant-hier trône sur la table, aux trois quarts vide. Le Nantais pose la lampe allumée à côté de la bouteille et récupère son blouson sur le dossier de la chaise, avant d'aller s'emparer d'une paire de gants de jardin, eux aussi trouvés dans la remise, sur le plan de travail de l'évier.

Il expire en fermant les yeux et va se planter devant la porte de la cave. Il n'hésite pas très longtemps.

Il est toujours là.

Pour éviter que le cadavre ne se gorge d'eau, il l'a remonté le long des marches au cours de la matinée, après plusieurs whiskeys. Il lui a remis sa cagoule, devant derrière, pour ne pas croiser le regard du mort par inadvertance. Quand il se place plus bas que le torse et qu'il se penche pour le soulever, il constate que le corps est très lourd, et très raide. Impossible de le soulever pour le charger sur son dos. Il ne va pas pouvoir le descendre jusque là-bas de cette façon, comme il l'avait prévu. Le Nantais reprend son souffle en plaçant ses mains sur ses cuisses, en proie à un début de panique. Il n'a plus que trois heures devant lui.

Il a fallu que tu t'endormes, putain !

Ce n'est pas possible avec la voiture, pas par ce chemin. Il est presque certain qu'il y a un autre sentier donnant sur la route, mais il est trop tard pour le chercher et l'utilisation d'une voiture à cette heure-ci ne pourrait que lui faire courir un risque énorme. Il lui faut un autre moyen. Il pense au travois des Amérindiens, à la façon d'en bricoler un avec une porte, quand l'image de la vieille brouette appuyée contre le tas de bois à l'arrière du gîte s'impose à son esprit fébrile. Le clerc remonte les marches, déverrouille la serrure d'entrée et s'enfonce dans la nuit.

Quelques minutes plus tard, il se tient prêt derrière la porte d'entrée. Il a réussi à hisser le corps de Sébastien Girard sur la brouette. Ses jambes dépassent et viennent toucher le sol carrelé, mais qu'importe. Il a récupéré la dague et l'a remise en place dans son fourreau, avec beaucoup de difficultés car le cuir trempé a gonflé au cours de la journée. En contemplant les chaussures de sécurité portées par le cadavre, Hughes pense aux empreintes. Il hésite et tourne en rond en réfléchissant.

L'heure tourne, bordel !

Il a une idée et part à la recherche des sacs plastique fournis par la supérette. Après avoir vérifié qu'il a tout ce qu'il faut, il s'empare des bras de la brouette.

C'est là que tout se joue.

Il a quatre-vingts mètres à faire à travers l'herbe haute, jusqu'à la clôture détendue et l'entrée dans le sous-bois. Si une voiture passe sur la route, il risque d'être pris dans le faisceau des phares avec son coupable et macabre chargement. Le reste de sa vie va se jouer là, au cours de cette minute de traversée. Indécis, il relâche sa double prise et sort à l'extérieur, ouvrant la porte en grand. Aucun bruit sur la route. Seuls quelques craquements s'élèvent dans cette nuit presque sans nuage et sans lune. Les cimes des arbres s'agitent sous l'effet d'une légère brise.

Le cœur battant, il pousse la brouette au-dehors et se retourne pour verrouiller le gîte. Il repart, manœuvrant son fardeau avec difficulté, grognant et soufflant tandis qu'il lance l'engin dans les hautes herbes. Le corps raidi est malmené par l'inégalité du terrain et le visage du Nantais est vite barré d'une grimace de douleur quand ses triceps et ses muscles dorsaux sollicités avec trop de violence sont gagnés par une tétanie brûlante. Il ne peut pas se permettre de s'arrêter. Sa respiration est si forte et si saccadée à ses oreilles qu'elle exclut toute autre perception sonore. Il n'entendra rien si quelque chose s'approche par la route.

Plus que cinquante mètres.

La brouette lui échappe au passage d'un trou et se renverse dans ses jambes, le faisant tomber sur le cadavre. Une vive douleur explose dans son tibia gauche quand ce dernier vient heurter l'armature métallique qui protège la roue. Se retenant de crier et sujet à une répugnance presque hystérique à toucher la dépouille du jeune Girard, le clerc se dégage en roulant sur le côté dans l'herbe, avant de porter les mains à son tibia. Livide, les yeux roulant de douleur et de désespoir sous la voûte étoilée, il se dit qu'il vient de se fracturer la jambe.

16 h 46. Les Milouins

Debout près de l'évier, le vieil homme observe à travers la fenêtre l'estafette bleu marine qui vient d'entrer dans leur cour. En dehors du temps frais et couvert, il a l'impression de revivre la même scène qu'il y a douze ans, après l'accident. Il se tenait au même endroit tandis que les pompiers s'affairaient au pré de la mule, derrière la ferme, autour de l'engin de terrassement renversé, afin de dégager son frère cadet, déjà déclaré mort par le médecin-chef. Il savait que les gendarmes allaient venir et il les avait attendus, fumant en silence dans la cuisine. La Virginie était absente, tout comme aujourd'hui.

Lorsqu'il va ouvrir la porte d'entrée, il sait. Il ne peut en deviner les détails mais sa vieille âme de paysan a compris que le malheur a frappé les Girard, une nouvelle fois, et que les pandores ne sont que les messagers embarrassés de la Camarde. Ses intestins usés se nouent quand deux gendarmes descendent du véhicule et claquent les portières, laissant un troisième militaire à l'intérieur. Il reconnaît le plus âgé des deux hommes, un grand massif aux tempes grises et au ventre dissimulé avec peine sous la veste fermée. Le journal a annoncé son départ prochain. Une dernière corvée avant de prendre la route du Midi et de se rapprocher de sa Corse natale. Les deux gendarmes viennent se poster au pied des marches et le plus âgé prend la parole :

— Bonjour, monsieur. Major Périni, gendarmerie nationale. Vous êtes Hippolyte Girard ?

— Lui-même.

Le militaire scrute l'obscurité de la ferme par-delà la silhouette tassée du vieil homme.

— Madame Virginie Girard n'est pas là ?

— Non point. L'est au maïs. À la grande friche.

Le major hoche la tête, comme s'il attendait cette réponse.

— C'est au sujet de votre neveu, monsieur. Sébastien Girard.

— Si vous êtes là à me parler comme ça, c'est qu'il est mort.

Les deux gendarmes se regardent et chacun peut lire dans les yeux de l'autre la répulsion envers la mission qui les a portés ici.

— Nous sommes désolés, monsieur. Votre neveu s'est noyé au bassin de la Combe aux Loups. Un promeneur a découvert son corps à midi.

Le visage du vieil agriculteur prend une teinte terreuse et se ratatine, ses yeux s'enfoncent encore plus dans son visage sec, comme s'ils cherchaient à se soustraire au monde. Sous l'effet de l'angoisse et du stress, sa prostate lui joue des tours et il est pris d'une brusque envie d'uriner. Il voudrait protester, mettre en doute la version funeste, dans un dernier espoir que cela invalide la mauvaise nouvelle :

— Noyé ? À la Combe ? Bon D'jeu, qu'est-ce qu'y foutait là-bas ?

— On ne sait pas, monsieur. Il a été transféré au centre hospitalier, où vous et madame Girard pourrez aller le voir dès que vous le souhaiterez.

Les deux gendarmes s'observent à nouveau, mais le vieil homme est déjà trop reclus en lui-même, ébranlé par le choc et le désarroi, pour comprendre qu'ils lui cachent quelques éléments. Ils ont trouvé une bouteille d'alcool presque vide à la Combe et la photographie déchirée d'une jeune femme. Trop tôt pour évoquer avec la famille la possibilité d'un suicide, qui vient toujours ajouter le poids de la culpabilité au choc de la perte subite. Chaque douleur en son temps.

— Vous avez un moyen de locomotion pour vous rendre à l'hôpital, monsieur Girard ?

Hippolyte hoche la tête.

— Nous vous présentons toutes nos condoléances, monsieur.

Le vieil homme reste figé, le regard perdu dans le vague. Une de ses mains s'élève avec peine pour déloger sa casquette de sa tête, dévoilant son crâne lisse et blanc. Les mains osseuses se crispent ensuite sur la casquette au niveau de son ventre. Le major gravit la courte volée de marches et pose une main large et amicale sur l'épaule d'Hippolyte.

— Ça va aller, monsieur ? Venez, asseyez-vous.

Le gendarme repousse l'agriculteur dans la cuisine sombre et le fait asseoir à la grande table. Il lui demande ensuite s'il veut un verre d'eau et le vieil homme lève un doigt déformé vers le meuble à liqueurs. D'un signe de tête, le major enjoint à son subalterne d'aller voir et celui-ci ouvre la porte sur plusieurs bouteilles d'alcool.

— Je ne sais pas si l'alcool est une bonne idée, monsieur.

Il n'y a pas de reproche dans la voix du major Périni.

— Oh, j'veux point me saouler. Juste un remontant… avant d'appeler ma belle-sœur.

Le jeune militaire apporte une bouteille d'eau-de-vie qu'il dépose devant le vieil homme. Celui-ci se tourne vers l'évier, cherchant des verres du regard. Comprenant son attente, Périni pioche un verre à moutarde dans l'égouttoir et le pose sur la nappe cirée.

— Y faut vous prendre un verre aussi, messieurs.

Les deux gendarmes se regardent tandis que le vieil homme débouche la bouteille. Il fixe ensuite le major, ne lui laissant pas le temps de protester.

— Juste une goutte. À la mémoire du gamin.

La demande de l'agriculteur résonne dans la pièce comme une supplique et ses yeux ne traduisent plus qu'une crainte : celle de sombrer seul. Le militaire se retourne et s'empare de deux nouveaux verres. Consciencieux, Hippolyte ne leur verse qu'un centilitre de prune chacun, et s'en octroie le triple. Les trois hommes boivent dans un silence terrible, l'oncle se remémorant le visage souriant d'un adolescent, les deux militaires celui d'un corps flottant à la surface de la Combe aux Loups.

— Nous allons prévenir madame Girard.

Ce n'est pas une question, mais le militaire offre malgré tout l'opportunité à l'agriculteur de s'opposer à la décision. Face au silence prolongé d'Hippolyte, Périni poursuit :

— Vous avez un numéro où la joindre ? Un portable ?

Le vieil homme hoche la tête, ses mains crispées sur sa casquette. Il finit par se lever et se diriger vers le salon, d'où il revient avec un téléphone à simple écran à cristaux liquides, une paire de lunettes dans l'autre main. Le plus jeune enregistre le numéro énoncé par Hippolyte et les deux militaires quittent la cuisine après un « au revoir » auquel l'ancien ne sait pas quoi répondre. Il les suit jusqu'à la porte et regarde les deux gendarmes s'éloigner en silence, rejoindre leur camionnette et reprendre le chemin de la route après un demi-tour en deux temps. Dans le Trafic, le militaire resté à l'arrière lui jette un regard neutre par la vitre, observant ce vieil homme seul sur le seuil de sa ferme sans savoir qu'il est le dernier des Girard des Cinq Monts, le dernier d'une lignée séculaire, et qu'il sera appelé à le revoir bientôt pour constater l'extinction finale de leur vieille race paysanne semi-montagnarde.

La camionnette rejoint la route départementale en faisant ronfler son moteur fatigué. Dans l'habitacle, le major Périni passe un appel rapide à Virginie Girard, lui disant qu'ils ont besoin de lui parler. Il sent la tension et l'affolement dans la voix de l'agricultrice, mais obtient d'elle qu'elle lui indique sa localisation exacte, sans avoir à entrer dans les détails d'une nouvelle qu'on n'annonce pas par téléphone. Après quelques centaines de mètres, le conducteur braque deux fois à gauche, d'abord dans une route étroite au goudron inégal et creusé de nids-de-poule sur les bas-côtés qu'ils suivent pendant un court kilomètre, puis dans un large chemin de terre. Les militaires aperçoivent les machines agricoles dans le vaste champ de maïs qu'elles ont déjà dévoré en partie, la goulotte de l'ensileuse formant une potence inerte au-dessus d'une remorque presque pleine. Les moteurs sont coupés et les machines immobiles.

Ils nous attendent.

Les amortisseurs de la camionnette sont mis à l'épreuve

tandis qu'ils remontent le chemin où une silhouette féminine en cotte verte les attend en bordure, les mains déjà portées à son visage livide, ses grands yeux bleus rongés par une angoisse pure qu'elle sait déjà être sans espoir. Lorsque l'estafette s'immobilise à une dizaine de mètres d'elle, Virginie Girard capte le regard du major Périni à travers le pare-brise et elle comprend, fermant déjà les yeux tandis que des spasmes commencent à agiter sa poitrine et que les larmes montent à ses yeux, en même temps que s'élève un cri déchirant de dénégation. Quelques mètres derrière elle surgissent deux hommes à travers une ouverture dans la haie séparant le champ de maïs du chemin. Ils ont sauté des machines et une tension visible s'affiche sur les visages fermés des frères Philippeau. Ils restent en retrait, désemparés dans leurs bottes et leurs jeans crasseux, leurs pulls aux manches retroussées constellés de débris de maïs.

Dans l'habitacle, le major se tourne vers le conducteur, jeune promu de l'école de gendarmerie de Montluçon. Celui-ci ne s'est pas senti bien lors de la découverte du corps à la rivière, et son collègue a dû lui demander d'aller marcher un peu pour éviter qu'il ne vomisse son repas.

— Tu vois, Reinhardt, trouver un corps dans une rivière, c'est déjà pas terrible. Mais le pire, c'est ça : de devoir l'annoncer à la mère.

Périni descend du véhicule et se dirige sans hésiter vers Virginie Girard. Les mots sont peu nombreux et quand elle s'effondre à genoux dans le chemin, le militaire se penche pour la retenir, vite épaulé par les frères Philippeau. Dans le camion, les deux autres gendarmes échangent un regard gêné.

18 h 35. Gîte des Brosses

Hughes ouvre les yeux sur ses chaussures crottées. Il a mal au cou et réalise qu'il est allongé sur le futon rangé dans un coin de la pièce principale du gîte. Un sentiment d'insécurité l'agite tandis qu'il se redresse en grognant pour s'asseoir et se tenir la tête dans les mains. Son pied heurte une bouteille vide et celle-ci roule sur le carrelage usé et noirci. On frappe pour la seconde fois et il sursaute avant de fixer la porte d'entrée, tétanisé.

Un visage s'encadre dans la fenêtre au-dessus de l'évier, s'approchant de la vitre, les mains en coupe autour des yeux pour tenter de percer les mystères du gîte.

C'est elle, elle t'a vu.

Le clerc réfléchit à la possibilité de ne pas lui ouvrir, de signifier de façon claire son refus de la voir, mais il craint qu'elle insiste ou se mette à crier. Un passant pourrait la voir devant le gîte. On ne doit plus les voir ensemble. Il se lève et pousse un gémissement lorsqu'il est assailli par des courbatures vicieuses à l'arrière des épaules et au niveau des cuisses, séquelles de sa longue séance nocturne de brouette. Il grogne ensuite lorsqu'il pose le pied gauche au sol, victime d'un élancement douloureux au tibia, souvenir du choc lors de sa chute où il avait cru s'être brisé la jambe. Le Nantais marche avec raideur jusqu'à la porte et ouvre à la lycéenne.

— Salut !

Il la regarde à peine et s'assure surtout qu'il n'y a personne d'autre dans les environs.

— Entre.

— Vas-y, cache ta joie.

Morgane entre, un masque boudeur sur le visage. Il se retient de fermer à clef derrière elle.

— *Whoa*, c'est le boxon ici. Et ça sent le bouc !

— Si tu veux faire un peu de ménage, vas-y, je t'en prie.

Elle l'étudie quelques instants, remarque ses chaussures boueuses, son survêtement sale, ses cheveux ébouriffés et son haleine de cowboy. Un éclair de compréhension et de certitude s'allume dans ses prunelles dorées. Quand elle dit : « Je le savais », sa voix ne souffre aucun doute.

— Tu savais quoi ?

— C'est toi qui l'as tué.

Il pâlit, et c'est comme si la température de la pièce venait de chuter de plusieurs degrés.

Comment pourrait-elle savoir ? Pourquoi est-ce que cette gamine sait toujours tout sur toi ?

— Pardon ?

La jeune femme lâche un rire amusé et moqueur tandis que ses yeux maquillés avec lourdeur ne le lâchent pas.

— Tu mens trop mal. Heureusement que les gendarmes ne vont pas aller chercher bien loin.

— De quoi tu parles ?

Le sourire de la rousse s'estompe face à sa persistance à nier.

— Je te parle de Girard, que t'as jeté dans la Combe.

C'est pas possible. Elle t'a vu. Ce n'est pas possible autrement.

Face au silence effaré de l'homme face à elle, la lycéenne promène son regard dans la pièce.

— C'est ici que tu l'as tué ?

— Mais de quoi tu parles ? J'ai tué personne !

Il a envie de la gifler pour la faire taire. C'est elle qu'il aurait dû noyer dans la Combe. La rousse ignore ses protestations et sort un paquet de cigarettes de la poche intérieure de la veste en jean qu'elle porte sur une robe imprimée façon années 1970. La vue du paquet génère chez lui une brusque envie de fumer. En tâtant les poches de sa veste, il ne rencontre que la forme dure et anguleuse de la lampe de poche.

Il faudrait que tu t'en débarrasses, il y a sûrement des traces de sang dessus.

Hughes se tourne en direction du sofa et de la table encombrée. Il ne voit pas ses cigarettes. Morgane lui en propose une et il l'accepte en silence. Elle s'apprête à lui dire quelque chose, mais la sonnerie de son portable s'élève dans son dos. Le clerc se penche sur la flamme du briquet en évitant le regard inquisiteur de la lycéenne et va chercher l'appareil qui vibre sur la table, tirant de larges bouffées de nicotine en chemin. C'est Nathalie. Il hésite, souhaite ne pas répondre mais la présence de la jeune femme l'y force, sans qu'il sache trop pourquoi. L'homme constate que c'est le septième appel de son épouse depuis le matin.

— Oui ?

Morgane tire sur sa cigarette en observant l'ancien rugbyman, qui, gêné par sa présence, va s'enfermer dans la chambre. Elle entend bientôt des éclats de voix quand la discussion s'envenime avec un interlocuteur qu'elle comprend être sa femme. Quand il ressort cinq minutes plus tard, Hughes est encore plus défait que lorsqu'il lui a ouvert la porte. Il fait quelques pas sans but dans la pièce, son mégot éteint entre index et majeur. Il finit par l'écraser dans une assiette sale.

— Qu'est-ce qui se passe ?

Le clerc lance un regard perdu vers la lycéenne.

— Cet enfoiré m'a licencié… Après tout ce que j'ai fait pour lui, il me vire. Ma femme a trouvé la lettre dans la boîte ce matin. « Abandon de poste », le fumier…

— Tant mieux.

— Tant mieux ?

— Bah, oui. Tu m'as dit que ton patron était un con, ta collègue aussi, et que t'étais mal payé.

Le nouveau chômeur ouvre la bouche pour dire quelque chose mais il se ravise et part à la recherche de ses cigarettes. Il a besoin d'en fumer une autre.

Ce fumier le menace même de porter plainte pour vol s'il ne rend pas la voiture ce week-end ! Ah, l'enfoiré… il n'a pas porté plainte quand Hughes a utilisé sa voiture personnelle pendant dix jours en attendant la réception d'une pièce de rechange pour celle de l'étude… il n'a pas porté plainte à chaque fois qu'il a fait quarante-cinq heures hebdomadaires, non payées et non récupérées… il n'a pas porté plainte non plus à chaque fois qu'il lui faisait faire des visites immobilières en dehors de ses heures de travail… il n'a pas porté plainte quand il a été obligé de travailler certains samedis… ou d'annuler des congés au dernier moment.

Le Nantais craque une allumette. La lumière vive près de son visage rehausse la tension à l'œuvre en lui et sur ses traits creusés par la fatigue et l'agitation anxieuse. Morgane s'avance jusqu'à la table, cherche en vain un cendrier, et écrase son mégot à côté de celui du locataire.

— J'imagine que tu ne vas pas rester, à présent.

— Non. Les vacances sont finies.

Le peu de regret perceptible dans son intonation est noyé

par une amertume acide. Lui qui rêvait de soirées apaisantes, de flambées chaleureuses et de promenades régénératrices dans le cœur de la forêt, il n'a pas été en mesure d'allumer une seule fois la cheminée et a fini son séjour sur une nuit blanche à crapahuter dans les bois pour tenter de se débarrasser d'un cadavre.

— On va où ?

Les yeux du clerc se réduisent à des traits soupçonneux derrière un écran de tabac.

— Qui ça « on » ?

— Ben, toi et moi.

— Toi et moi ? Toi, tu vas où tu veux, au lycée j'imagine, et moi je rentre chez moi.

La référence à sa scolarité n'est pas innocente, et Morgane n'est pas dupe.

— Tu ne m'emmènes pas ?

— Mais tu veux que je t'emmène où ?

— N'importe où. Loin d'ici.

— Mais... et tes études, ton bac ? Et tes parents ?

— Le bac, ça sert à rien, et ma mère, elle ne m'a jamais couvée, c'est pas maintenant qu'elle va commencer. Elle sait bien qu'un jour ou l'autre je vais partir avec un homme. C'est la vie.

— Et Pascal ? Je crois pas qu'il soit d'accord. Pas tant que tu es mineure et que tu vas à l'école.

La jeune femme enfonce ses mains dans les poches de sa veste.

— T'as peur de lui ? Je croyais que les rugbymen étaient moins peureux.

— Non, j'ai pas peur, mais...

Et comment sait-elle pour le rugby ?

— Mais quoi ? T'as pas peur, mais tu te méfies quand même un peu ?

Il tire avec nervosité une longue bouffée brûlante. Il hésite entre la mettre à la porte illico sans autre commentaire et lui administrer une gifle. Lui faire ravaler son insolence par la force, sans doute ce que n'a jamais osé faire Martin à cause de son manque de légitimité paternelle.

— Allez, rentre chez toi.

Elle s'approche, raidissant le buste, ses poings fermés tendant le tissu de sa veste, ses yeux verts pleins de défi.

— « Rentre chez toi » ? C'est comme ça que tu me dis que c'est fini entre nous, Hughes ?

— Mais de quoi tu parles, bordel ? Il n'y a jamais rien eu entre nous ! J'ai la trentaine et toi t'as même pas dix-huit ans. T'es qu'une gamine, Morgane, ouvre les yeux.

La lycéenne cille à peine. Il voit bien que ses joues se sont un peu vidées de leur sang et que sa moue naturelle s'est alourdie d'une pesanteur nouvelle, mais elle conserve un maintien du buste, des épaules et de la tête qui forcerait presque le respect. Un sourire cruel se dessine même au coin de ses lèvres pulpeuses.

— Une gamine ? C'est pas ce que tu disais avant-hier, à la Combe, ni mercredi aux Galeries. T'as beau te croire supérieur, t'es comme tous les mecs. T'es qu'un menteur, un lâche et un porc.

Le Nantais soupire.

— Si tu veux, si ça peut te faire plaisir. J'ai pas envie d'argumenter pendant des heures avec toi.

Ce n'est pas de bon cœur, mais elle rit. Un bref éclat de gorge qui résonne de façon assez sinistre entre les vieilles pierres.

— Pour qui tu te prends ? Non mais je rêve. Pauvre mec, tu crois p'têt' que je suis amoureuse de toi ? Tu crois quoi ? Que j'attends que tu m'épouses pour devenir ta bonniche ? Je te demandais pas grand-chose : juste un ticket de sortie, en échange d'un peu de fun dans ta vie de merde. Si ça avait duré que six mois, eh bien c'était pas grave, au moins on se serait amusés pendant ce temps et après, chacun sa route, mais bon. Monsieur veut jouer les darons respectables. Monsieur ne s'affiche pas avec une gamine. La gamine, Monsieur la baise en douce, hein ? en bon bourgeois qui se respecte, mais attention, on l'emmène pas avec soi la gamine, on ne la montre pas, hein ? surtout pas. Des fois que beau-papa s'énerve et vienne nous casser la gueule, hein ?

Hughes écrase son mégot. Il se force à ne pas baisser la tête ni le regard mais il ne trouve rien à répondre. Comme s'il n'avait même plus la force de se défendre, ou qu'il estimait que c'est vain et illusoire. Dans le regard de Morgane, il n'y a plus que haine et mépris.

Tu as tout gâché. La lie jusqu'à la dernière goutte.

Le clerc déchu va jusqu'à la porte en faisant attention de ne pas passer à moins d'un mètre de la jeune femme. Il l'ouvre et la lui tient, portier désobligeant indiquant la sortie. Elle hoche la tête en pinçant ses lèvres pulpeuses et en fronçant son nez rebelle, avant de quitter les lieux. Morgane s'arrête sur le seuil.

— Tant pis pour toi, Hughes. Mais tu devrais savoir quelque chose.

— Quoi, Morgane ?

Le ton de l'homme est trop poli et trop affecté pour ne pas être moqueur.

— Ça a toujours porté malheur de se rendre à la Combe en pleine nuit. Surtout en période de nouvelle lune. Tu ferais mieux de partir très, très vite.

— Tu me menaces ?

— Non. Je t'annonce juste que je parle à un mort.

Elle s'en va en direction de la route, les mains toujours dans les poches, ses cheveux ayant pris une teinte acajou foncé en cette soirée terne. Un besoin urgent de l'apostropher, de ne pas laisser la dernière phrase de la jeune femme flotter dans l'air s'empare du Nantais. Il ne trouve rien à répliquer et jette un regard impuissant autour de lui, là où les cimes noires et pointues se détachent sur le ciel changeant. Morgane ne se retourne pas et les arbres qui bordent la route sinueuse la dérobent vite à sa vue.

Elle a dit ça pour te faire peur.

3 h 35

Hughes cligne des yeux face à l'obscurité laiteuse de la chambre du gîte. Il est encore saoul, il en a conscience. Sa dernière soirée a viré au cauchemar : après un repas froid à base de charcuterie, de chips graisseuses et de pain rassis, il a vidé de façon assez méthodique les dernières bouteilles de vin qu'il lui restait. Il n'a cherché ni la joie détachée de l'ivresse, ni le réconfort éphémère d'un oubli éthylique. Non. L'abrutissement rapide et total était son seul but et il l'a atteint assez tôt dans la soirée, seul à la table en désordre de la pièce principale, alternant les verres de vin et les cigarettes tout en broyant du noir. Il s'était enfermé dans le gîte et essayait de ne pas paraître ridicule mais les deux portes, celle de l'entrée ou l'autre plus basse de la cave, agissaient comme des aimants, et l'homme seul ne pouvait s'empêcher de couler des regards inquiets dans leur direction, comme s'il craignait une nouvelle irruption, encore plus terrible et plus effrayante cette fois-ci. Un retour d'entre les morts.

Une fois gavé de vin et de bile anxieuse, le Nantais s'est levé, se cognant contre le mobilier puis contre le montant de la porte, et est allé s'effondrer sur le lit défait de la chambre, les lumières encore allumées. Combien de temps est-il resté ainsi, la tête lui tournant, le cœur au bord des lèvres, avant de se lever pour aller vomir ? Il ne sait plus. Seuls lui restent en mémoire les hoquets cuisants au-dessus de l'évier, la contraction douloureuse et répétée du diaphragme et l'odeur de vin régurgité sur fond de longs râles d'agonie.

La déchéance du poivrot solitaire.

Il vient d'entendre quelque chose. Un couinement. L'homme se fige. Il aimerait se convaincre qu'il a été trompé par ses sens surmenés, ou que ce n'est que le vent dans les arbres au-dehors, mais le silence profond qui s'ensuit l'angoisse encore plus.

Il y a quelque chose dehors.

Hughes s'assied sur le lit, cherchant du regard un objet pour se défendre. Il réalise à quel point il est isolé, à plusieurs centaines de mètres à vol d'oiseau de la ferme la plus proche, au milieu de ces bois escarpés et sauvages. Son téléphone portable est son seul lien direct et rapide avec le monde extérieur, mais il sait très bien qu'à cette heure-ci aucun appel d'urgence ne pourrait faire déplacer des secours en moins de trois quarts d'heure. Il ne peut compter que sur lui-même.

Et si c'était les Girard ? Si eux aussi avaient compris ? Et si Morgane avait été les voir ?

Le Nantais se lève, regrettant de ne pas avoir un fusil sous la main, comme tout le monde ici. Alors qu'il gagne la pièce principale sans faire de bruit, il pense à la remise, assez providentielle jusqu'ici. Il traverse la cuisine et pousse la porte en bois stratifié. Il n'a pas à fouiller longtemps l'endroit car un long manche en plastique jaune attire son attention sur sa droite, près d'un râteau à feuilles. Hughes ressort du réduit en tenant à deux mains un merlin, réconforté par le poids de l'outil.

Le locataire se poste à un mètre de la porte d'entrée, résolu à faire front. Il se décale d'un pas sur sa gauche, au cas où l'intrus aurait l'idée de lâcher une salve de chevrotines à travers la porte, puis de trois pas sur sa droite, pour éviter de la même façon un tir à travers les volets.

Il entend à nouveau le couinement à l'extérieur et le Nantais comprend qu'il y a un chien, là-dehors.

Les Girard n'ont plus de chien.

Le bâtard jaune et haut sur pattes aperçu dans la cour des Martin lui revient en mémoire.

C'est cette garce. Va savoir ce qu'elle a pu raconter à son beau-père. Pour éviter le scandale, elle a très bien pu lui raconter que tu as profité d'elle. Que tu l'as violée, même.

L'ancien rugbyman raffermit sa prise.

Rappelle-toi la vérité du terrain : ne jamais subir. Toujours porter le jeu dans le camp adverse.

Hughes s'avance en biais vers la porte d'entrée, fixant la clef massive et rustique dans la serrure. Une main s'approche, agitée d'un tremblement dont il ne saurait dire s'il est induit par la fatigue, l'angoisse ou l'alcool. Il donne un tour de clef qui produit un *clang* lugubre, actionne la poignée et sort dans la nuit, le merlin barrant sa poitrine pour se protéger, ses yeux fouillant la nuit sans étoiles à la recherche d'un intrus. Il prend soin de rester dos au mur et fait quelques pas pour aller jusqu'au pignon et observer les arrières du gîte, faisant de même ensuite du côté opposé.

Un glapissement le fait sursauter. Il repère une forme allongée et basse dans la prairie. Un animal y évolue parmi les hautes herbes, le panache d'une queue touffue s'agitant avec mollesse derrière lui. Arrivée en bordure du bois, la bête s'arrête et se retourne pour le fixer. L'animal émet un nouveau son, qui n'est ni un aboiement ni un grognement, et qui résonne dans la nuit froide comme un appel sinistre hérissant les avant-bras du clerc de chair de poule.

Face à l'absence de réaction de l'être humain, la bête reprend sa marche. Elle se coule avec souplesse sous la clôture détendue et disparaît dans la nuit impénétrable du sous-bois, empruntant le sentier qui descend à la Combe.

Hughes regarde autour de lui. Il sait qu'il est seul maintenant et il baisse les yeux sur l'outil dans ses mains, ne pouvant s'empêcher de se trouver ridicule. Il retourne à l'intérieur, ferme à clef et pose le merlin contre le mur avant d'aller se recoucher, non sans un dernier regard accablé en direction du désordre ambiant. Il va devoir tout ranger demain matin avant de rendre le gîte et de retourner chez lui. Peut-être que là-bas tout cela ne sera plus qu'un mauvais rêve. Peut-être que Nathalie sera rentrée, elle aussi.

10 h 57

Attablé avec une feuille de papier, sa trousse à crayons sortie pour l'occasion de sa serviette, un briquet et un cendrier, Hughes relit le courrier qu'il a rédigé à l'intention de Virginie Girard. Une fois le gîte nettoyé et rangé, le visage de l'agricultrice s'est imposé à son esprit désœuvré. Il ne peut pas partir ainsi après lui avoir pris son fils unique. Hughes ne peut lui avouer ce forfait involontaire, mais il lui doit la vérité sur cet homme avec qui elle est condamnée à partager, seule, ses vieux jours. Un homme qui lui a pris son mari et qui se cache sous les traits d'un beau-frère quasi paternel. Le Nantais est frappé par l'acharnement du Destin contre cette femme, amenée à côtoyer et aimer de façon éphémère des hommes qui sont aussi les fossoyeurs secrets ou involontaires de son bonheur. Hughes lui doit aussi, et surtout, des excuses et des explications concernant leur relation, dans laquelle son intention n'a jamais été de blesser l'agricultrice, ni de lui manquer de respect. Après avoir lu cette lettre, elle pourra continuer à le haïr si elle le souhaite, mais qu'elle le fasse au moins en connaissance de cause et pas sur la base de suppositions erronées.

Satisfait de sa prose et heureux d'avoir su trouver un ton juste, l'homme finit par se lever. Il allume une cigarette et fait quelques pas pour aller regarder à travers la fenêtre au-dessus de l'évier. Le temps s'est couvert et, cette fois-ci, l'été indien semble avoir grillé ses dernières cartouches. La pluie est proche.

Ne pense pas à elle, Hughes.

C'est plus fort que lui : la proximité de la pluie le ramène à Morgane. De toute façon, il était à peine parvenu à la moitié de son courrier que la lycéenne, déjà, s'invitait dans le cours de ses pensées, aussi belle qu'insolente. Elle aussi, il lui a fait du mal. Elle n'a que dix-sept ans et, à cet âge-là, tout est toujours un peu trop sérieux et définitif. Sa faiblesse vis-à-vis de ses propres pulsions s'est révélée irresponsable. On ne peut emmener une jeune femme faire du shopping en ville, se baigner avec elle, lui faire l'amour, pour lui lancer ensuite qu'elle n'est qu'une gamine et qu'elle ferait mieux d'aller jouer avec ceux de son âge.

Dès le début, tu l'as désirée. Tu le sais très bien. Dès cette nuit d'orage. C'est à elle que tu as pensé la première nuit aux Milouins. C'est elle que tu voulais revoir. C'est pour elle que tu es resté ici après avoir récupéré la voiture. Pas pour Virginie.

Des larmes lui viennent, qu'il est tenté de considérer en premier lieu comme absurdes. Pourtant, il n'y a là rien d'incompréhensible : c'est la perspective de s'en aller et de ne plus jamais revoir la fille Martin qui le plonge dans la détresse. Jamais il n'a rencontré une femme qui lui brûle à ce point le corps, l'esprit et l'âme. Jamais il n'a ressenti un tel manque pour un autre être humain, un tel appétit de l'autre, de sa présence, même silencieuse. Elle était belle sous l'orage, parce que sauvage et inattendue, mais elle l'était tout autant en rapportant des pommes de terre de la cave au milieu de cette cour humide, ou en fumant comme une starlette à ses côtés dans la voiture, en voltigeant devant lui le long des boutiques en ville, ou allongée sur les rochers de la Combe aux Loups, dardant sa nudité solaire pour concurrencer les dernières prétentions d'un été moribond. Il admet en son for intérieur n'avoir connu avant elle que des feux follets, des lampadaires froids ou des lumignons fragiles, comparés à la sphère incandescente de cette fée sauvage.

Hughes termine sa cigarette, passe le mégot sous un filet d'eau claire et le jette dans le sac-poubelle ouvert à côté de la porte d'entrée. Il récupère son portable et compose le numéro de la jeune femme, convaincu qu'elle va ignorer son appel. Lorsque sa voix porteuse d'une fêlure quasi imperceptible résonne d'un « allô ? » posé et neutre, le Nantais ferme les yeux. Il pourrait presque sentir son odeur, mélange des senteurs épicées de son shampooing dans sa chevelure acajou, de son parfum capiteux et de l'empreinte de sa peau salée.

— Bonjour, Morgane, c'est Hughes.

— Qu'est-ce que tu veux ?

— Je m'en vais. Je rentre chez moi.

— Super, je suis contente pour toi.

— J'aimerais qu'on se voie. Je voudrais te dire au revoir.

— Ah, ouais ? Même si je suis qu'une gamine ?

— Excuse-moi, Morgane. Je suis désolé. Je me suis mal comporté avec toi. Dès le début. J'aurais pas dû dire ça. Je ne le pense pas.

— Tu vas m'emmener avec toi ?

Elle a tenté de masquer les tonalités de sa voix, d'accentuer la mise au défi et la désinvolture, mais il n'est pas dupe. Quelques secondes s'égrènent, terribles et explicites.

— J'aimerais bien, Morgane. Je te le jure. Mais il faut que je rentre chez moi, que je m'occupe de cette histoire de licenciement, de ma séparation. Je ne sais même pas où je vais dormir, en fait.

La lycéenne reste muette et il ne sait si la tristesse ou la colère l'emporte à cet instant chez elle. Il poursuit :

— Je pourrais revenir. Je suis venu deux fois en une

semaine, je pourrais bien revenir dans quelques jours, quand tout sera réglé. Je pourrais même parler à ta mère et à ton beau-père.

Arrête de rêver, Hughes. Tu n'y crois pas toi-même. Tu le sais bien.

— D'accord.

— D'accord quoi ?

— Je veux bien qu'on se voie avant que tu partes. Retrouve-moi à la cabane dans une heure. Tu sais où c'est.

Il n'a pas le temps de gérer son trouble et sa surprise pour ajouter quelque chose. Morgane a déjà raccroché. Il referme l'étui de son téléphone, une sensation chaude et légère florissant dans sa cage thoracique.

Hughes sort dix minutes plus tard, son sac à dos tirant sur son épaule droite, le sac-poubelle dans l'autre main. Il dépose les ordures près de la porte, conformément aux instructions données par téléphone ce matin par madame Herblain, verrouille la porte d'entrée et fait le tour du gîte pour aller accrocher la grosse clef sur une pointe de charpentier à demi enfoncée dans la face interne d'une solive de l'appentis du tas de bois. Une détonation sourde et lointaine gronde quelque part dans les bois environnants, vite suivie de deux autres. C'est dimanche, jour de chasse.

Le Nantais s'assoit au volant de la voiture de l'étude en jetant son sac à dos sur le siège passager et réalise que c'est la dernière fois qu'il va conduire cette compagne de route de plusieurs années. Une fois qu'il l'aura garée dans le parking souterrain du centre-ville où Maître Desbarres loue deux emplacements, c'est une nouvelle page de sa vie quotidienne qui va se tourner.

Hughes est frappé par un sentiment aigu d'impuissance

crépusculaire, comme si chaque jour les nœuds complexes de la trame de son existence se défaisaient les uns après les autres en brins usés et inutiles. Il pose les deux mains sur la forme familière du volant, un masque d'homme perdu et condamné recouvrant son visage.

Quand il reprend ses esprits pour démarrer et manœuvrer hors de la cour du gîte, il n'adresse aucun regard en arrière à la bâtisse de pierre et aux illusions de régénération qu'il y avait associées. Contrairement à ce qu'il a prétendu à la fille Martin au téléphone, il sait qu'il ne reviendra plus jamais dans cette région.

11 h 32

Hippolyte élève le manche du merlin en serrant les dents, avant de laisser retomber l'outil sur la bûche qui éclate en deux morceaux avec un bruit sec. Avec l'âge et l'expérience, il a appris à ne plus se dépenser de façon inutile. La seule fatigue consentie doit se circonscrire à la mesure exacte de l'effort nécessaire pour élever le merlin à la bonne hauteur. Ni trop bas, ni trop haut. Alors qu'il se baisse pour ramasser une nouvelle bûche et la placer sur le billot, il remarque la silhouette qui vient à lui à pied par le chemin. Le vieil homme l'observe quelques instants, surpris, puis reprend son ouvrage, la laissant venir à lui. Avec la Virginie qui dort la moitié de la journée ces temps-ci à cause des médecines pour les nerfs prescrites par le toubib en attendant les obsèques, il faut bien qu'il prenne en main les choses du quotidien. Il a même fait à manger ce midi. C'était point fameux mais, de toute façon, sa belle-sœur n'a presque rien touché.

Heureusement que les Philippeau terminent l'ensilage pour eux.

Il a le temps de fendre deux nouveaux morceaux de bois avant qu'elle ne le rejoigne sur le côté du hangar.

— Bonjour.

Hippolyte pose le merlin au sol et se gratte le front. La Morgane est vraiment une belle gamine, peut-être encore plus que sa mère au même âge. Il a envie de fumer.

— J'me rappelle plus la dernière fois qu'un Martin est v'nu ici. J'me demande si c'était pas ta m'man. Elle va bien, au moins ?

La rousse hoche la tête. Hippolyte croit déceler chez elle une gravité inhabituelle et constate l'absence de cette effronterie permanente au fond du regard qui la caractérise. Elle tend une main dans sa direction et il remarque à la fois la finesse de son poignet cerclé de bronze torsadé et l'amas métallique brillant dans sa paume ouverte. Il serait tenté de laisser vagabonder ses petits yeux usés le long de son bras nu jusqu'à son épaule et au décolleté profond de sa robe à fleurs sous le tricot détendu, mais le vieil homme comprend qu'il y a là, au creux de cette main féminine offerte, la clef d'un mystère.

— Qu'y qu'c'est qu'ça ?

Elle ne répond rien, se contentant de le fixer avec une curiosité qui le met mal à l'aise. Les vieux doigts déformés et calleux s'emparent de l'objet, un médaillon au bout d'une chaîne, qu'il tente alors d'identifier en jouant sur la distance focale entre sa main et son visage.

— J'ai point mes lunettes.

— C'est le médaillon de baptême du Sébastien.

L'annonce plonge le vieil agriculteur dans le mutisme et

il contemple l'objet flou avec une tristesse nouvelle mêlée d'une sorte de crainte.

— Y t'l'avait donné ?

Elle ment sans hésiter :

— Non. Je l'ai trouvé tout à l'heure.

— À la Combe aux Loups ?

La lycéenne secoue la tête avec gravité :

— Aux Brosses.

— Aux Brosses ?

— Oui. Au gîte de la mère Herblain.

— Bon D'jeu, qu'est-ce tu manigançais là-bas ?

Morgane fixe le vieil homme.

— Vous savez très bien. C'est le notaire qui l'a loué.

Hippolyte referme le poing sur le médaillon de son neveu. Son esprit se refuse à admettre où la jeune femme semble vouloir en venir. Elle ajoute alors :

— Comme il s'en va, on était en train de tout ranger. C'était sous un meuble. La chaîne est cassée. J'ai eu peur, alors je lui ai pas dit.

Les traits du vieil homme marquent le coup et un silence prolongé s'abat entre eux. Hippolyte jette un dernier regard en direction du bijou, avant de l'enfoncer dans une poche de son bleu de travail.

— Merci.

Elle lui offre ce qui ressemble à un petit sourire de compassion, avant de mettre les mains dans les poches de son gilet et de tourner les talons.

— Hé ?

Morgane s'arrête.

— Où qu'c'est qu'il est le notaire à présent ?

La lycéenne affiche une mine sombre et désemparée.

— Il veut qu'on s'voie à l'ancien refuge des Rimberts à midi.

Hippolyte dégage son poignet pour y consulter l'heure. La jeune femme et l'agriculteur échangent un dernier regard aux lourdes implications avant qu'elle ne reprenne la direction du chemin et de la route. Dans son dos, le vieil homme abat le merlin sur la bûche qui patientait sur le billot. Les deux parties ne se disjoignent pas entièrement et le craquement produit est sinistre. L'espace d'une très courte réminiscence, il se retrouve propulsé plus de quarante-cinq ans en arrière, là-bas, en Afrique. Un jour, on avait guidé sa patrouille auprès d'une famille entière, tous démembrés et avec le crâne fendu, dans leur baraque envahie de milliers de mouches. Homme, femme et enfants massacrés à la hache.

Il élève à nouveau le merlin, emportant dans les airs la bûche mutilée, avant de la séparer de façon définitive d'un coup rageur sur le billot.

J'savais bien qu'eul'Sébastien avait point pu se neyer à la Combe. Et s'il avait voulu se suicider, y's'rait mis un coup de fusil, comme tous les chasseurs. Ou y's'rait pendu, comme tous les agriculteurs. Y'a ben qu'un Nantais pour croire qu'on voudrait se neyer. Nous autres, on est point des marins, mais des fils d'la terre.

Midi. Ancien refuge des Rimberts

Hughes referme sa portière avec précaution. Il s'est garé en marche arrière le long de la bâtisse délabrée, en retrait par rapport au chemin. La plus basse branche d'un châtaignier vient effleurer le toit du véhicule de ses doigts feuillus.

Il n'a vu personne en arrivant et se demande si Morgane va venir, si sa subite acceptation n'est pas une ultime facétie. Tout autour de lui, la forêt est calme, attendant la pluie qui menace de plus en plus dans ce ciel gris et barbouillé. Avant de s'éloigner de la voiture, il aperçoit le journal du matin posé en travers du siège passager. Il l'a acheté à la boulangerie après avoir posté la lettre pour Virginie Girard, et a d'abord constaté avec effroi qu'une manchette proclamant « UN JEUNE AGRICULTEUR SE NOIE DANS LA MOURGE, VOIR P. 3 » figurait sur la une du quotidien régional.

Les jambes mal assurées et la gorge sèche, il s'était emparé d'un exemplaire dans le présentoir devant la caisse, avant de marmonner la commande pour les deux croissants aux amandes qui l'avaient fait entrer là. La boulangère délurée ne lui a même pas dit bonjour cette fois-ci, et c'est le regard noir et les lèvres pincées qu'elle a posé le sachet en papier sur le marbre du comptoir avec sa monnaie, comme si elle refusait tout contact physique. Il a été pris d'un accès de paranoïa, se disant qu'elle savait, qu'ils savaient tous. Il est ressorti avec précipitation, la tête lui tournant légèrement, l'exemplaire du journal serré dans une main, les croissants dans l'autre. Sur le trottoir d'en face, deux hommes sortant du bistrot, ou s'apprêtant à y entrer, le fixaient sans vergogne, immobiles et silencieux. L'un d'eux était à la partie de chasse à laquelle Sébastien l'avait convié mais il ne se souvenait plus de son nom.

Hughes a dû se retenir pour ne pas courir jusqu'à sa voiture garée plus loin sur une petite place. Une fois assis derrière son volant, il a consulté tous ses rétroviseurs et s'est enfermé dans l'habitacle. Là, il a tourné les pages du journal avec tant de hâte qu'il en a déchiré une. Le cœur martelant sa poitrine à la respiration difficile, il a alors lu l'intégralité de l'article :

> UN JEUNE HOMME DE VINGT-DEUX ANS
> SE NOIE DANS LA MOURGE
>
> Macabre découverte au bassin naturel dit de la « Combe aux Loups ». Alertée par un cueilleur de champignons ayant vu le corps d'un homme inerte sous la surface de l'eau, la brigade du major Périni s'est rendue sur place et n'a pu que constater le décès du jeune homme, un agriculteur de vingt-deux ans résidant au hameau des Milouins. Bien connu dans la région pour sa bonne humeur et ses exploits aux championnats départementaux de ball-trap, le jeune homme traversait des événements personnels difficiles. Les examens pratiqués samedi ont révélé une importante consommation d'alcool préalable au décès, ayant probablement entraîné une chute fatale dans ce bassin naturel bien connu des amoureux du coin. Les obsèques auront lieu mardi après-midi en l'église communale, à 15 heures.

Bien que bancale à ses yeux, sa mise en scène a fonctionné. Par chance, Girard possédait encore une photo de Morgane dans son portefeuille et Hughes l'avait déchirée en deux, s'arrangeant pour rendre le visage méconnaissable, et avait posé les fragments du cliché bien en évidence avec la bouteille d'alcool presque vide sur la table rocheuse où lui et Morgane s'étaient prélassés au soleil. Plusieurs centaines de mètres avant d'arriver à la Combe, il avait même quitté ses chaussures pour enfiler celles de Girard, et il était reparti en chaussettes, ses godillots lacés autour du cou pendant sur sa poitrine, pour ne les rechausser qu'une fois dans le sentier escarpé et rocailleux remontant au gîte, pour ne pas polluer le site avec d'autres empreintes que celles de Girard. Le plus dur avait été de retirer sa cagoule et d'introduire le goulot de la bouteille entre ses lèvres froides et dures pour lui faire avaler un demi-litre d'alcool, avant de le jeter à l'eau, où il avait coulé dans un bruit d'éclaboussures qui lui avait semblé résonner comme le tonnerre dans les hauteurs environnantes.

Effaré par ces souvenirs récents qu'il avait tenté de nier et d'occulter dans l'alcool, le meurtrier a été pris d'une nausée violente qu'il a eu beaucoup de mal à contenir. Une vieille dame traînant un cabas à roulettes lui a jeté un regard méfiant à travers les vitres de la voiture. Il a alors remis le contact et a quitté le village, la tête basse, le regard fixé sur les quelques mètres de bitume devant son capot, résistant à l'envie de fuir sans délai, de mettre autant de distance que possible entre lui et les Brosses.

Hughes entre dans l'ancien refuge de bûcherons par une porte basse qui frotte par terre. Le sol à l'intérieur indique une fréquentation récente en dépit des débris ou des gravats dans les coins. Il remarque une bougie fichée dans le goulot d'une canette de bière posée sur une large pierre, ou encore des graffitis sur les murs autour d'un âtre réduit où gisent les squelettes calcinés de deux morceaux de branches mortes, et un reliquat de paquet de cigarettes.

C'est ici que Sébastien et Morgane se retrouvaient, et sans doute beaucoup d'autres avant eux.

L'endroit évoque des souvenirs de la fin de son adolescence et il réalise qu'il n'a rien à faire ici. Il a déjà vécu des instants similaires, et il est vain de vouloir rejouer la partition d'un passé embelli par le parti pris de la nostalgie aveugle. Ce n'est plus de son âge, de toute façon. Le clerc consulte sa montre et calcule à quelle heure il va arriver sur l'agglomération nantaise. Il extirpe une cigarette de son blouson et lorsqu'il se retourne pour aller la fumer à l'extérieur, sous les frondaisons, il est surpris par sa silhouette découpée en contre-jour dans l'encadrement de la porte. La lumière venant de l'extérieur traverse sa robe légère et dessine le contour de ses hanches et de ses cuisses. Ils s'observent, comme si chacun redoutait la façon dont l'autre pourrait briser le silence, mais sans oser le devancer. La lycéenne finit par s'avancer jusqu'à lui pour se hisser sur la pointe de ses mocassins et poser ses lèvres contre les siennes. Il ouvre la bouche, leurs langues se mêlent et, quand il pose ses mains sur sa taille de guêpe, elle peut sentir la bosse nouvelle déformant la toile du jean contre son ventre. Après un long baiser, elle se détache de lui et le tire par la main à l'extérieur, jusqu'à la voiture. L'ancien rugbyman et la lycéenne s'embrassent à nouveau et il finit par la coucher sur le capot, couvrant son cou de baisers, libérant sa poitrine de la robe légère, laissant les globes de chair tendre et pâle s'étaler sur sa poitrine menue avant de venir y presser sa bouche avide, suçotant les tétons érigés dans l'air frais tandis qu'elle soupire en fermant les yeux.

Quand il s'agenouille dans l'herbe épaisse contre la voiture en se débarrassant de son blouson, il sent la chaleur du radiateur contre sa poitrine à travers le fin tissu du T-shirt, ainsi que l'odeur d'huile tiède du moteur. Les mains sous sa robe, il fait glisser sa culotte. Elle ouvre ensuite les jambes et il se penche entre ses cuisses, oubliant l'odeur de l'huile pour celle de l'intimité musquée de la jeune femme. Elle lâche un cri bref lorsque sa langue s'insinue entre les grandes lèvres humides, remontant la césure de chair palpitante pour venir presser le bouton délicat du clitoris, renouvelant ses gémissements. Hughes ferme les yeux. Son esprit se dilue à travers les branches, les feuilles et les cimes des arbres de la forêt séculaire pour s'extraire du monde et, lorsqu'il plaque sa bouche contre la vulve tendre et offerte, il embrasse la seule vérité, l'unique réalité, la porte ouverte sur le mystère cosmique de l'origine du monde.

Elle m'a vu venir, cette garce, mais ça l'empêche point de continuer à s'faire arranger.

Abrité derrière un charme, Hippolyte observe les deux amants sur le capot de la voiture, à une trentaine de mètres de là. La fille Martin a tourné la tête dans sa direction à deux reprises mais l'homme reste concentré sur sa besogne virile, donnant des coups de reins rageurs dans le bassin de la jeune femme.

La tête dans l'guidon, l'notaire. Profites-en bien, mon gars.

Le vieil homme a d'abord pensé poursuivre son chemin pour les forcer à interrompre leur coït, et mettre le notaire dans une position humiliante avec son machin à l'air et son pantalon sur les chevilles, mais la blancheur des cuisses et des hanches de la rousse a eu raison de sa précipitation. D'ici, c'est presque comme s'il pouvait éprouver de ses mains calleuses l'intérieur de ces cuisses de femme jeune, à la peau soyeuse et tiède. Elle a les seins à l'air et les ressauts de sa poitrine lourde au rythme imposé par l'homme lui remuent le bas-ventre, évoquant des souvenirs de puissance, des échos évanouis de saillies violentes et d'une époque où il pouvait encore fouailler la chair d'une femme.

Morgane regarde son amant, les yeux mi-clos, le ton haché. Il a placé ses mains sur la face interne de ses cuisses pour les replier contre sa poitrine et l'ouvrir au maximum, la pénétrant de toute sa longueur virile.

— Hughes… Tu vas m'emmener avec toi ?

Il ne répond pas et ferme les yeux, les muscles du visage crispés. Il s'effondre ensuite sur elle, se libérant dans sa matrice en grognant. Elle coule un regard en direction de l'arbre où s'est caché le vieil homme.

— Hughes…

L'homme respire bruyamment pour reprendre son souffle, la tête posée sur la poitrine féminine. Il y dépose quelques baisers avant de relever la tête, cherchant son regard.

— Morgane. Je t'ai expliqué. Je ne peux pas. Pas tout de suite.

Plus bas, sur le chemin, Hippolyte est sorti de l'ombre du charme. La lycéenne lève les yeux sur l'ancien rugbyman. Il n'y a nulle haine ni aucun ressentiment dans ses prunelles vertes en harmonie avec les frondaisons de cet automne tardif. Elle détaille le visage de son amant en silence, avec cette curiosité étrange, comme si elle le voyait pour la première fois et qu'il n'était pas un être humain mais un objet insolite. Elle lève une main pour caresser sa joue et ce geste de tendresse le trouble. Le visage de la jeune femme dégage l'espace d'un court instant une tristesse infinie et il préfère s'en détourner.

Le Nantais se baisse dans un geste rapide pour récupérer son pantalon et son boxer sur ses chevilles. Alors qu'il referme son ceinturon, il capte un regard de la jeune femme en direction de leur gauche, comme si elle avait vu quelque chose. Elle s'en rend compte et lui sourit en se redressant à son tour, repoussant le bas de sa robe sur ses cuisses et repassant les bretelles sur ses épaules pour cacher sa poitrine.

Intrigué par son attitude, il se retourne et découvre Hippolyte Girard au milieu du chemin, à une dizaine de pas. Le vieil homme tient un fusil mais Hughes remarque qu'il porte son bleu habituel, avec sa casquette à carreaux, et qu'il n'a ni bottes ni cartouchière autour de la ceinture.

— Alors, l'notaire. On dirait qu't'aimes bien nos femmes.

Le Nantais cherche à croiser le regard de la jeune femme mais elle se rhabille et rassemble sa chevelure de feu en queue-de-cheval, comme si aucun des deux hommes n'était là. Elle ne semble ni gênée ni surprise. En observant par-delà le vieil homme, Hughes aperçoit une tache blanche et un reflet de vitre. Il reconnaît alors la silhouette du C15 de Sébastien Girard, garée plus bas en bordure du chemin.

Le vieux n'est pas en train de chasser. Il est venu là exprès. Il s'est garé plus loin pour nous surprendre.

Un poids au creux de l'estomac et les sens en alerte, Hughes se tourne vers la lycéenne. Il n'ose pas comprendre.

— C'est toi qui lui as dit de venir ?

Le vieil agriculteur s'est encore approché de quelques pas, l'arme désormais levée sur la poitrine de l'étranger. Face à l'absence de réponse de Morgane, à la passivité de son visage, il comprend trop tard qu'elle l'a attiré dans un piège. *La petite garce*. Hughes lève une main en direction de l'agriculteur.

— Non. Attendez, Hippolyte… Je sais pas ce qu'elle vous a raconté mais je vais vous expliquer…

Les yeux du vieux brillent d'une lueur qu'Hughes sait être désormais très dangereuse. L'agriculteur lève son fusil pour l'épauler et braquer sur le clerc le double œil noir de la mort.

— Expliquer quoi, bon D'jeu ? Comment que t'as tué l'Sébastien avant d'le jeter dans la Combe ?

Le clerc n'arrive pas à détacher son regard de la gueule sombre des canons juxtaposés en face de son visage, dont la moitié serait emportée par la décharge de plombs si jamais le vieil homme venait à appuyer sur une des deux détentes. Un silence glacial s'est abattu sur la forêt. Seul semble résonner le cognement syncopé de son cœur.

— Écoutez, Hippolyte… Ne la croyez pas… Elle est folle !

La voix et le visage du Nantais sont déformés par la peur. Il voudrait que Morgane réagisse, dise quelque chose, brise ce mutisme effroyable, mais elle se contente de l'observer à présent avec des yeux remplis de mépris.

— J'en ai vu des salopards, mais toi tu te poses là, mon gars. T'as encore la chaleur de ses cuisses dans ton dos et tu l'insultes déjà. C'est qu'une gamine.

— Mais non… Elle m'a piégé… Elle…

De façon subite, la cime des arbres et le ciel tourmenté remplacent la vision du vieil homme. Hughes sent un choc dans son dos et l'écho d'une déflagration se propage par à-coups dans la forêt, au gré du relief. Une sensation humide envahit sa poitrine et ses flancs. Après plusieurs secondes, Hughes comprend qu'il est à terre. Une douleur intolérable lui cisaille le torse et l'empêche de respirer, comme si un fou tentait d'ouvrir sa cage thoracique en deux. Ses yeux révulsés par la douleur cherchent à se poser sur une chose familière et rassurante.

C'est pas possible… Mon Dieu, il m'a tiré dessus… C'est pas possible… Je peux pas mourir…

Sa tête est trop lourde et elle retombe au sol. Il croit

entendre la voix de Morgane mais il n'aperçoit que le V noir d'une corneille dans le ciel.

C'est pas possible.

Hippolyte a baissé son arme et observe les derniers soubresauts du notaire, couché dans l'herbe sur le dos, son T-shirt blanc presque entièrement dévoré par la fleur de sang qui s'est épanouie au milieu de sa poitrine. Morgane a posé une main sur la carrosserie de la voiture et elle observe l'homme abattu sans trahir d'émotion, si ce n'est une pâleur inhabituelle sur ses joues et dans ses lèvres veloutées. L'agriculteur vient se pencher au-dessus du Nantais pour constater l'efficacité de ses chevrotines maison. Il appuie ensuite son arme debout contre la calandre de la voiture et se porte au niveau de Morgane. Troublée par le spectacle de la mort de son amant, elle lève les yeux trop tard sur le vieil homme. Celui-ci a empoigné sa queue-de-cheval et la force à se mettre à genoux dans l'herbe. La lame d'un Opinel vient se poser contre la gorge de la jeune femme. Amincie par des dizaines de réaffûtages, elle pourrait pénétrer sa chair d'une simple poussée du poignet.

— Toi, petite catin, je te tue point parce que t'es la fille de mon frère et qu'à mon grand désespoir tu s'ras la dernière des Girard. Ce que tu viens de voir, ça sera notre secret d'famille, si on peut dire. T'avise jamais d'en parler si tu veux pas finir comme lui… De toute façon, on le retrouvera jamais.

La jeune femme serre les dents pour ne pas manifester sa douleur face à la traction atroce sur son cuir chevelu. Elle se contorsionne pour capter le regard du vieux Girard et lui faire comprendre qu'elle n'a pas peur de lui et dissimuler son trouble quant à l'identité révélée de son géniteur. Lui, il peut sentir toute la force et la rage juvénile dans le cou de sa nièce et ce n'est pas pour lui déplaire. La bougresse possède la beauté de sa mère au même âge, et le charisme sauvage de sa tante Louise, la rebouteuse morte à quatre-vingt-treize ans, nimbée d'une aura d'amante insatiable dans le folklore local.

— Alors, t'as bien compris ?

Morgane hoche la tête et Hippolyte range sa lame. Quand il relâche sa queue-de-cheval, il s'attend à la voir bondir comme un chat ébouillanté mais elle reste agenouillée dans l'herbe, le regard perdu dans le vague. L'agriculteur attribue cela au choc du meurtre auquel elle vient d'assister et il fait le tour de la voiture pour aller voir si les clefs sont sur le contact. Comme elles n'y sont pas, il va fouiller les poches du blouson jeté dans l'herbe. Satisfait, il se redresse, prend son fusil, le casse et retire les deux cartouches de la culasse avant de le poser contre le mur du refuge. Le vieil homme déplace ensuite le corps inerte en le tirant par les pieds, de façon à le positionner juste à côté de la voiture et dans le même sens. Il s'installe au volant, démarre le véhicule, fait une marche avant, puis une manœuvre en marche arrière afin de recouvrir le corps.

Quand il descend de la voiture, le vieil homme observe du coin de l'œil la jeune femme, toujours prostrée dans l'herbe. L'agriculteur s'éloigne quelques instants dans les bois et revient avec une branche feuillue. Il balaie l'herbe devant la voiture pour effacer les principales traces de sang et éviter d'attirer l'attention si quelqu'un venait à passer, même si c'est peu probable. Le vieux Girard sort ensuite son téléphone portable désuet de son bleu de travail et compose un numéro.

— Ouais, c'est Girard... Ben oui, l'Hippolyte... T'en connais d'autres, des Girard en vie ? Faut que tu viennes à l'ancien refuge des Rimberts, avec ton 4 × 4... Non, tout de suite... Non, ça peut pas attendre... Écoute, m'oblige pas à aller voir ta femme et à lui expliquer ta soudaine passion pour la boulangerie, si tu vois c'que j'veux dire. Bon, voilà... Oui, au refuge... Et t'apporteras un sac de chaux de vingt kilos... Oui, c'est ça... Et j'attends pas jusqu'à la Noël.

Le père Girard raccroche et s'approche de Morgane. La présence persistante de la jeune femme le contrarie.

— T'es encore là, toué ?

Elle lève un regard perdu sur son nouveau parent.

— Alors, le Sébastien, c'était mon frère ?

— Ben oui. Ton demi-frère. C'est pour ça qu'on pouvait pas laisser faire. C'est contre nature.

L'agriculteur fouille sa veste un peu courte et sort un paquet de cigarettes brunes. Il allume une Gitane et scrute la lycéenne à travers l'écran vaporeux de fumée bleutée.

— Tu peux t'en retourner, à présent. Il est vengé.

Morgane hoche la tête, se redresse, époussette sa robe d'une main distraite et fait quelques pas pour gagner le chemin. Elle s'y arrête, jette un regard difficile à décrypter en direction de la caisse de la voiture qui soustrait à sa vue le cadavre du clerc de notaire et tourne le dos au refuge, au véhicule et au vieil homme. Dans dix minutes elle sera chez elle. Il croit savoir que Martin a été invité à une chasse dans le nord du département ce dimanche et il est presque sûr que même si la gamine racontait tout à la Micheline, celle-ci ne ferait rien sans attendre le retour de Martin. Et peut-être, aussi, en souvenir de l'époque où ses parents étaient encore de ce monde et où Micheline et Hippolyte se retrouvaient ici pour s'aimer en secret.

12 h 46

Serre-pattes détaille le véhicule immatriculé en Loire-Atlantique avec suspicion et sans cacher sa mauvaise humeur d'avoir été dérangé à l'heure de se mettre à table. Pour faire bonne mesure, il a raté deux cochons ce matin, presque dans ses jambes. Il bougonne en indiquant la voiture :

— C'est l'auto du notaire, ça.

— Oui. Il veut qu'on lui emmène à la gare.

— À la gare ?

Hippolyte hoche la tête et lui tend les clefs. Bernard les observe d'un air ahuri.

— C'est quoi, ça ?

— Ben, les clefs de l'auto. T'es couillon ou quoi, aujourd'hui ?

— Mais qu'est-ce que tu veux que j'en fasse ?

— Mais que tu l'emmènes à la gare, bon sang.

— Mais pourquoi moi ? Où qu'il est l'notaire ?

Un éclair de colère passe dans le regard du vieux Girard.

— Tu commences à m'faire chier, Ferrand. Tu vas emmener c't'auto à la gare, et pis c'est tout !

Le trapu bedonnant jette un œil autour d'eux. Tout ça ne lui plaît pas, pas plus que le ton menaçant de Girard ou cet éclat dans son regard, tous deux inhabituels.

— Bon, d'accord… À quelle heure que tu veux que je vienne la chercher ?

— Maintenant. Tu me laisses les clefs de ton 4 × 4 et tu y vas. Moi, je viens te chercher dès que j'ai fini. Tu me déposeras au retour à l'entrée du chemin pour que je récupère mon auto.

Nouveau regard soupçonneux de Ferrand alentour. Quelque chose lui échappe. Des informations que le père Girard ne veut pas lui communiquer. Il sent au fond de lui que c'est important, mais l'homme préfère ne pas insister. Derrière ses manières affables, Hippolyte Girard est une vieille carne et il est capable d'aller voir sa femme, aucun doute à ce sujet. Serre-pattes bougonne par principe mais finit par procéder à l'échange de clefs. Avant de s'installer au volant, il lance une dernière question au vieil homme :

— Il est où, le cerf ?

Ferrand croit qu'Hippolyte a abattu un cervidé sans bracelet et qu'une fois prélevés le massacre et les gigots le père Girard veut aller enterrer la dépouille dans un endroit reculé grâce à son 4 × 4.

— Si on te l'demande, tu diras que tu l'sais point, et que tu l'as même pas vu.

Peu satisfait, Bernard Ferrand démarre et s'avance dans le chemin en braquant à fond. Il aperçoit la silhouette arquée du vieil homme au milieu du chemin dans le rétroviseur central. Même si le vieux ne chasse plus, Bernard sait bien que ce n'est pas la première fois que Girard braconne un « grandes pattes ». Les trophées sur les murs de la ferme des Milouins ne sont pas tombés du ciel. Par contre, il n'arrive pas à comprendre ce que le notaire vient faire là-dedans.

C'est peut-être lui qui a tué l'animal ? Il aurait payé le vieux pour l'emmener tirer un cerf en douce, mais il ne veut pas que ça se sache. Vu qu'il est pas d'ici, les gens auraient moins de scrupules à le dénoncer. De nos jours, c'est une histoire qui peut coûter cher, surtout si les écolos s'en mêlent. On peut même vous confisquer votre bagnole. C'est pour ça qu'ils veulent que je lui emmène à la gare, mais... Ah, les fumiers ! S'ils se font gauler, c'est mon 4 × 4 qu'on va confisquer !

Serre-pattes hésite à faire demi-tour pour aller leur dire sa façon de penser, à ces deux-là. L'image de Mélanie et celle, moins agréable, de sa femme s'imposent à lui. Il peste à voix haute et s'engage sur le bitume de la départementale.

Derrière lui, au refuge, Hippolyte a déjà manœuvré le tout-terrain pour le placer au plus près du cadavre. Il va chercher la porte de la bâtisse qu'il a dégondée en attendant l'arrivée de Ferrand et la positionne comme une rampe à l'arrière du plancher de coffre. Il tire sur les pieds du clerc pour hisser ses jambes et son bassin sur la porte, avant de grimper dans le Lada. Il redescend du tout-terrain et va chercher la pioche, la pelle et la vieille bâche trouée et graisseuse qu'il a sorties du C15. Le vieil homme étend la bâche dans le coffre où il remonte pour saisir les chevilles et tracter le corps en soufflant. Le torse déchiré et ensanglanté du Nantais a produit une flaque brunâtre conséquente dans l'herbe et a laissé une traînée noirâtre et poisseuse sur la porte, aussi le vieil homme la hisse à son tour dans la voiture. Il s'occupera du sang dans l'herbe plus tard. Il recouvre le corps et la porte vermoulue avec la bâche puis saute dans l'herbe pour jeter les outils par-dessus la masse informe avant de claquer le hayon, vérifiant qu'on ne distingue rien d'anormal à travers la lunette arrière.

Hippolyte place le blouson et le sac à dos du clerc à l'avant, sur le siège passager, et s'assied derrière le volant. Il a chaud, il est essoufflé et son vieux cœur bat un peu trop vite mais il sait qu'il a fait le plus difficile. Il va passer à moins d'une centaine de mètres de la ferme des Rimberts en remontant vers les hauteurs, mais après, il sera seul avec le mort. Quand il redescendra une fois sa tâche accomplie, plus personne ne retrouvera jamais l'assassin de Sébastien. Là où il va aller l'enfouir, il n'y a nulle parcelle de chasse, nul chemin forestier et nul sentier de randonnée. Personne ne va jamais sur les hauteurs rocailleuses, si ce n'est des motards qui font du cross à la belle saison, deux ou trois fois l'an. Il faut une moto de trial ou un franchisseur comme le petit Lada de Ferrand pour grimper là-haut, à travers ces goulées ravinées par les pluies, zigzaguant entre des blocs de roches de plusieurs tonnes, et truffées de racines noueuses. C'est la terre des bêtes sauvages, des seize ou des dix-huit cors, des cochons de cent trente kilos, et même de quelques loups, remontés des Alpes depuis leur réintroduction par les écologistes.

23 h 13. Mardi. Ferme des Milouins

Lorsque Virginie Girard ouvre sa fenêtre pour fermer les volets, une furieuse masse d'air froid s'engouffre dans la chambre et agite ses cheveux blonds. Face à elle, en plein cœur du rideau de pluie, le ciel s'illumine avec violence et la lézarde tellurique de la foudre vient lécher le moutonnement sombre de la forêt à l'horizon. Elle reste figée un court instant devant le déchaînement des forces naturelles avant de se pencher pour décrocher les volets et interrompre l'entrée d'air et d'eau froide dans sa chambre. Dehors, un craquement sinistre déchire les cieux, suivi du grondement caverneux de son écho, vite atténué lorsqu'elle referme la fenêtre. Mitraillées par la pluie battante, les manches de sa robe sombre sont déjà constellées de taches humides.

Virginie se retourne et pose un regard détaché sur les objets familiers qui l'entourent. Deux feuilles de papier manuscrites et une enveloppe déchirée sont posées sur son couvre-lit. Elles sont arrivées au courrier ce midi, mais avec les obsèques de Sébastien et le monde à la maison, elle n'a pris le temps d'en découvrir le contenu que ce soir. Sur sa coiffeuse, son PC portable est fermé, le câble et la prise de son chargeur enroulés avec soin.

Virginie vient s'asseoir sur son lit, lissant de façon machinale le tissu de sa robe noire sur ses genoux. Sébastien aimait qu'elle se mette en robe et elle a voulu lui faire ce dernier plaisir. Elle a trop pleuré cet après-midi dans ce cimetière étroit et elle n'a plus de larmes à offrir ce soir, même en souvenir de son époux, qu'elle sait à présent avoir été condamné par son frère aîné.

Le clerc lui a écrit qu'Hippolyte avait trouvé Rémi encore vivant sous la pelleteuse le jour de son accident, mais qu'il n'avait rien tenté pour le dégager de l'engin de terrassement. Le frère aîné n'avait pas non plus appelé les secours dans l'immédiat. Arrivés plus d'une heure et demie après le drame, ceux-ci n'avaient pu que constater le décès de Rémi.

La première réaction de Virginie a été de rejeter en bloc ces accusations, surtout venant d'un salaud qui s'est enfui comme un lâche, mais la mention d'Eugène Bouquin comme source de ces informations a creusé un profond sillon de doute en elle. Les Bouquin vivaient en bordure des Milouins et elle ne connaît aucune raison qui aurait pu pousser le vieil homme à diffamer les Girard depuis sa retraite éloignée. Elle s'est demandé quelques jours plus tôt quelle avait été la nature de la rivalité entre les deux frères et pourquoi Hippolyte ne lui avait rien dit à l'époque des infidélités de Rémi avec Micheline. Elle réalise avec cette lettre que l'aîné nourrissait une haine souterraine si forte à l'encontre de son cadet qui avait couché avec celle qu'il aimait de façon sincère qu'elle l'avait mené au pire. Hippolyte n'avait rien dit parce qu'il était blessé au plus profond, d'une plaie qui ne cicatriserait jamais. Rémi avait mis Micheline enceinte, donnant ainsi vie à leur trahison qui se rappellerait à l'agriculteur trompé à chaque rencontre avec cette fille jusqu'à la fin de ses jours. La haine était alors devenue morbide et, quand le Destin était venu frapper à la porte des Milouins, Hippolyte en avait profité pour se venger et il avait laissé mourir son frère.

Virginie repense à la nuit qu'ils avaient passée ensemble, elle et Hippolyte. C'était aussi un soir de pluie, mais il n'y avait pas d'orage. Il était venu dans sa chambre et aucun d'eux n'avait prononcé un mot jusqu'à ce qu'il reparte. Elle avait cru alors qu'il s'agissait de la rencontre éphémère de deux solitudes en quête de chaleur humaine, et peut-être la concrétisation d'un fantasme d'homme au seuil de la vieillesse, désirant une femme plus jeune, une dernière fois. Voire un orgueil assez masculin, qui l'obligerait à coucher au moins une fois avec une femme qui dormait sous son toit chaque jour, sous peine de voir sa virilité remise en cause.

À la lumière de ce courrier, l'agricultrice comprend qu'il s'agissait peut-être aussi de l'achèvement post mortem d'une vengeance fratricide, où Hippolyte aurait voulu à son tour posséder la femme de son frère. D'ailleurs, il ne s'est jamais montré tendre ou affectueux avec elle après cette nuit-là et ils n'en ont jamais reparlé.

L'agricultrice se lève et range les feuillets manuscrits dans l'enveloppe. Elle quitte sa chambre et rejoint la cuisine, où la toile cirée de la grande table s'allume par intermittence sous l'effet des flashs répétés des éclairs au-dehors. Elle marche à pas silencieux, ses pieds ignorant la froideur des tomettes à travers le fin voile de ses bas. Virginie ouvre une porte de l'insert et y jette le courrier du clerc de notaire. Elle regarde les feuilles se consumer à travers la vitre noircie et retourne dans sa chambre. Là, elle éteint sa lampe de chevet en ignorant les boîtes de médicaments qui l'entourent et se couche sur le dos, tout habillée sur son lit encore fait.

Elle se laisse bercer pendant de longues minutes par le bruit du tonnerre et de la pluie sur les volets. Elle n'a pas envie de dormir même si elle est fatiguée, même si la douleur de ces derniers jours a miné ses réserves physiques. Virginie se rassied sur le bord de son lit vingt minutes plus tard. Elle sait qu'elle a pris sa décision et l'agricultrice n'en ressent aucune tristesse, aucune angoisse. Elle se lève et quitte sa chambre pour gagner celle de Sébastien, où elle s'assoit là aussi sur le lit, regardant autour d'elle avec le plus d'amour et le moins de tristesse possible. La blonde se lève et s'empare d'une housse de fusil derrière la porte. Elle dépose l'arme sur la couette et tend ensuite un bras pour tâtonner sur le dessus de la haute armoire de son fils. Elle est trop petite, alors elle rapproche le lit en essayant de ne pas faire trop de bruit et monte sur celui-ci pour s'emparer de la boîte métallique.

Virginie sort ensuite le fusil de Sébastien. Une belle arme avec de jolis effets moirés dans sa crosse vernie, achetée à une armurerie sur Internet. Elle ouvre la culasse et ôte le couvercle de la boîte en fer. Elle hésite entre différentes cartouches avant d'en trouver avec des étuis transparents et une extrémité ouverte où l'on distingue un gros morceau de plomb. Elle sait qu'on chasse le gros gibier avec celles-ci. L'agricultrice insère deux étuis dans l'arme et referme la bascule. Elle prend le soin de refermer la boîte en fer et de la glisser sous le lit, avant de repousser celui-ci dans sa position initiale. Elle lisse la couette et quitte la chambre de son fils pour gagner celle de son beau-frère.

Hippolyte dort sur le dos et ronfle copieusement. Virginie se place au pied du lit et lève son arme sur la poitrine du vieil homme, en faisant attention de viser avec soin et de ne pas bouger. La flamme jaillit du canon et éclaire la chambre obscure d'une lueur orangée qui accentue les sillons du visage du vieil homme. Le bruit lui fait mal aux oreilles, provoquant un bref sifflement aigu dans son tympan droit, avant qu'un silence sépulcral ne s'abatte dans la pièce. La femme pose l'arme sur le lit et attend quelques secondes dans l'obscurité et l'odeur de poudre brûlée, constatant que le vieil homme ne respire plus et n'émet aucun son. Elle retourne ensuite dans sa chambre et s'assoit à la tête de son lit, tremblante. Elle n'ose pas allumer sa lampe de chevet.

Elle tâtonne et referme ses doigts sur le verre et sur les boîtes de médicaments posés sur sa table de nuit. Il ne lui faut que quelques minutes pour écraser la totalité des trois boîtes d'anxiolytiques de marques différentes dans le fond du verre. Elle ramasse la bouteille d'eau minérale en plastique au pied de son lit et remplit la moitié du verre. Comme elle n'a pas de cuillère, Virginie se lève et s'empare d'un stylo sur sa coiffeuse. Elle se rassoit une dernière fois et touille le contenu du verre pendant une ou deux minutes. L'agricultrice ne se rend plus compte du temps qui s'écoule. Elle lève le récipient à hauteur de ses yeux à deux reprises et avale finalement d'un trait l'eau trouble et crayeuse. Virginie s'allonge sur son lit dans l'obscurité. Elle attend, le cœur battant un rythme soutenu et la chair de poule sur ses bras, que l'engourdissement final l'emporte et lui apporte la paix.

Elle pense à ses parents, à ses frères et sœurs, à leurs jeux d'enfants dans la ferme familiale près d'Issoudun. Elle revit quelques fragments de ses années de lycée. Ses premières sorties en boîte de nuit avec Géraldine, sa meilleure amie de la première à la terminale. C'est baignée de ces dernières réminiscences qui la font sourire et pleurer, un peu, que Virginie Girard finit par perdre connaissance, avant de mourir d'un arrêt respiratoire vingt minutes plus tard.

La foudre et le tonnerre se sont éloignés au-dehors, réduits à un écho lointain parcourant les grands arbres fouettés par une pluie qui tombera jusqu'au matin. Sur les hauteurs rocheuses, par-delà le domaine des Rimberts, un animal au pelage détrempé est venu se réfugier à l'abri des masses de rocs jetés là par des mouvements géologiques que l'homme n'a pas connus. La louve s'est allongée dans une anfractuosité de la roche, couinant lorsque résonne l'écho lointain du tonnerre. Moins d'un mètre sous l'animal repose le corps d'un homme dont personne ne retrouvera jamais les restes et dont le granit multimillénaire constituera la pierre tombale anonyme.

Quelque part dans les bois en contrebas, une jeune femme court de toutes ses forces. Elle a quitté le domicile de ses parents en cachette pour se joindre au ballet cinglant de la pluie. Elle ignore l'eau froide qui a détrempé ses ballerines et sa robe, qui a plaqué ses longs cheveux sur son crâne et sa nuque. Elle court à s'en brûler les poumons, jusqu'à provoquer la tétanie des muscles de ses cuisses. Elle ne le sait pas encore mais elle est la dernière des Girard et le domaine des Milouins lui appartient. De toute façon elle n'en a cure, elle veut juste sentir la vitesse du vent de sa course sur son visage, le contact humide des feuilles sur ses avant-bras ou le fouet tendre des hautes herbes contre ses mollets.

Morgane court au cœur de l'orage pour éprouver les vagues de plaisir que le tonnerre fait naître dans son ventre tandis qu'elle sourit à l'eau froide qui martèle ses pommettes et coule sur sa peau glacée. Elle n'est ni la fille d'un Martin ni celle d'un Girard. Elle est la fille de la pluie, et nul n'entravera jamais sa liberté sauvage.

Composition : Nord Compo.
Achevé d'imprimer
sur Roto-Page
par l'Imprimerie Floch
à Mayenne, le 21 octobre 2013.
Dépôt légal : octobre 2013.
Numéro d'imprimeur : 85728.

ISBN 978-2-07-013842-5 / Imprimé en France.

244581